막장**광부** **교수**가 되다

「이 도서의 국립중앙도서관 출판시도서목록(CIP)은 e-CIP홈페이지(http://www.nl.go.kr/ecip)와 국가자료공동목록시스템(http://www.nl.go.kr/kolisnet)에서 이용하실 수 있습니다.(CIP제어번호: CIP2012000105)」

막장광부 교수가 되다

초판 1쇄 발행 / 2012년 2월 17일
초판 2쇄 발행 / 2013년 6월 5일

지은이 / 권이종
펴낸이 / 한혜경
펴낸곳 / 도서출판 異彩(이채)
주소 / 135−100 서울특별시 강남구 청담동 68−19 리버뷰 오피스텔 1110호
출판등록 / 1997년 5월 12일 제 16−1465호
전화 / 02)511−1891, 512−1891
팩스 / 02)511−1244
e-mail / yiche7@dreamwiz.com
ⓒ 권이종 2012

ISBN 978−89−88621−92−9 03810

막장광부 교수가 되다

권 이 종 지음

이채.

오지 중의 오지 전북 장수군 산서면 지리산 기슭에서 태어난 촌놈
이 지금 이 자리에 있게 된 것은, 무엇보다 부모님과 사랑하는 아내,
그리고 지금까지 나를 도와주고 격려해 준 많은 분들과의 만남을
통한 사회적 관계의 확장 덕분이라고 생각한다.

파란만장한 삶이었지만 그래도 지나고 보니 괴로움보다는 즐거
움이, 슬픔보다는 기쁨이, 어둠보다는 밝음이, 힘들었던 기억보다
는 신났던 일들이 많았던 것 같다.

독일 광산 막장에서 일할 때부터 언젠가는 광부의 삶에 대하여,
그리고 유학 생활에 대한 기록을 남기겠다는 마음을 가졌기에 시간
날 때마다 메모를 했고, 책으로 내겠다는 결심을 한 후에는 더욱 자
료 수집에 노력을 기울이며 써 놓은 글을 다듬었다.

하지만 1979년 귀국하여 주변에 있는 동료 교수나 선후배들과 상
의해 보니, 책을 출간하면 얻는 것보다는 잃는 것이 많을 것이라는
의견이 지배적이었다. 아내 또한 정년퇴임이 가까워질 때까지 출간
을 미루는 것이 좋겠다고 했다.

그러던 중 MBC로부터 연락이 왔다. 1960년대 초반 독일에 파견
된 광부와 간호사들의 삶을 주제로 한 다큐멘터리를 제작하고 있으

니 인터뷰를 해 달라는 것이었다. 놀랍기도 하고 반갑기도 했다.

　가족들과 의논한 끝에, 인터뷰도 하고 다큐멘터리 방영 시기와 맞춰 책을 출간하기로 했다. 마침 한국청소년개발원(현 한국청소년정책개발원)의 원장 임기를 마칠 즈음이기도 하여 궁극적으로는 우리나라 청소년들에게 도움이 될 만한 의미 있는 자료가 될 수 있으리라는 생각도 한몫을 했다.

　그러나 막상 책을 내려 하니, 수십 년 동안의 메모나 그동안 모은 자료로는 부족함이 많았다. 나만이 아니라 자칫하면 동시대 함께 고생했던 팔천여 광부 동료와 일만 이천여 명의 파독 간호사·간호조무사들의 생활을 그릇되게 알릴 수도 있다는 우려에 인터넷을 비롯하여 광산과 관계된 국내외 저서, 정부의 공문서, 신문, 관련 사진집, 비디오 및 영화 등 가능한 자료를 다시 찾고 정리했다.

　오랜 작업에도 미진한 감이 없지는 않지만 그래도 크게 부끄럽지는 않으리라는 생각에 책을 펴내게 되었다. 나 또한 책을 세상에 내놓으면서 한국파독광부·간호사·간호조무사연합회 일과 우리나라 청소년 사업에 대한 진지하고 미래지향적인 계획을 세우게 되었으니 기쁘기 그지없다.

　평생 동안 간직해 온 '마음의 뉴스'를 이 책을 통해 세상에 널리 알린다. 무엇보다 사랑하는 아내에게 내 마음을 꾸밈없이 전하고 싶다. 아내와의 만남은 내 생애 가장 소중한 만남이었으며, 앞으로도 영원할 것이다.

　아울러 독일에서 지내며 함께 애환을 나눈 팔천여 광부 동료와 일만 이천여 명의 파독 간호사·간호조무사들에게도 추억과 희망을 전했으면 하는 바람도 가진다.

끝으로 이 책이 나오기까지 도움을 주신 모든 분, 특히 가족과 지금은 고인이 된 독일의 푀겔러(Pöggeler) 지도교수님에게 진심으로 감사한다.

2011년 12월

한국교원대학교 명예교수 / 한국파독광부·간호사·간호조무사연합회 상근이사

권 이 종

차례

서문_책을 새로 펴내며 • 4

프롤로그 • 10

제1장 순간의 선택이 바꾼 운명 • 13

가난이 준 선물 • 15 / 환하게 묵묵하게 • 19 / 어머니의 쌀 한 가마니 • 24 / 고달팠던 고학 생활 • 27 / 넉넉한 아버지, 잊지 못할 어머니 • 34 / 순간의 선택이 운명을 바꾸다 • 40 / 제2의 부모, 형님과 형수님 • 49 / 독일행 비행기에 오르며 • 51

제2장 내 이름은 파독광부 • 55

우리는 외국인 노동자 • 57 / 동료의 죽음 • 62 / 신세계에의 적응 • 65 / 나의 일터는 막장 • 69 / 마르켄늄머 1622 • 72 / 석탄가루 묻은 빵을 씹으며 • 77 / 목숨을 담보로 한 채탄 작업 • 83 / 코담배의 효능 • 88 / 글뤽 아우프! • 92 / 박정희 대통령의 방문 • 95 / 혹독한 일상 • 109 / 광부의 훈장 '석탄 문신' • 115 / 사고는 누구도 비켜가지 않는다 • 117 / 친절한 마이스터 • 120 / 광부의 휴일 • 124 / 서

로 이발을 해 주며 • 128 / 고사리 캐다가 쇠고랑 찰 뻔 • 132 / 소시
지와 유방, 그리고 생마늘 • 135 / 독일 홈스테이 • 140 / 독일어 공
부 • 142 / 그리운 소녀 헬가 • 145 / 가슴 설레는 이탈리아 여행 •
148 / 귀국을 앞두고 • 151 / 제2의 독일 생활 • 156

제3장 막장광부 교수가 되다 • 161

아헨에 정착하다 • 163 / 오스트리아인 로즈마리 부인의 은혜 • 172
/ 벨기에 군대 피엑스 마르셀 사장의 친절 • 177 / 고국의 은인 김상
균 교장 • 181 / 눈물의 학생증 • 183 / 헝가리인 샹크 씨 집에서의
새로운 생활 • 186 / 막장보다는 공기가 깨끗하잖아 • 191 / 늦깎이
유학생 • 194 / 일하며 공부하며 • 199 / 유일한 은신처, 화장실 •
202 / 인생의 축복, 평생의 인연 • 205 / 무엇보다 그리운 • 214 / 결
혼 축하합니다 • 217 / 독수공방 신혼 생활 • 222 / 대학을 졸업하다
• 225 / 독일 최초의 한글학교 • 227 / 독일 직업학교 • 229 / 꿈을
이루기 위해 전진하다 • 238 / 하늘나라로 간 큰딸 • 241 / 하크 부
부와 독일 문화 • 247 / 소중하고 고마운 아이들 • 253 / 나의 독터
파터, 푀겔러 교수님 • 257

제4장 아름다운 만남 • 263

잊을 수 없는 고(故) 이규호 장관 • 265 / 첫 만남에 의기투합, 계몽사 김춘식 대표 • 271 / 한국교원대학교 • 275 / 한국청소년개발원 • 281 / 한국청소년학회 • 284 / 사십 일 간의 공포 드라마, 고(故) 정주영 회장 • 287 / 사십 년을 뛰어넘어 외국인 노동자와의 만남 • 293

글을 맺으며_인생 사희 • 297

부록_파독광부 이야기 • 301

1. 파독광부의 경제적 의의와 한국을 빛낸 광부들 • 302

2. 7,968명의 동료 광부들에게 바치는 글 • 309

3. 이 땅의 청소년에게 드리는 글 • 317

4. (사)한국파독광부·간호사·간호조무사연합회 설립과 역사박물관 • 320

5. 칠레 매몰광부 33인에게 희망과 용기를 • 323

1965년 7월 13일 오후 2시 45분, 독일 메르크슈타인 아돌프 광산
B—11 갱도(坑道).

타타타타—!

흔들리는 헤드랜턴의 몇 줄기 빛 외에는 온통 칠흑 같은 어둠 속.
마치 괴수의 머리처럼 생긴 날카로운 기계가 단단한 석탄을 깨뜨리
며 지나가는 규칙적인 파쇄음(破碎音)과 철판으로 만들어진 운반벨
트가 움직이는 소리가 들릴 뿐이다.

그때였다.

우르르—! 쏴아—!

지하 수천 미터에 이르는 탄층(炭層)의 무게를 이기지 못하고 갑
자기 천장이 무너지며 돌더미가 쏟아져 내렸다.

"갱도가 무너졌다!"

"이 씨가 작업하던 곳이야."

다급한 외침과 함께 수십 갈래로 갈라졌던 빛줄기가 한 곳으로
모였다.

불빛에 드러난 광경은 참혹했다. 찌그러진 쇠기둥과 돌더미 속에

삐죽 나와 있는 투박한 안전화를 신은 발 한 쪽.

갱도를 받치고 있던 쇠기둥이 휘어지며 돌더미가 쏟아져 내려, 그 안에서 작업하던 한국 광부 한 명이 깔린 것이다.

행여 또 다시 돌더미가 무너지지나 않을까 두려워하면서도 모두가 조심스레 삽이며 곡괭이를 가지고 돌더미를 파헤쳤다.

십여 분이 지나, 매몰되었던 광부는 구출되었지만 온전할 리 없었다. 돌더미에 깔렸으니 아무리 가볍게 다쳤다고 해도 뼈 몇 군데가 부러졌으리라. 그리고 그보다 더 무서운 것은 다시는 일을 할 수 없을지도 모른다는 사실이었다.

뜻밖의 사고로 작업이 중단되자, 대부분의 광부들은 지하 8백 미터의 막장으로부터 올라오는 엘리베이터에 올라탔다.

늘 타던 엘리베이터인데 오늘은 왜 이다지 느리게 올라가는지?

덜컹—!

엘리베이터가 멈추고 문이 열리자 밝은 빛이 쏟아져 들어왔다. 드디어 지상에 도착한 것이다. 비로소 모두가 안도의 한숨을 내쉬며 안전모를 벗었다. 작업복과 몸 여기저기 묻은 석탄가루를 털어내는 그들의 가슴에는 작은 금속제 번호표가 달려 있었다. 마르켄 누머(Markennummer), 독일 탄광에서 일하는 광부의 한 사람임을 나타내는 번호였다.

파독광부(派獨鑛夫). 지금의 젊은이들에게는 낯선 단어이겠지만, 독일로 건너간 광부를 지칭하는 말이다.

1960년대 초, 전쟁의 상처가 채 아물지 않은 어려운 시기, 마땅한 자원도 없는 우리나라는 인력(人力)을 수출할 수밖에 없었다. 광부, 간호사 그리고 군인까지.

한국 정부는 1950년대 후반부터 독일 측과 광부 파독의 가능성을 타진한 결과 1963년 첫 파독이 이루어졌다. 제1차 광부협정에 의해 1963년 12월 21일부터 1966년 7월 30일까지 2,519명이 건너갔고, 1967년부터 1969년 사이에는 이른바 동백림(東伯林) 사건으로 잠시 중단되었다가, 제2차 협정에 의해 1970월 2월 19일 2차 1진 243명을 시작으로 파독이 재개되었다.

이리하여 1977년까지 총 4,219명의 광부들이 송출되었고, 1, 2차 광부협정에 따라 총 7,968명이 독일 광산에 취업했다.

기적을 이룬 라인 강의 나라, 독일로 향했던 우리 광부들이 흘린 땀은 조국의 근대화와 산업화를 이루는 초석이 되었고, 대한민국을 세계 10대 경제 대국이자 교역 강국으로 우뚝 서도록 하는 점화의 불씨가 된 것을 역사가 증명하고 있다.

제 1 장

●

순간의 선택이 바꾼 운명

진인사대천명(盡人事待天命), 사람으로서 할 수 있는 최선을 다하고
하늘의 뜻을 기다린다. ─『독사관견(獨史管見)』 중에서

가난이 준 선물

나는 1940년 전라북도 장수군 산서면 오산리 3구 468번지 초장마을
에서 2남 2녀 가운데 막내로 태어났다. 내 고향 전라북도는 물론 전
국을 꼽아 보더라도 오지 중의 오지라 할 수 있는 고원지대였고, 그
런 곳에 사는 사람들이 그렇듯 우리 집도 빈농(貧農)이었다. 그때의
가난은 오늘의 젊은이들은 아마도 상상조차 못할 것이다.

보리가 익기 직전인 음력 4월을 보릿고개라고 한다. 험한 고개처
럼 넘기기가 힘들다고 해서 붙여진 이름이다. 지난 가을에 수확한
양식은 이미 바닥이 나고 보리는 미처 여물지 않았으니, 모두가 주린
배를 부둥켜안고 먹을 것을 찾아 헤매는 힘든 나날을 보내야 했다.

그런 춘궁기(春窮期)에는, 들에서 쑥을 캐다가 얼마 남지 않은 곡
식가루와 뒤섞어 쪄먹거나 쌀겨를 버무려 개떡을 만들어 먹으면 진
수성찬이라 할 수 있었고, 칡뿌리며 소나무껍질 등 씹을 만한 것이

있다는 사실에 감사했다. 더 이상 캘 나물도 벗겨낼 나무껍질도 없으면 진달래나 목화꽃, 옥수수나 찔레꽃대를 씹었고, 그마저도 없으면 논에서 우렁이를 잡거나 냇가에서 다슬기나 가재, 그리고 송사리며 미꾸라지 등을 잡아먹었다.

가을이면 그나마 좀 나았다. 산에 있는 나무에는 감이나 밤이 열렸고, 밭에는 무나 고구마가 있었으니 말이다. 하지만 서리를 하다가 밭주인에게 들키면 혼쭐이 났기 때문에 가슴을 조이며 무나 고구마를 캐서 날다람쥐처럼 도망치곤 했다.

돌멩이도 씹어 먹을 수 있을 만큼 성장이 왕성한 시기에 제대로 먹지를 못했으니 영양이 부족했다. 게다가 왜소한 체격으로 무거운 나무를 가득 실은 지게를 지고 다녔기에, 그 무게에 짓눌려 키가 자라지 않았는지도 모른다. 만약 그때 잘 먹었더라면 지금 세대들처럼 키도 크고 체격도 좋았을 텐데 하는 아쉬움이 있다.

여하튼 무척이나 어렵게 자랐고 고학과 자취 등 독립된 생활에 단련된 터라 음식 때문에 투정을 부린 적은 한 번도 없다. 먹고 잠자고 입는 모든 것에 감사하고 주어진 환경에 순응하는 법을 배운 때문이다. 나는 지금도 무엇이든 맛있

초장마을 입구에 세운 기념석

게 먹고, 밥 한 숟가락 반찬 한 가지 남기지 않는다.

그래서 가족은 물론 직장 동료나 직원, 제자들이 음식을 남기면 야단을 치게 되고, 음식점에서도 남은 음식물을 버리는 것을 보면 아깝다는 생각이 든다. 예전에는 없어서 먹지 못한 것인데.

어린 시절에는 먹을 것만 부족한 것이 아니었다. 전쟁이 끝난 직후였으니 모든 물자가 부족했다. 게다가 집은 가난했으니, 초등학교에 다닐 때부터 산에 올라가 나무를 베어 장작으로 만들어 팔기도 했다.

내가 살던 마을 뒤편 지리산 기슭은 빨치산의 은둔처이기도 했다. 그래서 당시에는 '낮에는 국방군, 밤에는 빨치산'이란 말이 있었다. 한국군과 빨치산 간에 치열한 전투가 밤낮없이 벌어졌고, 미군 비행기가 수시로 기관총을 쏘고 폭격했기 때문에 해가 지면 아무도 집 밖에 나가지 못하고 벌벌 떨며 밤을 지새우곤 했다.

"너희들, 미군이 폭격할 때 절대 산에 가서는 안 된다. 멀리서 전투기 소리가 들리면 바로 나무 밑이나 건물 안에 들어가야 해. 알았지? 폭격이 끝나고도 마찬가지야. 채 터지지 않은 불발탄이 있을지도 모르니까."

하지만 한창 폭격 중인데도 아이들은 종종 산과 논밭을 열심히 돌아다녔다. 탄피를 줍는 재미가 쏠쏠했으니 말이다.

하늘에서 떨어지는 탄피를 머리에 맞기라도 하면 생명이 위험할 수도 있었다. 하지만 아이들은 아랑곳하지 않고 산 구석구석을 뛰어다니며 탄피 줍기에 바빴다. 탄피를 모아서 팔면 학용품을 살 수 있었고, 때로는 달콤한 엿이나 사탕도 사먹을 수 있었다. 한쪽은 빨치산을 없앤다고 폭격을 하고, 다른 한쪽은 먹고살기 위해 탄피를 주웠으니, 한 동네에서 펼쳐진 현실이 아이러니컬하기만 했다.

지나고 보니 당시의 생활은 참으로 비참했다. 하지만 가난이 익숙하고 자연스럽게 여겨졌기 때문에 불행하다는 생각은 해 보지를 않았다. 경제적으로 어려운 나라 국민들의 행복지수가 잘사는 나라에 비해 훨씬 높고, 부잣집 청소년들의 행복지수가 오히려 낮다는 것도 이해가 간다. 내가 몸소 체득을 했으니까.

그래서 나는 성장하면서 부모나 나의 삶을 원망해 본 일이 거의 없다. 나만 그런 게 아니라 대부분의 사람들이 어렵게 지냈으니 당연한 것으로 받아들였고, 어떤 면에서는 가난을 숙명처럼 받아들여

초등학교 시절 고향에서
(오른쪽이 저자)

야 하는 것으로 여기기도 했다.

어쩌면 가난은 내게 실패에도 굴하지 않는 굳은 의지를 갖게 해 준 원동력이었다고 할 수 있다. 그리고 가난 덕분에 나는 끊임없이 노력할 수 있었다. 어려웠던 지난날이 있었기에 오늘날 작은 성공이나마 거둘 수 있었던 것이다.

나는 '가난이 곧 성공의 비결이다'라는 선조들의 말씀을 늘 떠올리며 살고 있다고 해도 과언이 아니다. 나의 삶이 그러했고, 내 생애 결정적인 계기들은 모두 가난이 준 선물이라 할 수도 있으니.

환하게 **묵묵하게**

내가 다닌 산서초등학교는 팔공산 서쪽에 있다. 광무 10년 서기 1906년, 산서면이 된 것은 남원부에서 면으로 개칭했고, 1914년 행정구역 개편 시 장수군에 속하여 현재에 이른다.

장수와 산서, 장계면은 해발 400~650미터의 고원으로 내륙분지가 발달된 고랭지에 해당한다. 그래서 겨울에는 눈이 많이 내리고, 여름에는 서늘하지만 집중호우가 많아 산사태도 종종 일어났다.

산서면은 소백산맥의 주능선 서쪽 사면(斜面) 산악 지대에 둥지를 틀고 있어서, 경지가 15퍼센트에 불과할 정도로 협소하여 대부분의 가구가 영세한 빈농이었고, 그런 집 아이들이 다니는 학교가 산서초등학교였다.

산서초등학교에는 학생 수가 적어 반이 둘밖에 없었다. 어려운 환경이었지만 학교 다니는 것이 매우 즐거웠다. 마을에서 면사무소 부근의 학교까지는 3킬로미터 남짓했는데, 가는 길에는 자갈과 칡넝쿨, 돌과 나무뿌리가 뒤엉켜 있었다. 풀이 가득한 좁은 논두렁길을 지나 학교를 오가는 길에는 뱀도 자주 모습을 드러냈다. 늑대와 여우, 너구리, 노루, 토끼 같은 산짐승도 자주 만났는데, 조금만 더 대담했더라면 친구로 지낼 수 있었을 정도이다.

초등학교 육 학년 때, 시냇가에서 남자아이들끼리 멱을 감다가 옷을 잃어버린 일이 있었다. 알고 보니 우리가 정신없이 물장구치는 사이에 여자아이들이 슬그머니 냇가로 다가와 옷을 슬쩍 가져다가는 보리밭에 감추었던 것이다. 현대판 '선녀와 나무꾼'이었다. 그 바람에 남자아이들은 부끄러움도 모른 채 옷을 찾느라 벌거벗고 이리저리 돌아다녔다. 보리밭을 흔드는 손이 있었던지 우리는 어둑해질 녘에야 땀내 나는 무명옷을 찾아서 겨우 꿰어 입고 집으로 돌아갔던 일이 있다. 그때 일을 떠올리면 지금도 웃음이 난다.

당시에는 여학생들이 결석하는 일이 잦았다. '여자는 가르치면 안 된다'는 사고가 어른들 사이에 팽배했기 때문이다. 특히 시집가서 '시집살이가 힘들다'고 친정 부모에게 편지를 써서 알리기라도 하면 양쪽 집안이 발칵 뒤집어질 것이니, 모르는 게 약이라고 생각했던 모양이다. 그렇지만 여자아이들은 배움의 열의에 있어서만큼은 결코 뒤지지 않았다.

1950년대 한국 농촌의 실정은 비참하기 짝이 없었다. 열악한 주거 환경과 가난 때문에 빈농 집안에서는 먹을 것을 풍족하게 먹지 못했고, 옷도 제대로 입지 못했다. 학교 갈 때의 복장은 어머니가 직접 천을 짜서 만든 무명 홑바지와 홑적삼, 검정 고무신, 그리고 책과 공책을 둘둘 말아 싼 보자기가 전부였다.

여유가 있는 집 아이들은 운동화를 신었지만 대부분은 검정 고무신을 신고 다녔다. 아니 질질 끌고 다녔다. 한창 자랄 나이였기에 어른들은 오래 신게 할 요량에 아이들 발 크기보다 훨씬 큼직한 신발을 사 주었기 때문이다. 나는 그런 고무신조차 닳는 것이 아까워 추운 겨울을 제외하고는 맨발로 학교를 다녔다. 맨발로 자갈밭을 달려도 학교 가는 것이 그렇게 즐거울 수가 없었다.

교과서가 제때 공급되지 않아 학기가 다 지나가도록 책 없이 공부한 적도 있었고, 공책이 없어서 모랫바닥에서 글씨 연습을 하기도 했다. 지우고 또 쓰기를 반복하여도 '모래공책'은 불평 없이 나의 온갖 말대꾸를 다 받아 주었다.

어쩌다가 귀한 공책 한 권을 사게 되면 표지부터 마지막 장까지 깨알처럼 작은 글씨로 모두 채웠다. 빈곳이 있다는 사실이 너무 안타까웠다. 그러고도 다시 그 위에 또 빽빽하게 필기를 했기 때문에 하얀 종이가 나중에는 먹지처럼 까맣게 변했다. 연필을 쥐었던 오른손 새끼손가락부터 손목에 이르는 손날 부분은 공책 위를 종횡무진하느라 흑연가루가 묻어 반들반들했다.

연필이 짧아져 손에 쥐기 힘들 정도가 되면 대나무 대롱에 꽂아 어떻게든 끝까지 써 보려고 했다. 지우개가 없어서 손가락에 침을 묻혀 지우기도 했다. 그러다가 종이가 침에 젖어 구멍이 뚫리면 낭패를 보았다. 필기한 부분을 도통 알아볼 수 없었으니까.

전기가 들어오기 전까지 시골에서는 호롱불을 켜 놓고 책을 읽었다. 앉은뱅이책상이 없어서 뒤뚱거리는 밥상이라도 끌어다 놓고 들여다보았다. 형제가 여럿이다 보니 매일 밥상을 차지하기도 쉽지 않았다. 방바닥에 배를 깔고 엎드려 연필심에 침을 발라 가며 정성껏 숙제를 했다. 공부가 정말 재미있었고 또 하고 싶었다.

수업이 끝난 후에는 논밭에 거름을 주며 농사일을 돕고, 또 지게를 지고 높은 산에 올라가서 나무를 해 왔다. 겨울이면 학교의 난로에 피울 땔감을 저마다 집에서 가져가야 했다. 넉넉하지 않았던 것은 학교도 마찬가지였던가 보다. 추운 아침날이면 우리는 책보 대신 저마다 장작을 등에 지고 집을 나섰다. 교문이 가까울 무렵, 장작을 가져오지 못한 아이들은 표정이 어두웠다. 여름에는 학교에 있는 밭에 영양을 주기 위해 집에서 퇴비를 만들어 가기도 했다. 잘 묵힌 퇴비를 들고 갈 때면 오묘한 냄새 때문에 다들 표정이 희한했다.

그래도 아이들은 저마다 흥겨운 표정으로 학교를 다녔다. 당시의 마을은 하나의 커다란 공동체였던 것 같다. 서로 도우며 나눠 먹고 나눠 때고 함께 키웠다.

가난 때문에 도시락은 감히 생각도 못했는데, 어쩌다가 도시락을 싸는 날은 아침부터 마음이 설레었다. 반찬이라고 해봤자 깨에다 소금간을 하고 참기름을 부어 볶은 것이 전부였는데도 어찌나 맛있던지, 점심시간만 기다려지곤 했다. 도시락을 싸올 수 있는 날은 축제일이나 마찬가지였다. 곡식을 아끼느라 하루에 한두 끼는 꼭 죽을 먹었기에 늘 배가 고팠다. 배불리 밥을 먹고 싶으면 방법이 아주 없었던 것은 아니다. 눈치가 보이긴 했지만 형님이 부잣집으로 일하러 갈 때 얼른 따라가 그 집에서 밥을 좀 얻어먹는 것이었다. 하지만 그런 일이 항상 있었던 것은 아니다.

결국 부모님은 이런저런 궁리 끝에 우리 집보다 조금 형편이 나은 집으로 나를 잠시 동안 양자로 보내기도 했다. 이처럼 우리는 한창 자랄 나이에 항상 배를 곯았고, 또 배움에 목이 말랐다.

즐거웠던 기억도 있다. 나는 노래 부르는 것을 좋아했고, 노래를 잘한다고 칭찬을 듣기도 해서 학예회에서 자주 독창을 했었다. 말씨도 어눌하고 수줍음을 잘 타는 성격이었는데 노래할 때만큼은 달랐던 것 같다. 작은 체구의 나를 특히 초등학교 이 학년 때의 담임이었던 여선생님께서 많이 귀여워해 주셨다. 촌에서 자란 우리들은 선생님이 가장 높은 분이라고 생각했고, 나도 크면 멋진 선생님이 되겠다고 다짐하곤 했었다.

산서초등학교의 교훈은 "환하게 묵묵하게"이다. "사랑과 기쁨으로 두루 뭉치니, 산서의 슬기로운 배움의 동무, 이 땅의 새 일꾼이 되기 위해 환하게 묵묵하게 자라납니다"란 교가는 아직도 부를 수 있다. 교훈과 교가처럼 나는 평생 '환하고 묵묵하게' 살고자 노력했고, '이 땅의 새 일꾼이 되기 위해' 최선을 다했다고 자부한다.

어머니의 쌀 한 가마니

전쟁이 끝나고 초등학교를 무사히 졸업했지만 가정 형편상 도저히 상급 학교에 진학할 수 없었다. 일 년 동안은 시골에서 농사일을 도우며 중학교에 진학할 수 있는 날이 오기만을 눈 빠지게 기다렸다.

그러나 집안 사정은 나아지지 않았고 내가 중학교에 들어갈 수 있는 가능성은 점점 희박해졌다.

방학이면 중학교에 진학한 친구들이 중학생 모자를 쓰고 고향으로 돌아오곤 했다. 일하던 손을 멈추고 그 모습을 지켜볼 때면 부럽기 그지없었다. 아무런 미래도 없이 농사를 짓고 있는 내 모습이 서글퍼 주먹을 불끈 쥐고 결심을 했다.

'나도 중학생 모자를 쓸 거야. 나도 공부하고 싶어!'

어느 날인가, 나는 부모님께 말씀도 안 드리고 무작정 집을 뛰쳐나와 전북도청 소재지인 전주로 가서 중학교 입학시험을 치렀다. 그때가 1954년이었다.

다행인지 불행인지 전주 동중학교에 덜컥 합격을 하고 말았다. 부모님께 허락도 받지 않고 본 입학시험이었기에 합격은 했지만 자랑삼아 말씀드릴 수가 없었다. 하지만 내 힘으로 등록금을 마련할 길이 없었으니……. 혼자 끙끙 앓는 것도 며칠을 버티지 못했다.

"저, 어머니, 전주 중학교 입학시험을 봤는데요……."

"이종아, 뭐라고?"

어머니는 어떻게든 공부해 보겠다고 발버둥치는 자식이 안쓰럽기도 하고 기특하기도 하셨나 보다. 자초지종을 들으시더니 '어떻게든 학교를 보내주겠다'시며 집에 있는 장독을 비롯하여 어머니가 짜놓은 삼베와 무명베까지 모두 내다 파셨다. 그러나 등록금을 내기에는 턱없이 부족했다.

다음날 어머니는 눈물을 흘리며, '빚이라도 내어 너를 꼭 학교에 보내겠다'시며 아침 일찍 동네 부잣집을 찾아가셨다. 사정하며 부탁해도 빌려줄까 말까 한 판국에 어머니는 무슨 배포에서인지 으름장을 놓으셨다.

"쌀 한 가마니를 빌려 줄 때까지 나는 이 집 대문 앞을 절대 떠나지 않을 테니, 그리 아시오!"

어머니는 정말로 아침부터 온종일 부잣집 문 앞에 꼼짝도 않고 장승처럼 서 계셨다. 점심 먹고 나와 봐도 그대로요, 마실 갔다 돌아와도 그 자리에 요지부동으로 버티고 서 있는 모습을 본 집주인은

고향집에서 구십 세 된 어머니의 모습

아연실색, 그만 손을 들고 말았다. 어머니의 고집이 얼마나 센지 우리는 그때 알았다. 아니, 자식을 위해서라면 무엇이든지 할 수 있다는 흔들리지 않는 꿋꿋한 의지를 우리는 어머니에게서 발견했다. 결국 해거름 안으로 쌀 한 가마니를 얻어왔던 것이다. 아, 어머니, 어머니 덕분에 나는 일 년 뒤이기는 하지만 간신히 등록금을 마련하여 중학교에 진학할 수 있었다.

그러나 그때부터가 또 새로운 게임의 시작이었다. 중학교에 입학한 뒤에는 가족과 떨어져, 학교가 있는 전주에 자취방을 얻어 혼자 살기 시작했다. 입학은 했건만 당장 다음 분기 학비가 급했고, 생활비도 만만치 않았다. 어느 누구도 나를 도와줄 수 있는 여력이 없었으니 오롯이 내 몫이었던 학비를 벌기 위해 신문 배달을 시작했다. 이때 시작된 신문 배달이 고등학교를 졸업할 때까지 계속되었다. 가난 구제는 나라님도 못한다더니 내가 그 꼴이었다. 학업을 하며 학비와 생활비 때문에 끊임없이 괴로워했던 고학 생활은 독일에서 박사학위를 받을 때까지 이어졌다.

그렇게 해서 벌 수 있는 돈은 빤해서 한 번도 수업료를 제때 낸 적이 없었다. 그래서 내겐 언제나 '등록금 미납자'라는 꼬리표가 붙어 다녔고 꾸중도 자주 듣고 매도 많이 맞았다. 가난도 서러웠는데 그 때문에 매를 맞을 때는 한없이 슬펐다. 그래도 세상에는 온전한 정이 남아 있었던지 내 처지를 안타까워하신 어떤 선생님은 한 학기 수업료를 선뜻 대신 내주시기도 했다. 나는 평생 그 은혜를 잊지 못한다.

고등학교 진학 후에도 여전히 자취를 하며 신문 배달을 했다. 내가 번 돈으로 얻을 수 있는 방은 달동네의 다 쓰러져 가는 판잣집뿐이었다. 수도가 없어서 마실 물과 밥해 먹을 물도 귀했다. 언감생심, 빨래를 하려면 정말 큰마음을 먹어야 했다. 연탄 한 장 살 돈이 없어서 추운 겨울이면 잉크마저 얼어붙을 냉기 가득한 방에서 얇은 이불 하나로 벌벌 떨며 버티곤 했다.

거의 굶고 지내다시피 했던 비참한 생활 중에 위기가 닥쳐왔다. 오래간만에 연탄을 넣고 따뜻한 방에서 잠이 들었다. 그날은 정말 행복했다. 긴장이 풀어진 탓에 얼마나 시간이 흘렀는지 알 수 없었다. 아침에 일어나니 머리가 깨질 듯이 아프고 구토가 나서 견딜 수가 없었다. 갈라진 방바닥 틈새로 연탄가스가 새어나온 것이었다.

'이대로 죽을 수는 없어!'

나는 비틀거리며 방문을 열어젖히고 밖으로 뛰쳐나왔다. 구역질이 올라오고 눈물이 솟구쳤다. 정신이 혼미하여 한 발짝도 옮기기 힘들었지만, 높은 곳으로 무작정 기어 올라갔다. 어딘지 모를 곳에 쓰러져 그만 정신을 잃고 말았다. 삼십 분 정도 지났을까, 온몸을 감싸는 한기에 간신히 깨어났다. 나는 살아 있었다.

고달팠던 고학 생활

신문 배달과 자취 생활로 근근이 끼니를 때워 가며 공부를 한 지도

육 년이 다 되어 갔다. 이제 고등학교 삼 학년 한 해만 잘 보내면 무엇이라도 할 수 있지 않을까 하는 생각이 막연히 들었다. 초등학교 이 학년 때부터 품어 왔던 선생님이 되고자 했던 그 꿈은 과연 머나먼 무지개인가? 현실을 내려다보면, 역시 내게 없는 것은 언제나 등록금이었다.

방학이 되면 전북 임실군 성수면 깊은 산골에 살고 있는 작은누나 집으로 내려갔다. 등록금을 마련하려면 이 방법밖에 없었다. 산에서 닥치는 대로 나무를 베어다가 장작을 만들어서 팔았다. 지금이라면 산림보호법에 저촉되어 구속감이지만 당시에는 주인의 눈에만 들키지 않으면 되었다.

그런데 나무를 베고 장작을 만드는 일이 얼마나 힘들었는지! 고등학교 삼 학년이라지만, 영양실조로 발육이 덜 된 작은 체구의 열아홉 살 소년이 얼마나 모진 힘을 낼 수 있었겠는가? 나이테를 찾아서 제대로 내리치지 않으면 아무리 여러 번 도끼질을 해도 나무가 갈라지지를 않았다. 가루만 떨어질 뿐 빈틈을 보이지 않는 나무가 야속하기만 했다. 어서어서 쩍 하니 갈라져야 학비를 마련할 텐데, 내 마음대로 쪼개지지 않는 나무는 마치 세상과도 같았다. 내게 활짝 가슴을 열어주지 않는 야속하고 냉엄한 세상, 나는 언제 따뜻한 세상에서 내 꿈을 펼칠 수 있을까?

다행히 도끼에 크게 다치지 않고 요행히 나무 한 단을 해다 팔았다. 물집 잡힌 손으로 지폐 몇 장을 꼭 쥐었다.

애를 썼지만 생활은 갈수록 어려워졌다. 조간신문 배달만으로는 학비와 생활비를 마련하기에는 턱없이 부족했다. 하교 후에 석간 신문까지 배달하면 아침저녁으로 족히 세 시간은 정신없이 동네 곳곳을 뛰어다녀야 했다. 완전히 녹초가 되어 학교에서도, 집에서도 책상에 앉기만 하면 꾸벅꾸벅 졸았다.

1955년 중학생 때 형님과 함께

신문 배달보다 더 어려운 것은 수금이었다. 당시에는 신문을 보고도 대금을 내지 않는 사람이 너무 많았다. '수금을 많이 해야 나도 돈을 받을 텐데'라는 생각이 들어 배곯은 목소리지만 쥐어짜서 실랑이를 벌인 적도 여러 번 있었다. 어떤 집은 밀린 신문대금을 받기 위해서 여러 차례 언성을 높인 적도 있었다. 그러다 겨우 돈을 받아내면 맥이 풀려 걸을 기운도 없었다.

학비와 방세를 내고 나면 정말 한 푼도 남지 않았다. 초등학교 시절에도 굶기를 밥 먹듯 했지만, 학년이 올라가도 굶는 것은 나아지지 않았다. 신체가 커질수록 배가 더 고팠다. 먹은 게 없어서 신문 배달을 하려 해도 현기증이 나서 일어설 수가 없었다.

'어머니!'

나는 쓰린 배를 움켜쥐고 시골에 계신 어머니를 불렀다. 쌀 한 가마니를 얻어 오셨던 그날 저녁의 붉은 노을을 떠올렸다. 목에서는 쓴물이 올라오고 눈에서는 눈물이 흘렀다. 허기를 채우기 위해 정신없이 물을 퍼마셨다. 그런 날은 배가 좀 불룩했지만 얼굴은 누렇게 떠 있었다.

나에게 공부란 무엇이었을까? 학교를 다닐 무렵부터는 항상 가난, 배고픔과 싸우면서도 끝끝내 이루려던 욕망은 무엇 때문이었을까?

닭서리와 수박서리, 버스 무임승차, 도둑기차 타기. 숨기고 싶은 기억이지만 학창 시절 내가 저질렀던 일들이다. 어떻게든 살아야 했기 때문에 나쁜 일인 줄 알면서도 어쩔 수 없었던 그때의 일들을 지금에야 고백한다.

어머니가 계신 시골집에 가려면 전주에서 기차를 타야 했다. 차비가 없으니 몰래 타는 수밖에 없었다. 검표원이 기차 앞 칸에서부터 차례로 차표 검사를 하면, 나는 검표원을 피해 먼저 옆칸으로 달아났다. 계속 뒤쪽으로 옮겨가다가 결국 막다른 칸에 다다르면 적당한 역에서 내린다. 내린 역에서 조금 기다리면 다음 기차가 온다. 이번에는 얼른 앞쪽 칸으로 올라탄다. 이미 앞 칸은 검표원이 지나갔을 터이기 때문이다. 한 시간이면 갈 수 있는 거리를 이렇게 오르내리다 보면 두세 시간이 걸려 도착하곤 했다. 일 년에 겨우 한두 번 큰맘 먹고 시골집에 내려가는데 그때마다 나는 가슴을 콩닥거리며 도둑기차를 타고 있었다. 시골집과 전주를 오가며 한 번도 걸린 적이 없는 걸 보면, 아무리 생각해도 멋진 방법이었던 것 같다.

하지만 제때 적당한 기차역에서 내릴 기회를 잡지 못해서, 마지막 칸까지 쫓겨갔다가 급기야 검표원을 피해 기차 지붕으로 올라간 적도 있었다.

'잡히면 끝장이다!'

그때는 그랬다. 어떻게든 검표원에게서 벗어나야 했다. 마치 영화에 나오는 한 장면 같겠지만, 이것은 결코 멋진 방법이 아니었다. 목숨과 맞바꾸는 매우 위험한 일이었다. 쌩쌩 달리는 기차 지붕에 납작하게 매달려서 얼마나 버틸 수 있겠는가? 겨울에는 어찌나 추운지 매서운 칼바람에 살갗이 에이는 듯했다. 그래도 찬바람은 견딜 수 있었다. 비가 내리는 기차 지붕 위는, 마치 동아줄 한 가닥을 잡고 곡예를 하는 것과 같았다. 미끄러져 떨어질 뻔한 순간을 떠올리면 지금도 오싹하다.

한번은 검표원을 피해 몇몇 학생들과 함께 급하게 지붕 위로 쫓겨 올라갔는데, 마침 그때 기차가 신리에서 관촌 가는 길목에 있는 긴 터널 속으로 들어가고 있었다. 아뿔싸! 앞이 안 보이고 숨이 턱하니 막혔다. 잠시 후에 터널 밖으로 나오니 눈이 부셨다.

"푸하하하! 네 얼굴 좀 봐라."

같이 지붕에 올라왔던 학생들의 얼굴이 모두 새까맣게 그을렸다. 눈만 하얗게 껌뻑거리는 그 모습이 어찌나 우스웠던지 잠시 자신들의 처지를 잊고 한동안 배를 쥐고 웃었다. 그것도 잠깐, 이대로 내렸다가는 도둑기차를 탔다는 게 들통 날 터, 증거를 어떻게든 없애는 게 관건이었다.

당시 기차는 석탄을 땠기 때문에 연기가 많이 났고, 특히 터널을 지날 때면 숨 쉬기조차 힘들었다. 기관실 지붕 위의 굴뚝 위로 뿜어져 나오는 석탄 연기를 마시며, 열아홉 살 학생이었던 나는 이때 내가 광부가 되리라고는 전혀 상상치 못했다. 그것도 이역만리 타국에서 가족들과 헤어져 십육 년을 지내게 될 나의 미래에 대해 일절 알 수가 없었다. 머나먼 그곳에서 지금과 같은 가난 때문에 흘리게 될 눈물에 대해서도 알 턱이 없었다.

검표원에 쫓기면서도, 도둑기차를 타며 그을린 얼굴을 기차역 화장실에서 역무원의 눈치를 봐 가며 씻어내면서도, 얼굴에 흐르는 검은 물을 손으로 털어 내면서도, 다음에 도착할 기차를 기다리며 어머니 얼굴을 떠올리면서도 다가올 나의 미래에 대해서 전혀 모르고 있었다.

이처럼 어려운 여건 속에서도 나는 고등학생 때 RCY 적십자단체

고등학교 시절 농촌계몽운동

활동을 열심히 했다. 방학 때는 농어촌에 가서 문맹퇴치운동에도 앞장섰고, 전주의 모든 중·고등학교 학생을 대상으로 한 학예회도 직접 계획하여 추진했다. 사라호 태

풍이 불어닥쳤을 때에는, 길거리에서 모금 운동을 하고 이재민에게 구호물품을 전달하거나 학교에서 학용품을 모아 수재민 어린이를 돕기도 했다. 이때 모은 기금으로 군산 앞바다 고군산열도의 이재민 학생들을 도왔다.

혼자서 학교 운동장을 청소하거나 화단을 가꾸는 등 자원봉사 활동도 했는데, 당시에 경험한 단체 및 동아리 활동이 평생 청소년 운동을 하는 데 큰 도움이 되었다. 내가 긍정적인 삶을 살게 된 것은 학창 시절 동아리 활동을 열심히 한 결과라 해도 과언이 아니다.

고등학교 때 적십자 활동(상), 고군산열도에서 이재민 학생들에게 학용품을 나눠 주며(하)

이같이 열심히 노력한 결과, 전북에서 적십자단체 활동을 가장 모범적으로 한 학생으로 각종 상을 받는 영광을 누렸다. 어려운 환경에서도 학생 신분으로 봉사 활동을 열심히 하는 것이 기특해 보였는지, 전북 적십자지사장과 담당 선생님들이 항상 나를 대표직에 임명해 주셨는데, 특히 전북 대표로 많이 활동했다.

고생은 했지만 지나고 보면 모두가 아름다운 추억인데, 당시에는 돈이 없어서 졸업 앨범을 구입하지 못했다. 그래서 지금 내게는 그리운 얼굴들이 담긴 초·중·고등학교 앨범이 하나도 없으니 아쉬울 따름이다.

넉넉한 **아버지**, 잊지 못할 **어머니**

나는 무척 어려운 가정에서 자랐지만, 할아버지는 마을에서 제일 부자셨다고 한다. 마을 전체의 논밭과 산이 거의 할아버지 소유였고, 해방되고 나서도 할아버지 집에는 자동차가 두 대나 있었다. 그 자동차를 타 본 기억이 난다. 아버지는 흔히 말하는 천석군 집안의 막내여서 늘 사람 좋은 미소를 띠고 계셨고 삶의 여유가 있으셨다. 어머니는 내게 벌을 주시거나 때린 적도 있지만 아버지는 전혀 그런 적이 없다.

아버지는 열네 살 때 두 살 연상인 어머니를 신부로 맞았다.

아버지와 어머니

"네 아버지가 말이다. 신혼 초에는 부엌에 있는 내게 와서 '누룽지 좀 줘' 하셨단다. 장가는 들었지만 아이나 다름없었지."

어머니의 말씀을 듣노라면, 색시에게 어리광을 부리는 어린 신랑 모습의 아버지가 그려져 웃음이 나온다. 아버지는 할아버지로부터 적지 않은 논밭을 물려받았지만, 일을 배운 적도 없고 할 줄도 몰라 조금씩 팔다 보니 세 마지기밖에 남지 않았다. 그 논이 우리 집안에 남겨진 유일한 재산이자 생계의 터전이었다.

그러나 아버지는 양반 행세만 하시고, 해방 전에 만주와 일본 등을 유랑하며 노동자 생활을 하시다가 해방이 되자 귀국하셨기에 모든 살림은 어머니 몫이었다.

물론 아버지라고 괴롭지 않았을 리가 없다. 그래서인지 술을 많이 드셨는데, 술을 이기지 못하고 길가에 누워 주무시기도 하고, 물에 빠져 떠내려갈 뻔한 적도 있었다. 넉넉하지 못한 살림에도 아버지는 항상 다른 사람에게 베풀기를 좋아하셨다. 그나마 집안이 어느 정도 여유가 있었을 때는 언제나 사람들을 데리고 와서 식사와 술을 대접하셨다.

"권(權) 씨는 양반 중의 양반이지."

이렇게 강조하시던 분이었기에, 시장에 가실 때에도 늘 갓을 쓰고 미투리를 신으셨다.

내가 독일에 있을 때 아버지가 돌아가셨는데, 형님은 연락을 하지 않았다. 하기야 연락을 해도 내가 한국에 올 수 있는 형편이 아니었지만. 임종을 지켜 드리지 못했던 아버지, 그 편안한 미소와 넉넉한 마음씨는 늘 내 가슴에 남아 있다.

다 쓰러져가는 초가삼간, 논 세 마지기가 전부인 힘에 겨운 삶이었지만, 어머니의 교육에 대한 열의는 대단하셨다. 쌀 한 가마니 사건 이후, 항상 내 학비 때문에 고민이 많으셨던 어머니는 전주에 있는 어느 술집 여종업원의 아기를 데려다 돌보셨다. 한국판 베이비시터의 원조라 할 수 있는 이 일을 시골 아낙이 어떻게 생각해 내셨는지 놀랍기만 하다. 당시 대부분의 여성이 그랬듯이 당신은 문맹이었어도 아들만은 잘 가르쳐야겠다는 의지는 누구에게도 뒤지지 않았다. 내가 박사학위를 받았을 때 한없는 기쁨의 눈물을 흘리셨던 어머니, 돌아가시는 순간까지 학위모를 쓴 내 사진을 품에서 놓지 않았던 어머니가 오늘은 더욱 그립다.

해마다 칠월 말이 되면 잊을 수 없는 어머니와의 일화가 떠오른다.

1951년 6·25전쟁이 한창일 때, 어머니와 함께 고향 장수에서 왕복 백육십 킬로미터를 걸어 논산 신병훈련소까지 형님 면회를 다녀온 일이 있다.

"이종아, 이번이 아니면 언제 또 네 형을 만날 수 있겠니? 전쟁 통엔 살아도 산목숨이 아니니, 이번에 가거든 네 형 얼굴을 자세히 보아 두거라."

"예, 그런데 무슨 짐이 이렇게 많아요?"

어머니가 꾸려 놓으신 짐은 웬만한 피난 보따리보다 컸다. 어머니는 머리에 커다란 보퉁이 하나를 이고 손에도 큼직한 짐을 들고, 나도 등에 봇짐 하나를 지게 하셨다. 모르는 사람이 보면 이 난리 통에 북쪽으로 피난이라도 가는 줄 알았을 것이다.

"네 형 밥해 줘야 할 것 아니냐. 휴우, 좀 쉬었다 가자."

나무그늘 아래 걸음을 멈추신 어머니의 짐을 받아 들여다보니 마음이 짠했다. 지난밤 정성껏 장만하신 음식 몇 가지와 생쌀, 거기다 솥단지와 장작까지 담겨 있었다.

'장작과 솥단지만 아니어도 짐이 좀 가벼웠을 텐데……'

버너나 휴대용 가스레인지가 없던 시절, 김이 펄펄 나는 따뜻한 밥 한 그릇에 어머니는 자식에 대한 사랑을 꾹꾹 눌러 담고 싶으셨던가 보다. 밥그릇, 숟가락, 주걱까지 어머니는 '작은 부엌' 하나를 통째로 이고 지고 허리가 휘게 그 먼 길을 걷고 또 걸으셨다.

구슬 같은 땀이 뚝뚝 떨어지는 얼굴에 어머니의 엷은 미소가 살짝 지나간다. 뜨거운 자갈길을 짚신 두 짝에 의지하여 앞장서서 걸어가시던 어머니. 한동안 걷다가 이정표가 나오는 길목이면 어머니는 어김없이 나를 물끄러미 돌아보셨다.

어머니는 글씨와 숫자를 못 읽으셨다. 나는 짐꾼이기도 했지만 사실 장수에서 논산까지 표지판을 읽어 드리기 위한 가이드였다. 길을 가는 도중 수십 개의 표지판을 읽어 드리며 몇 번이나 어머니 몰래 눈물을 훔쳤는지 모른다. 신작로에 일본인들이 만들어 놓은 삼십 센티미터 높이의 시멘트에 새겨진 글씨들, 눈이 있어도 읽을 수 없었던 안타깝고 응어리진 슬픔을 누가 헤아릴 수 있겠는가?

어머니가 그 먼 곳까지 당시 초등학교 사 학년이었던 나를 데려간 이유는 대체 무엇이었을까? 나중에 안 사실이었지만, 어머니는 기차를 탈 차비가 없어서 그 무거운 짐을 진 채 어린 나를 앞세우셨던 것이다. 나를 앞세우셨을 때의 어머니 마음은 어땠을까? 자식에게 가는 길이 너무나 멀었으리라.

어느 겨울, 어머니는 한 눈의 시력까지 잃으셨다. 그날은 무국을 끓여 먹기로 해서, 어머니는 구덩이에 묻어 둔 무를 가져오려고 형님과 함께 텃밭으로 나가셨다. 간밤에 내린 눈이 꽁꽁 얼어붙어 무를 찾기가 간단치 않았다.

"이 무가 왜 이리도 안 보이냐? 우리 아이들 밥 먹여야 하니까 그만 버티고 이제 나오거라, 이놈아!"

구덩이 입구를 찾아서 마지막 안간힘을 쓰던 어머니가 갑자기 날카로운 비명을 지르셨다.

"아얏—!"

입구 옆에 있던 휘어진 대나무 버팀이 튕겨 그만 눈동자를 찔렀던 것이다. 어머니는 심한 고통 속에서도 무를 들고 집까지 오셔서 기어코 우리들에게 무국을 끓여 주셨다. 그때까지도 우리는 어머니의 다친 눈이 안 보이게 되리라고는 예상치 못했다. 전쟁 중에 갈 만한 병원도 없었고, 치료비 때문에 갈 엄두도 못 냈었으니까 말이다. 어머니는 아픈 내색도 안 하시고 다친 눈을 무명천으로 질끈 동여맨 뒤 일을 계속 하셨다. 우리는 상처가 빨리 아물기만 기다렸다.

며칠이 지나자 어머니는 눈에 둘렀던 천을 푸셨다. 우리 형제들은 숨을 죽였다.

"얘들아, 이 눈으로는 이제 아무 것도 볼 수가 없구나. 하지만 괜찮아, 다른 쪽 눈이 있으니까."

어머니의 입에서 새어나오는 낮은 목소리를 듣는 순간, 우리는 부둥켜안고 얼마나 울었는지 모른다. 청천벽력도 유분수지, 오십 세의 어머니는 아직 한창 밝은 눈으로 세상 즐거움을 누리실 나이에 그만 한쪽 눈을 잃고 말았다. 지금 같으면 치료할 수도 있었을 작은 사고로 영원한 어둠 속에 갇히고 말았던 것이다.

독일 체류 십육 년, 깜깜한 막장 안에서, 겨울날 냉방에서 떨며 공부할 때, 타국에서 가족들도 없이 결혼식을 올릴 때, 첫딸이 오 개월 만에 사망했을 때, 박사학위를 받았을 때에도, 기쁘나 슬프나 내 마음은 항상 어머니 곁에 머물러 있었다.

허기진 배를 움켜잡고 굶기를 밥 먹듯 했던 우리, 나흘 동안 사백리 먼 길을 걸어서 오가야 했던 우리, 돈이 없어 제때 학교를 다니지 못하고 결국 머나먼 타국으로 광부로 가야 했던 그런 자식 때문에 한평생 눈물 흘리셨을 우리 어머니. 아흔넷, 돌아가실 때까지 자식 걱정에서 벗어나지 못하셨던 어머니께 이 책을 바친다.

순간의 선택이 운명을 바꾸다

1961년 고등학교를 졸업하자 곧 입영통지서가 나왔다. 전쟁과 가정 형편으로 초등학교 때 한 해를 쉬었고, 또 졸업하고 바로 중학교에 들어갈 수 없어서 또 한 해를 쉬었기에 다른 학생들보다 나는 두 살이 많았다. 중·고등학교 때의 고된 고학 생활로 결석도 잦았고, 영양 결핍으로 학업에도 매진하지 못했던 나는 대학 입학은 엄두도 내지 못하고 입영 날짜인 3월 14일에 바로 입대했다.

군번 10830373을 받고 제35사단에 배속되어, 경기도 연천군과 대광리 등에서 포병으로 근무했다. 5·16 때 비상근무도 했으며, 여의도 국군의 날 행사에 참여하기도 했다.

이 년간의 군생활 동안 유일한 위안은 신앙이었다. 매일 기도로 시작하고 기도로 일과를 마쳤다. 매주 수요일과 일요일에는 부대 부근의 민간인 교회에 나가 예배를 드렸다. 주일학교에서 아이들과 함께 공부하는 그 시간이 가장 즐거웠다. 군대에서도 나는 선생님이 되어 아이들과 지내는 그 꿈을 잊지 않았다. 언젠가는 내가 그 꿈을 이루리라는 희망을 버리지 않았던 것이다.

　제대하여 고향에 돌아왔지만 나를 기다리는 것은 변함없는 가난
이었다. 고등학교를 졸업했지만 내가 할 수 있는 일은 농사밖에 없
었다. 비좁고 보잘것없는 초가집이었지만 내가 태어나 지금까지 살
아온 터전인 만큼 소중하게 지키면서 앞으로 어떤 삶을 살 것인가
에 대해 많은 고민을 했다.

　1963년 봄, 나의 운명은 오촌 여조카 덕분에 바뀌게 되었다. 지금
은 고인이 되어 아무런 보답도 할 수 없지만, 그가 베풀어 준 은혜는
지금껏 내 가슴 깊이 새겨져 있다. 부잣집 딸이었던 오촌조카는 내
가 중학교와 고등학교 다닐 때에도 많은 도움을 주었다.

제대 후 고향에서 농사지으며

"아재요, 배고프지예? 이것 얼른 드시라요."

조카는 자취방에 쌀밥과 음식을 가져오기도 하고 친구에게 부탁하여 도시락을 보내주기도 했다. 또 여학생의 몸으로 눈 쌓인 추운 겨울 새벽에도 부모님 몰래 신문 배달까지 도와준 일도 있었다. 그 조카가 어느 봄날 아침 일찍, 뜬금없이 서울에서 시골에 있는 나를 찾아왔다.

"아재, 혹시 서울 공사판에서 막노동할 생각 있습니까?"

무슨 일이든지 가리지 않고 해야 할 형편이었던 나는 망설이지 않고 하겠다고 나섰다. 그리고 형님과 상의하여 보리와 닭을 팔아 차비를 겨우 마련해서, 조카와 함께 완행 야간열차를 타고 서울에 도착했다. 말로만 듣던 서울에 드디어 온 것이다.

조카의 소개로 만난 건축업자는 나를 보자 대뜸 이렇게 물었다.

"몸이 약해 보이는데, 일을 할 수 있겠어요? 몸이 튼튼하고 힘이 세야 하는데, 이 일 해 보지 않은 사람은 하기 어려워요. 보기보다 좀 힘든데."

자신 없으면 그만 고향으로 돌아가라고 은근히 겁을 줬다. 나는 그만 무릎을 꿇고 울며 매달렸다.

"그래도 농사일 해 본 경험이 있으니 어떻게든 되지 않겠습니까? 열심히 하겠습니다. 무슨 일이든 시켜만 주십시오."

건축업자 말대로 막노동을 해 본 적이 없는 나로서는 이렇게 대답할 수밖에 없었다. 알고 보니 그 사람은 조카의 둘째오빠가 세 들어 사는 집의 주인이었다. 오빠의 부인이 집주인에게 부탁해서 어렵게 소개한 자리였건만, 당장 내일부터 공사장에 나가야 하는데 잘 곳이 없으니 난감했다. 또 누군가에게 신세를 져야만 했다. 궁리 끝에 왕십리에서 헌책방을 하고 있던 다른 조카에게 부탁을 했다. 흙바닥에 판자를 깔고 겨우 잠을 청했다. 옹색하긴 했지만 낯선 서울 땅에 잠자리가 있다는 것이 얼마나 다행스러웠는지, 지금도 그 조카에게 고마움을 보낸다. 세상에 공짜란 없는 법이었는지, 밤만 되면 나타나서 피를 빨아먹는 얌체 같은 빈대 때문에 밤새 뒤척여야 했지만 말이다.

나의 첫 직장은 을지로 입구의 4층 빌딩을 짓는 건축 현장이었다. 아침 일찍부터 나는 '오함마(大ハンマ)'라 불리는 큰 망치를 이용해서 철근을 자르거나 모래와 벽돌을 등에 지고 이삼 층으로 날랐다. 힘든 나날이었지만 나는 일 년 가까이 이런저런 공사장을 전전하며 하루살이 인생을 살았다.

어느 날 공사장에서 함께 일하던 한양대 공대생이 내게 난데없는 제안을 해 왔다.

"권 형! 나하고 독일에 갈 생각 없수?"

"독일이요? 거길 대체 무슨 일로……?"

"권 형은 요즘 신문도 안 봐요? 다들 독일 간다고 난리들인데."

그러면서 내게 신문을 들이밀었다. '좁은 루르 갱구의 길목(동아일보)'이라는 제목의 광부 모집에 대한 기사가 눈에 들어왔다.

"아니, 뭔 일이기에 오백 명 모집에 이렇게들 많이 몰렸을까? 대단도 하네."

정말 그랬다. 1963년 8월 모집 당시 신문에는 2,527명이 모여 들었으며, 마감 시간이 되면 더 많은 사람들로 붐빌 것이라고 쓰여 있었다. 한국 정부는 1963년 12월부터 1, 2, 3진으로 나누어 파독광부를 모집했는데, 자격 조건은 '35세 미만의 신체 건강한 대한민국 남성으로서 병역을 필한 광부 경력자'였다. 공대생이 전해 주는 이야기를 듣다 보니 나는 귀가 번쩍 열리고 눈이 활짝 뜨였다.

'이런 세상에, 그렇게 돈을 많이 벌 수 있단 말인가?'

매월 평균 칠백 마르크(백오십 달러)를 받을 수 있다는 것이 꿈만 같았다(많이 버는 사람은 일천 마르크 이상을 벌기도 했다). 독일 돈 일 마르크가 한국 돈으로 오륙십 원 수준이었으니, 약 사만 원 정도 되었다. 5급 공무원 월급(삼천육백 원)의 열 배에 상당하고 고액연봉자였던 은행원의 일 년 연봉과 맞먹는 큰돈이었다. 당시 서울의 집 한 채 값이 사십오만 원이었으니 대단히 많은 금액이었다. 게다가 독일에서 광부로 삼 년만 근무하고 돌아오면, 국내의 광업개발지 기술자로 근무할 수 있도록 일자리도 보장해 준다니 이런 기회는 평생 다시 만날 수 없을 것 같았다. 나는 이야기만 듣고도 마음이 부풀어서 어떻게든 꼭 가야겠다는 생각으로 가득 찼다.

"그런데 말야, 이 년 이상 광부 일을 해 본 사람이라야 한다잖아. 자네나 나나 탄광 근처에는 얼씬도 해 보지 않은 사람들을 누가 뽑겠어?"

"다 해결 방법이 있다고 하더이다."

"그게 사실인가, 정말?"

"제 얘길 들어 보세요."

이야기를 다 듣고 보니 부풀었던 마음이 차츰 가라앉고 염려가 앞섰다.

'과연 나처럼 학벌도 변변찮고 경력도 없는 사람에게 기회가 돌아올까?'

지원자들은 대부분 고등학교를 졸업하고, 대학 중퇴자와 명문대 졸업자들도 더러 포함되어 있었다. 그리고 이미 국내에서 국회의원 비서관 등 버젓한 직업을 가지고 있는 사람들도 있고, 전직교사, 실패한 사업가, 예비역 장교, 서울바닥에서 주먹깨나 쓰던 이 등 다양한 직업과 연령대의 사람들이 너도나도 지원하여 경쟁이 꽤 치열했었다.

파독광부(派獨鑛夫)!

그 이름은 전란의 상처와 시대의 가난을 뚫고 나갈 탈출구였다. 전 국민 이천오백만 명 중 실업자가 이백오십만 명이나 되고 고학력 실업자가 즐비하던 시절, 명문대를 나와도 직장을 구하기 힘들었고 굶는 것이 가장 두려웠던 시절, 일할 적령기의 남자들은 수단과 방법을 가리지 않고 광부로, 여자들은 간호사로 독일행을 택했다. 나 역시 마찬가지였다. 태어날 때부터 겪은 지긋지긋한 가난에서 해방되고자 했던 욕망과, 이십 대 청춘의 고뇌를 '파독광부'라는 비상구를 통해 해소하고 싶었다.

'반드시 가난의 굴레를 벗고 인생의 거대한 전환점을 마련하리라. 그리고 반드시 성공해서 돌아오리라.'

하루 벌어 하루 살았던 나는 공사현장 일도 게을리 할 수 없어서, 한양대 공대생의 도움을 받아 겨우 서류를 접수하고 체력검사 날을 기다렸다.

시력, 체중, 혈액 및 소변 검사, 엑스레이 검사 등 기본 신체검사 외에 달리기, 역기 들기, 턱걸이, 육십 킬로그램 무게의 모래가마니 어깨 위로 들어올리기 등 체력검사를 치렀다. 지원자 중에는 커트라인 체중인 육십 킬로그램에 맞추기 위해 내의 속에 쇳덩어리를 몰래 지니고 오거나, 검사 직전에 자장면을 배부르게 먹고 수돗물로 배를 채우기도 했다. 그동안 농사일과 공사일로 다져진 몸이었기에 힘든 시험은 아니었다. 영어와 국사 과목 등은 필기시험을 대비하여 예상문제집이 나돌 정도였다. 마지막 관문인 면접에 통과하기 위해 '손이 고운' 대졸 응시자들은 면접관 앞에 나오기 전에 연탄에 손을 비벼 검고 투박한 손을 만들기도 했다.

"권 형, 우리 합격했어요!"

공대생과 나는 모두 합격의 행운을 안았다. 나는 세상을 다 얻은 것처럼 기분이 좋았다. 1차 합격자는 676명이었다. 내가 지원했던 1차 2진은, 429명 모집에 수천 명이 몰려 지금의 대학입시를 방불케 할 정도로 치열한 경쟁률을 보였다. 어쨌든 우리는 독일 공업단지

의 심장부인 루르로 가는 좁은 1차 관문을 멋지게 통과한 것이 틀림
없었다.

  합격자들은 강원도 태백과 장성의 탄광에서 몇 주간의 현장교육
을 받았다. 이론교육과 안전교육을 일주일 받고, 3주는 막장을 둘러
보고 직접 일을 해 보았다. 그러나 현직 광부들처럼 힘겨운 일은 경
험하지 못했다.

강원도 장성에서 광산 실습 중

광부후보자 소집통지서

소집 공문 요약본

수신자 : 출국후보자 전원 429명

귀하는 독일 파견 탄광근무자로 선발되어 소정의 훈련과정을 마치고 서독 루르 광업회사에 취업코자 출국 준비에 분망하실 줄로 사료되나, 귀하의 출국일이 확정되었음으로 다음에 의거 소집하니 각별 유의하시어 낙오됨이 없기를 바랍니다. 출국일자는 1964년 10월 5일, 집합일시는 1964년 9월 30일 10시입니다. 집합장소는 재건국민운동훈련원(서울 성북구 수유리 소재)입니다. 기타사항으로는 소집 이후에 외출을 불허하고, 소집에 응하지 않은 자는 기권으로 처리하며, 독일에서는 구입하기 곤란한 약품을 지참하고, 한국문화 소개를 위한 오락물 준비와, 고춧가루 등 기호품 지참, 기생충 검사결과 기생충이 발견되는 자는 출국을 취소, 출발까지의 합숙비는 본인 부담, 지참 준비금은 50불 미만 그리고 독일에 도착 후 사진이 필요할 것인바 증명사진 4매 정도는 휴대하는 것이 좋을 것임.

1964년 9월 22일 노동청장 이찬우

제2의 부모, 형님과 형수님

그러는 사이 1963년 12월, 앞서 1차 1진으로 한 차례 광부 파독이 이루어졌다. 얼마 지나지 않아 나를 포함하여 선발된 2진 광부 후보자들 앞으로 소집장이 도착했다. 비록 합격은 했지만 독일에 가기까지는 넘어야 할 장벽이 많았다. 제일 큰 문제는 역시 경비였다.

　"형님, 절 좀 도와주세요. 이번에 꼭 가야 합니다."
　"알았다. 이종아! 네가 잘된다는데 내가 무엇이 아깝겠느냐."
　소를 팔아서 경비를 해결해 달라는 나의 당돌한 간청을 형님은 두말없이 승낙하셨다. 어렵게 농사를 짓고 계신 형님께 소는 가장 큰 재산이자 유일한 생계수단이었다. 그것을 판다는 것은 농부로서 전 재산을 내놓는 것이나 마찬가지였다. 형님은 소 한 마리와 보리 열다섯 가마를 팔아서 나에게 주셨고, 나는 그 덕분에 독일로 갈 준비를 할 수 있었다.
　하지만 그것이 끝이 아니었다. 산 너머 산이라고, 가난에 겨워 담보 잡혀 광부로 가는 중에도 깔끔한 차림을 하라는 것이었다.
　"이번엔 양복, 와이셔츠에 넥타이, 구두라니……."
　이번에도 기댈 곳은 형님밖에 없었다.
　"형님, 마지막입니다. 가면 첫 월급부터 보내드리겠습니다."
　이렇게 해서 나는 생전 처음 양복을 입어 볼 수 있었다. 와이셔츠와 넥타이는 먼 친척 조카에게서, 뒤창이 거의 닳은 구두는 서울에

고향집에서 형님, 형수님과 함께

서 대학 다니는 친구에게 얻어 겨우 모양새를 갖추었다.

형님은 가난에서 벗어나기 위해 평생을 열심히 노력하며 사신 분이다. 형님의 부지런함은 따라갈 사람이 없다. 개미나 벌보다도 열심히 일하셨다. 젊은 시절에는 부잣집을 찾아다니며 품삯일을 하셨고, 군복무를 연장하여 월급을 모아 살림 밑천을 장만할 정도로 알뜰하셨다. 또한 신앙생활도 성실하게 하신 분이다. 형수님 역시 부지런한 것은 물론 내게는 어머니나 다름없는 분이다. 그런데 우리처럼 가난한 집안으로 시집을 오셔서 정말 고생을 많이 하셨다.

당시 우리 집은 너무도 가난했다. 쓰러지기 직전인 초가집은 방문이 제대로 열리지 않았다. 비가 오는 여름이면 부엌에 물이 찼고, 겨울에는 갈라진 벽 틈으로 찬바람이 몰아쳤다. 게다가 땔나무조차 없었으니 우리는 가족들의 체온에 의지하여 냉방에서 겨울을 났다.

그래도 형수님은 힘든 기색 없이 늘 웃는 얼굴로 지내며, 시부모께 정성을 다하고 내게 한없는 사랑을 베푸셨다. 형님이 결혼을 하고 군에 입대하셨기에, 초등학교 사 학년인 나와 한방에서 생활했는데 형수님은 마치 어머니처럼 나를 보살펴 주셨다.

특히 형수님은 음식 솜씨가 좋았다. 부족한 재료를 가지고도 맛난 음식을 만들어 주시는 것은 물론이거니와, 명절이나 가족의 생일이면 전통음식을 해 주셨는데 그 맛은 지금도 잊을 수 없다. 지금도 나는 먹고 싶은 음식이 생각나면 시골로 내려가 형수님에게 음식을 만들어 달라고 한다.

독일행 비행기에 오르며

어느덧 출국일이 다가왔다. 사실 치열한 경쟁에서 합격하고 출국이 결정된 후부터는 새로운 세계에 대한 기대로 흥분에 젖어 있었다. 생활비를 벌기 위해 여전히 을지로 입구에서 막노동을 하면서도, 이제 독일만 갔다 오면 이런 고생은 작별을 고할 것이라는 막연한

서독 파견 후보자 제1진 A반 훈련수료 기념사진(1964년 8월)

희망에 들떴다. 떠나기 전에 어머니께 인사를 올리기 위해 고향으로 내려갔다.

고향집 담 너머 동산, 정겹게 서 있는 감나무, 호두나무와 밤나무에 주렁주렁 달린 열매가 가을을 재촉하던 1964년 9월 말, 호롱불 밑에 모여 앉은 우리 가족은 언제 다시 만나게 될지 아무런 기약도 없이 떠나는 나를 묵묵히 지켜보았다.

"고추장은 잘 싸지 않으면 터지는데, 한 번 더 꼭 매야겠다."

머나먼 이국에서 입맛에 맞지 않는 음식 때문에 고생하지 않을까 염려가 되셨는지, 어머니는 북받치는 설움을 억누르며 밑반찬과 양념들을 챙기셨다.

헤어지는 슬픔을 달래는 데 익숙하지 않은 건 보내는 사람이나 떠나는 사람이나 매한가지다. 치솟는 눈물을 감추고 응급치료에 필요한 간단한 약품 등을 작은 나일론 가방에 쑤셔 넣고, 그래도 우리 고유한 문화를 알려야 한다며 장기와 바둑, 윷과 한복 입은 인형도 한구석에 챙겼다.

'파독광부!'

내가 듣기에도 낯선 호칭이다. 하지만 이제 며칠이 지나면 나는 대한민국의 광부로서 독일행 비행기에 몸을 싣고 기회의 땅 독일로 갈 것이다.

독일 광산은 어떤 곳일까? 한국에서도 잠시 교육 받은 것 말고는 광산촌에 가 본 적이 없는데 이역만리 떨어진 곳으로 광부가 되어 떠난다니. 풍문으로는 가스 폭발이 일어날 수도 있고, 갱도가 무너져 사고로 죽는 사람이 많다던데, 그런 험한 곳에서 살아남아 다시 고향에 돌아올 수 있을까? 사랑하는 부모형제를 다시 만날 수 있을까?

처절하고 절박한 상상만이 나를 괴롭혔다. 모든 것은 운에 맡기자고 스스로를 달래며 잦아드는 호롱불을 뒤로하고 한숨을 내쉬니 어느덧 날이 밝았다.

어릴 적 뛰놀던 들과 산, 어머니의 애끓는 배웅을 받으며 전북 임실군 오수역까지 삼십 리 길을 걸어 서울행 완행열차에 몸을 실었다.

1964년 9일 30일 오전 열 시, 서울 성북구 수유리 소재의 재건국민운동훈련원에는 독일로 출발할 광부 429명 전원이 모였다.

'드디어 떠나는구나.'

긴장된 분위기 속에서 우리는 출국 전까지 전원 외출 금지인 상태로 독일에 대한 일반 교양교육을 받았다. 그리고 기생충검사도 실시되었다. 만약 몸에서 기생충이 발견되면 그 즉시 출국이 취소되었다. 의학이 발달한 독일에는 기생충이 없기 때문에 혹시라도 전염을 우려한 때문이라고 했다.

교육 내용은 생소했지만 가난에서 벗어나겠다는 일념으로 모두들 열심이었다. 말이 통하지 않는 외국에 나가 어떻게든 돈을 벌겠다는 각오로 임했기에, 교육장은 뜨거운 열기로 가득했다. 하지만 흥분과 열정, 희망찬 웃음 뒤에는 저마다 알지 못할 불안감을 안고 있었다.

나는 속으로 외쳤다.

'아냐, 나는 살아서 돌아올 수 있을 거야. 살아서 꼭 고향집에 돌아갈 거야.'

드디어 날짜가 확정되었다. 10월 5일, 훈련원 문이 열리고 우리를 태운 버스가 출발했다. 비포장도로 위를 달리며 매캐한 먼지 속에서 바라보는 한강은, 불안과 두려움을 간직한 아득한 심연(深淵)이다. 훈련원 안에서 마음을 다지고 다졌건만, 막상 떠나려니 마음 한 구석이 아려오고 맥이 빠진다. 가족들과의 생이별 앞에 한없이 나약해지는 한 인간일 뿐인 나, 나는 다시 이 길을 밟을 수 있을까? 나도 모르게 눈물이 주룩 흘렀다.

김포공항에 도착한 우리는 루프트한자(Lufthansa), 처음 들어보는 독일 비행기에 몸을 실었다. 비행기에 타고서는 슬픔도 잠시 잊고, 모든 것이 신기하여 실내를 오가며 창밖을 내다보느라 바빴다.

위이잉—!

비행기는 김포공항을 출발, 미국 알래스카를 경유해서 독일 뒤셀도르프(Düsseldorf) 공항으로 향했다. 지금처럼 한국에서 러시아(구소련)를 통과할 수 없던 시절이라, 알래스카에서 비행기에 기름을 채우고 승무원들이 교체되었다. 총 열아홉 시간의 비행 끝에 우리는 마침내 독일 땅에 첫발을 내디뎠다. 내 인생 최대의 전환점은 이렇게 시작되었다.

제 2 장

●

내 이름은 파독광부

'눈물 젖은 빵을 먹어 보지 못한 사람은 인생의 참맛을 알 수 없다.'
—괴테

우리는 **외국인** 노동자

처음 타 보는 비행기인데다가 너무 오랜 시간이 걸려서 독일에 도착했을 때는 모두 지쳐 있었다. 하지만 뒤셀도르프 공항에 도착하자 우리들을 마중 나온 1진 선배들의 환대를 받는 순간 우리는 정신이 번쩍 들고 기운이 났다. 그리고 모든 것이 궁금해지기 시작했다. 도대체 여기서 앞으로 무슨 일을 해야 하는지, 얼마나 힘든지, 음식은 어떻게 해먹는지 등 물어보고 싶은 이야기로 가득했다.

그런데 팔다리에 붕대를 감고 나온 한 선배의 모습을 보자 두려움이 들기 시작했다. 막장에서 일을 하다 다친 것이라고 했다. 우리는 얼떨떨한 가운데 몇 개의 무리로 나뉘어 각자 배속된 탄광으로 향했다.

유럽에서 석탄이 가장 많이 매장되어 있는 루르 공업지대는 독일의 최대 산업지대라고 알려져 있다. 루르 공업지대는 제2차 세계대전이 끝나고 독일의 공업을 재건 육성하는 중심지였다. 부근의 아헨과 라인 강 부근에서도 채탄 작업이 진행되었는데, 당시 독일에는 전쟁후유증으로 남성 노동자들이 턱없이 부족하여 그리스, 유고, 폴란드, 이태리, 일본 등 수십 개국의 노동자들이 우리나라 광부보다 먼저 와서 작업을 하고 있었다.

우리는 갱내에 투입되기 전에 4주간의 독일어 교육과 삼 개월간의 현장실습을 받았다. 갱내에서 필요한 말을 익히고 기계와 연장에 대한 오리엔테이션을 받은 후 각자 일터로 배치되었다.

"한국에서 오신 광부 여러분! 여러분은 앞으로 삼 개월 동안 석탄을 운반하고 채탄을 위한 훈련을 받을 것입니다. 지하에서의 작업은 매우 위험하기 때문에 일정한 훈련이 필요합니다. 그것이 타인과 자신의 생명을 보호할 수 있는 유일한 길입니다.

훈련 결과에 따라 배치가 달라지므로 열심히 임해 주시기 바랍니다. 특히 타인의 생명과 안전에 관계되는 작업은 독일어로 충분히 말할 수 있어야 하므로 교육 시간에는 집중해 주십시오.

그리고 이제부터 여러분은 독일법에 의거, 독일 시민과 동등하게 인권과 신체 및 재산에 대한 보호를 받게 되므로 책임감과 자존심을 가지고 일해 주시기 바랍니다."

내가 배속된 곳은 독일 EBV(Eschweiler Bergbau Verein) 메르크슈타인(Merkstein) 지역 아돌프(Adolf) 탄광이었다. 드디어 고된 갱내 생활이 시작된 것이다.

비록 굶주림과 가난에 허덕일지언정 대한민국 땅덩어리 안에서는 당당한 인간 '권이종'으로서 존재할 수 있었다. 그런데 독일 땅에 내리는 순간, 나라는 존재는 사라지고 '파독광부'라는 낯선 호칭으로 불리기 시작했다. 힘들다고 눈물을 흘리며 달려갈 부모님의 품도, 그리우면 술잔을 기울이며 회포를 풀 친구도 없었다. 그저 여러 인종이 뒤섞인 외국 노동자의 한 사람으로서 새로운 운명과 마주섰다.

독일 광산회사 측은 한국 정부에 현직 광부를 파견해 줄 것을 요청했던 만큼 우리 모두가 광부 경력자인 줄 알고 있었다. 하지만 실제로 독일에 온 우리들 대부분은 4주간 강원도 광산에서 현장 실습을 한 것이 전부였다. 소위 빽이 있는 사람은 실습조차 하지 않고 왔기 때문에, 막장이 어떻게 생겼는지도 몰랐다.

"어때? 나 광부같이 생겼냐?"

"그려, 이제 우린 진짜 광부여."

어쨌든 교육을 마친 사람들은 장난 반 농담 반으로 이렇게

광산촌 앞에서 오종식 동료와 함께

서로를 위안하고 격려했다.

"그래도 여기에 온 사람들 중 상당수가 광부 출신이라는데, 짧지만 나도 탄광 물은 좀 먹었다고."

"그래? 자네는 그나마 다행이군. 난 떠나기 전에 겨우 며칠 기웃거린 것뿐인데."

"경력자면 뭐하냐고? 여긴 우리나라 탄광이랑 아주 구조가 딴판이래. 그러니까 광부일을 해 봤든 안 해 봤든 별반 차이가 없다는 거여."

"그런데 이렇게 광부들이 전부 독일로 오면 우리나라 석탄은 누가 캐냐니깐?"

세계적으로 석탄은 산업 자본주의 시기부터 국가 기간산업을 움직이는 에너지 자원이었다. 석유가 '검은 진주'이듯 석탄은 또 다른 '검은 보석'이었다. 해방과 한국전쟁을 거쳐 우리나라가 본격적인 산업화를 추진하던 시기, 서구에서와 마찬가지로 석탄은 경제 발전의 원동력이었다. 국가 주도의 경제개발 5개년계획의 시행과 더불어 대단위 탄좌를 설정하여 연간 삼십만 톤 이상이 생산될 수 있도록 정부가 지원을 아끼지 않았다. '한강의 기적' 역시 이러한 석탄 산업의 뒷받침이 없이는 불가능했다. 개발기의 전력 부족은 석탄에 의한 화력발전으로 해소되었고 세계적인 오일쇼크 때에도 석탄 증산으로 위기를 극복했다. 석탄을 캐내는 광부는 위대한 산업전사의 다른 이름이었다.

사전 교육에 들어간 우리는 독일 광산을 보고 깜짝 놀랐다. 우리가 상상했던 것과는 전혀 달랐다. 우리나라는 태백, 장성, 도계 등지의 광산처럼 높은 산이나 깊은 골짜기에 탄광이 있는데, 이곳은 가도 가도 끝이 없는 드넓은 평야에 광산촌이 자리하고 있었다. 그뿐만 아니다. 광산 구조와 쓰이는 기계와 도구, 작업방식

작업에 들어가기 전 동료 광부들과 함께
(맨 왼쪽이 저자)

등이 비교할 수 없을 정도로 선진화, 기계화되어 있었다.

내가 일하는 EBV 메르크슈타인 광산은 제1차 세계대전이 발발하기 이전에 이미 채탄할 수 있는 시설이 모두 갖추어져 있었다. 지하로 내려가는 승강기인 샤흐트(Schacht) 1호기와 2호기를 설치하여 1909년부터 지하로 파 내려가기 시작했는데, 1910년에는 1,088미터에 이르러 채굴 가치가 있는 직경 십 미터를 초과하는 석탄층을 아홉 개나 발견했다고 한다.

그 후 3~5호기 샤흐트를 설치하여 1956년 이후 막장은 기계화되었다. 예전에는 목조 계단이나 긴 사다리 또는 굵고 튼튼한 밧줄에 달린 커다란 두레박을 타고 한번에 소수의 인원만이 지하로 내려갈 수 있었는데, 엘리베이터가 설치되고 나서는 한꺼번에 30~50명씩

신고 내려갈 수 있게 되었다.

이에 반해 우리나라의 광부는 소수의 전문 광부들을 제외하면 대부분 산업화의 거센 물결에 쓸려 농사일을 접고 광산촌으로 일터를 찾아온 사람부터, 타 제조업보다 임금이 높기에 단기간에 여유자금을 확보하고자 몰려든 숱한 직종의 사람들이 혼재되어 있었다.

사정이 이러하니 교육 수준이 일천했고, 광산 책임자와 선배들을 통해 어깨 너머 습득한 것이 전부였다. 더구나 우리나라 광산촌의 광구와 갱도, 지형은 고구마나 무 모양과 비슷하여 막상 기계화를 시도하기도 어려운 구조인데다가, 당시 한국 실정으로는 장비의 선진화를 꾀하기란 어려웠다. 상황이 이러하니 '경력 광부'라 해도 막상 독일에서 능숙하게 일을 시작하기란 쉽지 않았다.

동료의 **죽음**

머나먼 이국땅 수백 미터 지하에서 공포와 불안, 기대와 흥분이 교차하는 가운데 막장 인생의 첫 삽질이 시작되었다. 우리가 제일 두려워했던 것은 지하 깊은 곳 깜깜한 막장에서 언제 죽을지 모른다는 것이었다. 폐를 시멘트처럼 딱딱하게 굳게 한다는 돌가루와 석탄가루를 날마다 마실 때도, 우리는 죽음의 공포를 잊고자 고향 생각을 했다. 어머니 얼굴을 떠올리며 '아리랑'이나 '나의 살던 고향'을 불렀다. 그러나 단순 작업을 반복하다 보면 고향도 그 무엇도 금세 잊어버렸다.

광산에서 오리엔테이션을 받았다지만 우리의 작업은 서툴기만 했다. 막장 안에서는 누구도 예기치 못한 사고가 일어나곤 한다. 아무리 조심하다고 해도 사고가 나는 것은 한순간의 일이다. 기계에 몸이 끼여 다치기도 하고, 손가락이나 발가락이 잘려나가는 것은 부지기수이다. 정말 운이 없으면 실명하기도 한다. 그리고 천장을 받치는 슈템펠(Stempel, 쇠기둥)이 넘어지거나 지반의 무게를 버티지 못하고 튕겨 나오거나 휘면, 오랜 경력자라 해도 어찌할 재간이 없다. 터무니없는 죽음 앞에 망연자실할 뿐 죽는 사람만 억울한 법이다.

그런데 독일 광산의 환경에 익숙하지 않은 동료가 일을 시작한 지 몇 주가 지나지 않아 목숨을 잃는 사건이 발생했다.

"큰일 났어, 큰일 났다니까! 천장이 무너져 사람이 깔렸대."

"누구, 누구야? 죽었어, 살았어?"

"이 씨라는구만. 다들 달려들어 돌덩이를 파헤치고 겨우 구출은 했다는데, 목숨이 온전할지는 모르겠다네."

"이걸 어째. 온 지 얼마나 됐다고. 이거 남의 일이 아니네, 아니야."

"그런데 왜 하필 우리나라 사람이냐구."

광산에서 종종 일어나는 매몰 사고였다. 거미줄 같은 독일 광산 시설 안에서 작업 미숙으로 눈 깜짝할 사이에 당한 변이었으니 누군들 살아날 수 있었겠는가. 삼 년을 잘 지내보자고 희망에 부풀어

같이 왔던 동료가, 이제는 싸늘한 시체로 변해 저세상으로 가버렸다. 시신이 운구차에 실릴 때 장례식장은 눈물바다가 되었다. 그날은 모두 일할 기운도 없이 넋을 잃고 밤을 지새웠다.

"참 안됐어, 젊은 나이에 이렇게 일찍 세상을 떠나다니 말이야."

"그러게나 말이야. 그런데 그 사람 처자식은 있나?"

"글쎄……, 우리도 삼 년을 버텨야 하는데, 눈앞이 캄캄해. 돈 벌겠다고 와서 돈도 못 벌고 이렇게 값없이 목숨을 버리다니. 아, 괜히 왔나 봐."

우리는 살아도 산목숨이 아니었다. 언제 개죽음을 당할지 알 수 없는 암흑천지에 있었다. 부모형제와 처자식을 내버리고 이국까지 왔을 때에는 나름대로 굳은 의지가 있었을 테지만, 갑작스러운 동료의 죽음은 우리를 끝없는 불안으로 내몰았다.

"내일부터 당장 굴속에 들어갈 일이 걱정이야. 무섭다구, 무서워. 남의 일 같지 않다니까. 누군들 안 그러리라는 보장이 어디 있냐고?"

동료의 죽음 앞에 모두 의욕을 잃고 말았다. 비탄과 걱정으로 밤을 새웠지만, 누구도 우리를 대신해서 일할 수는 없었다. 우리가 고향으로 돌아갈 수 있는 방법은 삼 년 기한을 채우든지 아니면 죽는 길밖에 없었다. 죽지 않으려면 어떻게든 삼 년을 채워야 한다. 매순간 죽음과 맞서 싸우는 것이 바로 나의 할 일이었다. 우리는 내일도 전등 하나에 의지하여 한 치 앞도 분간 못하는 탄광 속으로 내려가야 한다.

동료들이 주고받는 이야기를 옆에서 듣노라니 막막하기는 나 역시 마찬가지였다. 내가 약해질 때마다 떠올린 것은, 고향에 계신 어머니와 형님이었다.

'이대로 물러설 순 없어. 난 안 죽어! 형님께 소 사드려야지. 그때까진 못 죽어, 절대 못 죽는다고!!'
나는 속으로 울부짖었다. 내겐 더 이상 물러설 곳도 선택의 여지도 없었다. 나는 '막장 광부'이지 않은가! 내게는 어쩌면 두려워하거나 죽을 권리도 없었는지 모른다. 세상에 빚진 것들을 모두 갚기 전까지는 내 목숨은 내 것이 아닌 것이다.

동료들의 비탄을 뒤로하고 기숙사로 돌아오는 길에 두려움을 떨치기 위해 두 손을 모아 간절히 기도했다.
'저도 저렇게 될까 너무 무섭습니다. 여기까지 어떻게 왔는데, 포기할 수는 없습니다. 제발 저를 살려 주세요. 보호해 주십시오.'

신세계에의 적응

어린이가 유치원에 들어가고 학생들도 상급 학교에 진학하여 새로운 친구와 선생님을 만나면 왠지 서먹하다. 강아지도 주인이 바뀌면 며칠 동안 굶고 심하면 앓기도 한다. 성인들조차 고향을 떠나 낮선 곳에서 겪는 이질감을 견뎌내는 데에는 상당한 시간이 필요하다. 새로 옮긴 직장에 적응하는 것도 역시 마찬가지다. 하물며 머나먼 이국에 온 광부들에게야.

초창기에 독일로 파견된 광부 대부분은 광산에서 일해 본 경험이 전혀 없는 이들이었다. 더러 광산에서 일한 적이 있다 하더라도 광산 구조가 한국과 딴판인 이곳에서 능숙하게 일한다는 것은 거의 불가능했다.

독일 광산에서는 항상 긴장된 상태에서 정신을 똑바로 차려야 했다. 전후좌우, 상하 어느 방향이건 사신(死神)이 달려들 준비를 하고 있기 때문이다.

독일로 출발하기 전, 독일어 강좌도 듣고 강원도 장성 등지의 탄광에서 몇 주간 실습을 했다지만, 그것은 형식에 지나지 않았다. 대부분의 지원자들은 광산일이나 다른 육체노동을 해 본 경험이 없었으며, 곡괭이나 삽조차 잡아보지 못한 사람들이 많았으니, 단기간의 실습에서 큰 효과를 기대한다는 것은 어리석은 일이었다.

'경이로운 노동'을 하기 위해서라기보다는 '어쨌든 한국을 떠나고 보자. 그러면 뭔가 있겠지' 하는 요행을 바라는 마음으로 우리는 한국을 탈출하여 독일로 떠났던 것이다.

실업 청년이 넘쳐나던 1960년대 우리나라의 현실은 방향을 알 수 없는 갱도나 마찬가지였다. 아이러니컬하게도 독일 광산은 한국의 실업 청년이 국가 간 협약에 의해 합법적으로 달러를 벌 수 있는, '외국으로 탈출할 수 있는 유일한 비상구'라 할 수 있었다.

깜깜한 갱도 안에서 한줄기 빛을 따라 출구를 찾듯 청년들은 독일로 떠나려고 했다. 그리고 광부가 되었고, 또 광산노동 계약 후 공부를 하기도 했고, 인근의 유럽 여러 나라와 캐나다, 미국으로 다른 기회를 찾아 떠났다. 서로 분명히 밝히지는 않았지만 저마다 가슴에 소망을 품고 광부로 자원했던 것이다. 나중에 들은 이야기지만 사망한 동료도 유학을 목적으로 왔다고 했다.

1960년대 초 우리나라의 생활수준은 비참하기 짝이 없었다. 수출 1억 달러에 국민소득은 80~90달러에 지나지 않았다. 산업 시설이라고 해 보았자 방직, 제약 및 합판공장 같은 것이 전부였으니, 대학을 졸업해도 취업률은 매우 낮았고 유학길에 오른다는 것은 상상도 못했다. 외국에 간다는 것 자체가 특권층의 전유물이었으니, 대학을 나왔거나 중퇴한 많은 젊은이들은 광산일에 대한 육체적, 정신적 고통에 대한 별다른 고려 없이 무작정 광부 모집에 온몸을 던졌던 것이다.

이 같은 이유로 한국에서의 실습이나 교육을 진지하게 받아들인 사람은 별로 없었던 모양이다. 그러나 나는 상황이 좀 달랐다. 외국 유학은 생각해 본 적도 없었고 지긋지긋한 가난에서 그저 벗어나고 싶다는 생각뿐이었다. 굶어본 사람만이 그 서러움을 알 것이다. 잘 곳 없어 배회하던 그 쓰라림을 이해할 것이다. 배고픔과 헐벗음에서 벗어나고 싶어 몸부림치며, 어떻게든 돈을 벌어 잘살아보겠다는 의지 하나로 자원한 것이었으니까.

자신과의 굳은 약속이 있었기에 나는 작은 기회라도 주어지면 열심을 다했다. 독일어를 배울 때에도 탄광 실습을 할 때에도 강사들의 손짓 하나 놓치지 않으려고 집중했다. 그 덕분에 삼 년간의 광부 생활을 마칠 때까지 큰 사고를 피할 수 있었는지도 모른다. 광부치고 몸에 상처가 없는 사람은 거의 없다. 돌이켜보면 광산 근무 삼 년 동안 나도 사고를 겪기는 했지만, 머리부터 발끝까지 사지가 멀쩡한 것은 기적이라 할 수 있다.

독일에 도착해서 일정 기간 지상과 지하에서 광산 적응 교육을 받기는 했지만, 역시 피땀 흘린 시간이 지나야 어엿한 광부의 꼴을 갖추는 모양이다. 동료가 죽고 나서 광산에 들어가는 것이 더 두려웠다.

"제길, 막장에 들어가는 게 이렇게 겁이 나다니."

"자네도 그런가? 나도 그래. 삼 년 뒤에 무사히 돌아가려면 끝까지 진짜 조심하자고. 딴 데 한눈팔지 말게."

"조심한다고 해도 그게 되나, 이 사람아. 모든 게 팔자소관이야, 팔자소관. 이 씨는 뭐 그렇게 되고 싶어서 그렇게 됐나? 막말로 자기가 잘못해서 죽었냐고."

"이 씨 가족은 어떻겠어? 나는 한 밑천 잡으면 한국에 가서 집이라도 살 생각으로 없는 빚 있는 빚 다 내서 왔는데."

"다 마찬가지야. 누구 안 그런 사람 있어? 돈 있으면 여기 왜 왔겠나? 자자, 그러지들 말고 마음 다잡고 일하러 가세. 죽은 사람만 불쌍하지. 하늘나라 가서 하고 싶던 공부나 하게 다들 빌어주세."

"그려그려, 돈이나 많이 벌어서 귀여운 처자식 기다리고 있는 고향으로 얼른 달려가자고."

그리고 광부들은 자리를 털고 일하러 갈 준비를 했다. 우리는 파독광부니까. 그래, 우리는 파독광부다.

이 일은 사람들의 입에서 그렇게 오랫동안 오르내리지 않았다. 우리나라 사람 말고도 여러 다른 외국인 광부들의 사건사고가 잇달았으며 나중에는 으레 사고는 당연한 것이려니 하고 생각하게 되었다. 하지만 한국에서 사전 준비가 좀 더 철저했더라면 하는 안타까움은 절실했다. 누구도 독일 광산이 어떻게 생겨먹었는지 알고 온 사람은 없었다. 현지 사정에 대해 미리 교육만 제대로 받았어도 그런 억울한 사고는 방지할 수 있었을 것이다.

나의 **일터**는 **막장**

어느덧 막장 생활을 시작한 지도 몇 개월이 지났다.

광산일은 굴진, 채탄, 기계 수리, 보갱, 운반, 선탄, 안정 등 여러 가지로 나뉜다. 지상에서 하는 재료 준비와 공급, 행정적인 일들은 부수적이며, 광산의 주된 업무는 역시 지하의 막장일이다.

막장에 들어가기 전에 광부들은 탈의실에서 작업복을 갈아입고 필요한 도구를 갖춘다. 사전 준비 작업은 생명을 지키는 일에 다름

지하 막장에 들어가기 위하여
작업복을 입고(왼쪽이 저자)

아니다. 특수하게 제작된 안전화와 안전모, 두꺼운 가죽장갑, 낮은
탄층을 기어 다닐 때 필요한 무릎보호대와 앞정강이 보호대, 내리
막길에 필요한 엉덩이 보호대, 생명의 빛인 램프(헤드 랜턴)와 배터
리, 가스 유출을 대비한 가스마스크, 그리고 4~6리터 물통과 빵 등
을 준비한다. 마치 전쟁터에 나가는 군인처럼 완전 무장을 하는 것
이다. 안전모와 전등, 그리고 배터리만 해도 무게가 꽤 나간다.

채탄(採炭) 작업은 오전 여섯 시에서 오후 두 시, 오후 두 시에서
여덟 시, 오후 여덟 시에서 다음날 오전 여섯 시까지 삼교대로 이루
어지며, 광부들은 아침반, 오후반, 야간반으로 교대로 근무했다. 아
침반은 새벽 너덧 시에 일어나서 간단히 아침식사를 한 뒤 점심 도
시락을 준비하여 출근한다. 일단 갱도에 한번 들어가면 작업이 끝
날 때까지 나올 수 없었기 때문에 만약 연장 근무를 할 예정이라면
오후에 먹을 간식과 물을 미리 넉넉히 준비해야 한다. 대개는 과일
한두 개와 딱딱한 독일빵이 전부였지만.

오전 여섯 시 전에 막장에 도착하려면, 광부들은 보통 새벽 네 시 경에 일어난다. 다른 동료들은 힘든 일을 해 본 경험도 많지 않고 탄광일에 단련되지 않아 새벽 기상이 고역이었다. 나는 학창 시절 육 년 동안 꼬박 새벽에 신문 배달을 했기 때문에 일찍 일어나는 것이 어렵지는 않았다. 요즘으로 치자면 철저한 '아침형 인간'이었던 것이다. 오직 '가난에서 벗어나자'는 굳은 각오로 정신 무장이 되어 있었기 때문에 누구보다 적극적으로 하루하루를 살 수 있었다.

그래도 새벽에 일어나서 이것저것 준비하기란 정말 벅찼다. 조금 게으름을 피우는 날에는 먹는 둥 마는 둥 헐레벌떡 출근하느라 바빴다. 그런 날은 그야말로 지옥이 따로 없다. 기운이 달려 팔다리가 후들거린다.

한국 사람이 김치 없이 삼시 세 끼를 빵으로 때우기란 정말 어려

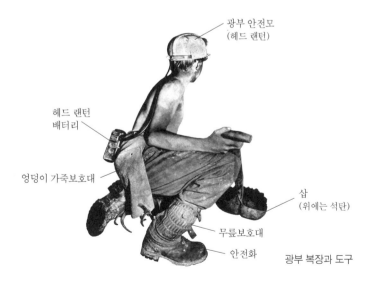

광부 안전모
(헤드 랜턴)

헤드 랜턴
배터리

엉덩이 가죽보호대

삽
(위에는 석탄)

무릎보호대

안전화

광부 복장과 도구

왔다. 하지만 입안이 깔끄럽다고 굶으면 강도 높은 작업을 하다가 쓰러지기 십상이었다. 죽기 살기로 이를 악물고 견디게 되자 딱딱한 독일빵도 자연스럽게 먹게 되었다.

마르켄눔머 1622

우리 광부들에게는 각자 코드가 주어졌다. 이는 마치 군번과 같은 것이어서, 봉급을 비롯하여 휴가, 사고, 사망 등 모든 일을 처리하는 데 근거가 되었다. 코드가 새겨진 작은 금속제 명찰을 작업복에 부착한다. 이곳에서는 코드 1622의 광부는 바로 나이다.

광산의 탈의장에는 광부 코드에 따라 삼사 미터 길이의 쇠사슬이 부여된다. 이것이 다용도 옷걸이 겸 사물함 역할을 한다. 쇠사슬을 풀면 허공 높이 걸려 있던 내 작업복과 신발, 세면도구가 내려온다. 공중에 주렁주렁 매달려 있던 시꺼먼 작업복을 처음 봤을 때의 그 섬뜩함을 잊지 못한다. 마치 목매어 자살한 사람마냥 축 늘어져 있어서 눈살이 찌푸려졌다. 하지만 그것도 몇 번 보다 보니 그냥 옷일 뿐, 익숙해졌다.

하지만 대체 왜 이 광산에서는 흉물스럽게 작업복을 높이 매달아 놓는 것일까?

섭씨 30~36도의 온도와 수직 500~1,200미터 깊이의 지하 갱도 안에서, 1~5킬로미터를 수평이동하며 여덟 시간씩 중노동을 하고

나오면, 온몸과 작업복은 땀과 먼지, 석탄가루와 돌가루가 뒤범벅
이 되어 축축하게 젖어 있고 쾨쾨한 냄새마저 풍긴다. 특히 독일인
과 서양 여러 나라의 광부들의 땀 냄새는 고통스러울 정도로 고약
하다.

게다가 장화 안은 땀으로 철벅댄다. 속옷 역시 땀이 흥건히 배어
작업 도중 몇 차례는 쥐어짜야 계속 일을 할 수 있다. 막장에서 올라
오면 땀과 석탄가루로 범벅이 되어, 깨끗한 물로 씻어내기 전까지
는 누가 누군지 구별할 수가 없을 지경이다. 작업하는 동안은 마치
유령과도 같은 몰골로 지내고 있는 것이다.

돈을 아끼느라 여벌옷을 사지 않아서 매일 세탁하는 것도 불가능
하다. 그저 땀내 나는 꼬질꼬질한 작업복에 익숙해지는 것이 돈을
절약하는 것이라 생각했다. 마르고 나면 그나마 좀 나았다. 공기가
통하는 높은 곳에 매달아 말리는 것만이 최선의 방책이었던 것이

독일 갱도의 모습

다. 삼 년 동안 나를 감싸 주며 땀과 눈물을 함께 머금었던 고마운 나의 껍데기.

이제 하루 일을 시작해 보자. 각 막장의 감독관, 작업반장과 함께 샤흐트를 타고 지하로 내려간다. 복장은 비슷하지만 엄연한 구별이 있다. 감독관은 흰색 안전모, 일반 광부는 노란색 안전모를 쓴다.

지하로 내려가는 승강기는 한 칸이 삼 층으로 나뉘어 있는데, 각 층마다 열다섯 명 정도가 탑승하여 한 번에 오십 명 정도가 탈 수 있다. 지하 오백 미터 이상을 내려가면 귀가 멍멍해지고, '후두둑—!' 지하수 떨어지는 소리가 들린다. 칠흑 같은 어둠을 뚫고 고속으로 내려가는 승강기 안에서의 으스스한 느낌은 뭐라고 표현하기 힘들 정도이다.

탄층에 따라 지하 수백 미터에서 일천 미터가 넘게까지 내려가면 다시 다른 승강기나 갱차로 옮겨 타거나 또는 걸어서 막장까지 간다. 갱도에는 세찬 바람이 불어 춥지만 막장에 들어가면 후끈한 지하의 열기가 괴롭힌다.

작업장에 도착하면 반장의 지시에 따라 각자 작업을 시작한다. 일이 힘들고, 깊고 위험한 곳을 소위 '막장'이라 불렀는데, 그런 곳으로 들어가면 임금을 더 받을 수 있었다. 돈을 많이 벌고 싶은 사람은 막장으로 들어갔다. 나 역시 한동안 막장일을 지원했으나 체력이 달리면 감독관에게 이야기하여 굴진으로 빠져나오기도 했다.

광부의 일반적인 일은, 굴을 뚫으면서 갱목으로 보갱하고 탄맥이 발견되면 채취하여 항외로 운반하고 석탄의 광물을 골라내는 것이다. 갱내 작업은 석탄 생산과 운반이 중심이고, 이를 위해 쇠기둥과 동발 나르기, 착암기 천공, 화약 발파, 갱도 보수, 수갱 굴착 등이 이루어진다.

광산 작업은 일하는 만큼 돈을 받는 도급제다. 열심히 하면 돈을 더 벌 수 있으니 몸이 부서져라 일을 하지만, 지하에서 무거운 장비를 들고 불편한 자세로 작업을 하기 때문에 제 아무리 항우장사라 해도 금세 파김치가 된다. 날카롭고 육중한 기계는 한 치의 오차도 없이 왔다 갔다 한다. 사람이 지쳤다고 해서 기계가 봐주는 법은 없다. 기계의 속도에 맞춰 빨리 동발을 받쳐주지 않으면 천장이 무너진다.

종종 작업을 하는 지반은 완전한 수평이 아니라 10~30도 정도 경사가 지기도 한다. 이처럼 경사가 진 곳은 동발을 세울 때 최악의 조건이다. 더구나 바닥에 탄분(炭粉)과 돌가루가 깔려 있어서 상당히 미끄럽다. 작업을 시작하기 전에 경사면에 맞추어서 쇠기둥을 세워 천장이 무너지지 않도록 하고, 작업 중에 도구가 미끄러져 내려가면 잃어버리기 십상이어서 기둥에 꼭 묶어 놓아야 한다.

아무리 조심해도 경사면에서는 사고가 빈번히 발생한다. 삼교대로 일이 진행될 때 전임 근무자가 작업장과 도구를 깨끗이 정리해 놓지 않으면 다음 근무자가 일을 할 때 무척 애를 먹는다. 작업장 정리는 사고 예방의 지름길이다. 작업장이 지저분하거나 도구가 제자리에 있지 않으면 사고가 일어날 확률이 높다.

석탄도 질과 종류가 여러 가지이며, 경도(硬度, 굳기)와 색깔도 다르고, 더러는 빛이 나기도 한다. 석탄을 캐는 일은 사람이 하지 않고 기계가 한다. 푸석푸석한 석탄보다 단단한 석탄이 위험도가 낮다. 석탄을 캐다 보면 여러 가지 흥미로운 일이 생겨난다. 단단한 돌 틈새에서 나뭇잎이나 새, 물고기 등 다양한 동식물의 화석이 발견되기도 한다. 그것이 고생대의 석탄기인지 페름기인지 또는 중생대의 쥐라기인지 백악기의 것인지 알 수 없지만, 수만 년 전 이곳은 온통 울창한 숲이었으며 많은 동물들이 생존했음을 추측케 한다. 과연 자연의 신비는 끝이 없다.

일을 마치고 지하에서 지상으로 올라오면, 광부들의 얼굴은 눈과 입만 빼고 검게 변해 있다. 그런 얼굴로는 누군지 알 수 없다.

"뷔 하이쎈 지(Wie heissen Sie, 당신 이름은 무엇입니까)?"

일상적인 경우라면 이렇게 묻겠지만 광산에서는 그보다 더 빠른 방법이 있다.

"벨췌 마르켄눔머 하벤 지(Welche Markennummer haben Sie, 당신 광산번호는 몇 번입니까)?"

마치 교도소의 죄수번호를 묻는 것 같다.

"내 번호는 1622입니다."

"아, 미스터 권이로구만."

작업을 마친 후라 온몸이 땀투성이다. 속옷을 비틀어 짜면 물이 줄줄 흐른다. 탈의장에서 잠시 휴식을 취한 뒤 작업복을 자신의 쇠고리에 걸고 사슬을 당겨 높이 올린다. 샤워장에서 몸을 구석구석 깨끗이 씻으면 기분이 좋아진다. 대충 씻으면 눈언저리, 귀와 콧구멍에 석탄가루가 그대로 남아 있어 마치 여성이 눈썹 화장을 한 것 같다. 다 씻고 나니 이제 내 모습으로 돌아왔다.

광산에 들어가기 전
미소 짓는 광부 시절의 저자

탈의실에서 평상복으로 갈아입고 기숙사로 퇴근한다. 저녁밥을 지어 먹고 시장을 보든가, 다음날 입고 갈 땀에 젖은 양말과 속옷을 세탁한다. 한국에서 가지고 온 흘러간 노래 테이프를 듣거나 편지를 쓰다 보면 어느덧 밤 열 시가 된다. 다음날 새벽 다섯 시에 일어나려면 늦어도 열 시에는 자야 한다. 광부의 하루는 고되고 다람쥐 쳇바퀴 돌듯 단순하기만 하다.

석탄가루 묻은 빵을 씹으며

돈을 많이 벌기 위해서는 위험한 막장을 선택하여 좀 더 많이 일을 하는 수밖에 없었다. 미혼자보다는 기혼자에게, 기혼자 중에도 자식이 여럿 있는 사람에게 봉급이 더 많이 나왔다. 나중에 알게 된 사실이지만, 이런 차이를 알고 한 푼이라도 돈을 더 받기 위해 한국에 아내와 자식이 있다고 서류를 위조하는 경우도 있었다. 누구라도 그런 이야기를 듣게 되면 귀가 솔깃하게 된다. 서류를 잘 꾸미면 돈을 더 벌 수 있다니 말이다.

파독 초기에는 그런 잔꾀에 귀동냥할 시간조차 없을 정도로 정신 없이 보냈다. 그렇게 머리 굴린 친구들이 처음에는 봉급이 많아 신이 났을지 모르지만, 나중에 상대를 만나 결혼하는 데에는 어려움이 많았다고 전해 들었다. 서류상이지만 가짜 처자식이 있었으니 누가 총각이라 믿어 줄까? 게다가 여자를 만나 사귀며 결혼하겠다고 약속했다가 서류상의 그런 일이 들통이 나서 파혼하는 일도 종종 있었다.

한국에 계신 부모님과 형님, 형수님을 떠올리며 악착같이 돈을 모으기 위해 내가 할 수 있었던 일은 오직 연장근무밖에 없었다. 파독광부 중 아마 내가 가장 많이 연장근무를 한 사람 중 하나일 것이다. 내가 특별히 체형이 크거나 체력이 뛰어난 편은 아니었다. 겨우 몸무게 육십 킬로그램을 넘겼던 내가 피곤과 영양실조로 휘청거리면서도 연장근무를 자청했던 것은 단 하나, 하루라도 빨리 가난에서 벗어나고 싶다는 욕망 때문이었다. 내 몸을 혹사하면서 무모하게 일을 해 댔던 그 이유는 언제나 같았다. 어린 시절이나 지금이나 항상 배가 고팠고 배고픔을 해결하기 위해서는 열심히 일을 해야만 했다. 광산에서도 일을 많이 하면 할수록 이곳에서도 빨리 벗어날 수 있으리라고 믿었던 것 같다.

'눕고 싶다, 단 십 분만이라도.'

막장에서 연장근무를 하다 보면 머리가 어지러워 당장이라도 넘어질 것 같았다. 비록 다 쓰러져가는 시골집이라도 거기서 구들장 업고 잠시라도 눈을 붙일 수 있다면 얼마나 좋을까 하는 생각이 문득문득 들었다.

섭씨 30~36도 고온의 지하 막장은 가만히 있어도 숨이 콱콱 막힌다. 사우나나 찜질방에 가만히 둘러앉아 있어도 땀줄기가 등을 타고 흐른다. 하물며 두터운 작업복에 이런저런 장비를 갖춘 상태로, 기계 사이로 갱도를 뚫고 40~60킬로그램짜리 슈템펠을 하루 60~80개씩 세우며, 석탄을 파내고 실어 나르는 중노동으로 여덟 시간을 버틴다고 생각해 보라. 땀이 온몸을 휘감고 뚝뚝 떨어진다. 석탄가루와 먼지가 땀과 범벅이 되어 끈적거린다. 시야마저 부옇게 흐려져 정신마저 혼미해진다. 작업을 시작하고 얼마 지나지 않아서 그만 지쳐 맥이 풀린다.

연장근무란 이런 상태로 열여섯 시간을 지하에서 두더지처럼 일한다는 것을 의미한다. 막장에서 적당히 빵을 씹어 먹고 물을 마시고 용변을 본다. 광부가 일하는 곳은 지하 막장이다. 광부는 일이 끝나야 지상으로 나갈 수 있다. 광부의 삶을 '죽음과의 싸움'이라고 표현해도 누가 과장이라 탓하랴. 연장근무란 사고와 훗날의 진폐증으로 자기 생명을 단축하는 지름길이었다. 광부란 자신의 몸을 담보로 잡힌 하루살이 인생의 다른 이름이었다.

우리들은 작업을 하다가 쇠기둥을 부둥켜안고 한없이 울기도 했다. 자신의 몸무게만큼 무거운 쇠기둥을 등져 나르고 막장 안에 곧추세운다. 독일인 체형에 맞게 큼직큼직한 도구들을 능숙하게 다루려니 힘이 부친다. 한국에서 밥 한번 제대로 먹어본 적 없는 사람들이 돈 벌겠다는 일념으로 무작정 뛰어 들어왔으니, 마음처럼 쉽지 않은 작업이 원망스럽기만 하다. 땀과 눈물이 뒤범벅되어 얼굴 위로 검게 얼룩져 흐른다. 눈물을 삼키며 하루 여든 개의 쇠기둥을 세우고 나면 '우리에게 내일은 있을까?' 하는 불안한 생각이 든다.

광부로 일한다는 것은, 운명적으로 매순간 생사의 갈림길에 위태롭게 서 있다는 것을 의미한다. 불과 육 미터 가로막장과 길이 이백오십 미터의 공간 안에 삶과 죽음이 공존한다. 같은 크기의 공간이라도 햇빛과 맑은 공기가 있는 지상과, 한 치 앞을 알아볼 수 없는 어둡고 숨이 콱콱 막히는 지하 갱도는 엄청난 차이가 있다. 우리는 심리적으로 공포와 불안에 위축되어, 주어진 공간만큼도 자유를 누리지 못했다. 지하 일천 미터의 세계는 원천적으로 인간의 자유로운 사고를 마비시킨다.

작업을 할 수 있는 폭 사 미터의 공간 중 이 미터는 둔탁하고 거대한 기계가 차지하고 있다. 채탄을 하기 위해 사납게 돌아가는 톱니바퀴가 달린 기계, 또 파낸 석탄을 쉴 새 없이 운반하는 기계가 굉음과 자욱한 먼지 속에서 동시에 움직인다. 광부란 석탄을 캐내는 사람이다. 석탄을 찾아 전진하고 돌 사이에 숨겨진 석탄을 파내고 또 파낸다. 수시로 막장 뒷면의 천장을 무너뜨리고, 정면의 탄층으로 전진한다. 이렇게 전진하면서 앞뒤 천장의 돌과 정면 탄층이 무너지지 않게 육중한 쇠기둥을 계속 세워나가야 한다. 그런 의미에서 광부란 본능적으로 어떠한 저항에도 계속 불도저처럼 전진하는 사람을 뜻한다.

"저 무거운 걸 박아 세우라고? 쇠기둥 옮기는 것만 해도 무거워 죽겠는데, 죽었다 죽었어."

"쇠기둥 세우다가 손가락 끼면 바로 절단이야. 다들 조심해. 내 몸은 내가 지켜야지, 이 바닥에선 목숨이 열 개라도 모자란다구."

"하루에 저걸 팔십 개나 세워야 한다니! 아이고, 내 팔자야. 저거 누가 대신 안 세워 주나? 하느님이 내가 석탄 파내는 동안 돌덩이 안 떨어지게 천장 떠받들어주시면 좋겠네."

"아따! 여보게들, 그런 소리 하지 말고 일이나 하자구. 한풀이만 하고 있으면 돈이 나와 밥이 나와? 오늘 하루도 제발 다치지들 말고 무사히 올라가기나 하세."

광부들은 '쇠기둥'을 떠올리면 할 말이 많다. 한국의 탄광은 일반적으로 목재를 사용하여 지탱하지만, 독일 광산에서는 슈템펠이라 불리는 쇠기둥을 사용한다. 작은 것은 둘레 십 센티미터, 큰 것은 이십 센티미터이고, 높이는 낮은 것은 칠십 센티미터, 높은 것은 이 미터, 그리고 무게는 40~60킬로그램인 쇠기둥을 채탄 중에 계속 세워나가야 한다. 그렇지 않으면 굴 안에서의 전진이란 불가능하다.

또한 슈템펠을 제대로 세우지 못하면 자신의 목숨을 보호할 수 없다. 안전한 환경에서 작업을 하지 않으면 바로 매몰될 확률이 높고, 사고는 대개 죽음으로 이어진다. 그런 의미에서 슈템펠은 '목숨기둥'이다.

갱 안에 있는 동안에는 광부의 목숨은 자신의 것이 아니다. 광부는 지하에 있는 동안 덤으로 얻은 목숨인 양 감사하며 일한다. 그렇지 않았다면 그 힘든 노고를 이겨낼 수 없었을 것이다.

슈템펠을 세우고 있노라면 수천 미터의 지하에서 이 거대한 지구 땅덩어리를 들어올리는 듯한 중력을 느낀다. 그때는 내가 최고의 역도선수이다. 중력으로 쇠기둥이 휘고 나무기둥은 부러진다. 심한 경우, 쇠기둥이 압력을 이기지 못하여 휘면서 동시에 천장이 무너져 내리면 '우르르 쾅쾅!' 하는 천둥 같은 소리가 나기도 했다. 어깨 위로, 또 허리 위로 쏟아지는 무게와 피로는 젊은 날의 가난과 고뇌를 대변했다.

어떻게든 우리는 살아야 했다. 지쳐 죽은 듯 잠에 빠지고 새벽 다섯 시면 어김없이 벌떡 일어서는 우리 광부들은 오뚝이 인생 그 자체였다.

'빵은 꿀맛이군.'

휴식 시간이 따로 정해져 있지 않아 각자 일하다 적당한 시간에 홀로 휴식을 맞는다. 탄가루와 돌가루 날리는 막장 안에서 시커먼 손으로 빵을 물어뜯을 때면 잠시 행복에 젖는다. 바위 바닥에 털썩 주저앉아 벌컥벌컥 물을 마신다. 여덟 시간 일하는 동안에는 이 리

터짜리 물 두 통도 모자란다. 체력 소모가 심한 때문이다. 주머니에 잘 싸 넣어 둔 빵과 치즈, 소시지를 주섬주섬 꺼낸다. 야무지게 쌌다고 했는데도 언제 들어갔는지 석탄가루가 음식마다 묻어 있다. 안전모 위에 달린 등불이 쉬지 않고 춤추는 먼지들을 비춘다. 빵에 묻은 석탄가루를 좀 털어 볼까 하고 두터운 장갑 속에서 손을 꺼내니 손도 시꺼멓기는 마찬가지다. 씁쓸한 웃음을 지으며 빵을 베어 문다. 입안에서 온갖 가루들이 빵과 뒤섞인다. 맛보다는 체력을 유지하기 위해 먹는다고 생각했는데, 구력이 생겼는지 독일 음식도 꽤 즐기게 되었다.

석탄가루로 반들반들해진 무릎을 밥상 삼아 가져온 음식들을 펼쳐 놓는다. 점심시간과 간식시간은 우리가 누리는 소중한 휴식시간이다. 빵을 씹는 중에도 막장 안에는 뜨거운 바람이 훅 하니 몰아쳐와 등골이 오싹하다. 무릇 광부라면 석탄에서 내뿜어져 나오는 열기를 온몸으로 받아들이고 호흡해야 하는 것이다.

목숨을 담보로 한 채탄 작업

독일 광산과 비교하면 1960년대 한국에서의 채탄 방법은 매우 원시적이고 단순했다. 광부들이 사용하는 도구라야 곡괭이, 삽 그리고 톱이 전부였고, 특히 쇠기둥이 아닌 나무기둥을 사용하여 낙반을 막았으니 말이다.

인간의 힘에만 의존해서 채굴하고, 석탄을 골라냈으며, 심지어 광부 부인들이 커다란 대야에 석탄을 이고 나르기까지 했다. 채굴과 선탄, 운반까지 기간산업의 에너지원 조달 과정은 대부분 수공업 방식으로 이루어졌다. 이것은 석탄 매장 구조와도 긴밀한 상관성을 지닌다.

한국의 탄광은 무나 고구마 모양이고 수직형인 데 비해, 독일은 떡살 같은 수평 구조이다. 한국에서의 작업이 지극히 단순하고 원시적이던 그 시절, 독일에서는 이미 초현대적인 기계설비와 도구로 대부분의 작업 과정을 기계화했다. 막장에서 우리가 사용했던 기계들은 이름도 낯설다.

칼날처럼 날카롭게 제작되어 자동으로 석탄을 파나가는 도구 '호벨(Hobel)', 무거운 쇠망치 '함머(Hammer)', 쇠로 제작된 쐐기 '카일(Keil)', 물공기수합기둥 '바서슈템펠(Wasserstempel)', 철로 만든 기둥 '슈템펠', 나무기둥 '홀츠슈템펠(Holzstempel)', 공기수압기로 제작된 자동굴착기 '픽크함머(Piekhammer)', 그리고 석탄을 실어 나르는 컨베이어 벨트 '판처(Panzer)', 그 외에 삽(Schaufel)과 톱(Säge) 등이 독일 광산에서 사용하는 도구들이다.

곡괭이 대신 웅장한 채탄기계 호벨이 길이 이백오십 미터의 탄층을 위아래로 파 나간다. 또 호벨에 달린 지름 60~80센티미터의 특수금속 칼날이 돌처럼 단단한 석탄덩어리를 가차 없이 갉아 댄다.

바위를 따라 탄층 바닥을 왔다 갔다 하면서 낮은 곳은 탄층이 높이 일 미터 미만, 높은 곳은 세로 이 미터, 길이 이백오십 미터의 철판 벨트가 돌아가는 컨베이어에 석탄을 싣는다. 지름이 약 60~70 센티미터 호벨의 금속 칼날이 전진할 때가 '경계 1호'이다. 사고를 예방하고 광부가 살아남기 위해서는 그 공간이 무너지지 않도록 신속하게 후속작업을 해야 한다.

앞에서 석탄이 무너지든가 뒤에서 돌이 무너질 때는 석탄가루와 돌가루로 뒤덮이기 때문에 시야가 이삼 미터 정도밖에 확보되지 않는다. 모든 순간이 삶과 죽음을 좌우하는 크고 작은 사고로 이어질 가능성이 있다. 일을 하다 지쳐 잠시라도 한눈을 팔거나 게으름을 피우면 죽음의 문턱을 넘나들게 된다. 쇠기둥이 제때 세워지지 않으면 천장에서 바위들이 엄청난 기세로 달려들 듯 떨어져 낙반 사고로 이어질 수 있다.

낙반 사고란 작업 도중 바로 이 돌로 형성된 지층이 내려앉는 것을 뜻한다. 이때 돌덩어리 사이에 매몰되면 광부의 생명은 위협받고, 기계의 작동은 중단되며, 작업은 더 이상 불가능하다.

낙반 시에는 위험한 사고가 연속적으로 발생할 개연성이 있다. 그래서 광부들은 공기나 물의 압력을 이용하여 채탄기의 전진 방향

지하 막장에서 석탄을 캐는 모습

과 속도에 맞춰 채탄기 바로 뒷부분에 바로 슈템펠을 세워 주어야 한다.

막장에 세우는 쇠기둥은 고강도의 특수 강철로 제작된 것이다. 제작하는 데만도 많은 비용이 소요되기 때문에 광부 개개인의 작업량에 따라 차등 공급된다. 배정된 숫자 안에서 작업을 해야 하기 때문에, 전진하는 채탄기계 뒤에 바로바로 기둥을 받치려면 여간 동작이 빨라야 하는 게 아니다.

기계 뒤편에 받쳐져 있는 기둥을 빼내는 동안에도 채탄기계는 광부들과 상관없이 전진한다. 그 속도에 맞춰 육중한 쇠기둥을 죽을 힘을 다해 얼른 끌어와 오류 미터 전방의 채탄기 바로 뒤쪽에 일이미터 간격으로 세워야 한다.

이것이 작업의 원칙이요 살 수 있는 유일한 길이다. 탄광에서는 원칙을 어길 수 없다. 원칙을 지키지 못한다는 것은 자신의 목숨을 지키지 못한다는 말이다. 이처럼 광부의 하루하루는 목숨을 담보로 연명되고 있었다.

육체의 피로와 한계와는 무관하게 기계는 계속 전진하고, 기계를 따라 광부도 쉴 새 없이 움직인다. 광부들은 한가하게 쉴 틈이 없다. 단순하면서도 목숨을 건 작업 덕분에 그 시간 동안은 회환에 잠기지 못했던 것이 그나마 다행이었는지도 모른다.

"잘 들으세요. 제일 뒤쪽 쇠기둥을 망치로 쾅—! 쳐서 빼낼 때, 그때가 중요합니다. 우리가 살 수 있는 경계 2호는 뒤편입니다. 엄청나게 큰 바윗덩어리들이 천둥소리와 함께 순식간에 천장에서 와르르 무너지거든요. 그때 잽싸게 피해야 합니다. 어디로 피할지 미리 살펴보고 망치로 치란 말입니다. 망치로 치고 나서 어디로 피할까 생각하면 이미 상황은 끝입니다. 항상 판단을 잘해야 합니다.

천장 무너질 때는 앞이 안 보입니다. 제아무리 천리안이라도 칠흑 같은 어둠 속에서 돌더미가 내려오는데 눈 뜰 수 있겠습니까? 아차 하는 순간이 황천길입니다. 튼튼한 다리 됐다 뭐합니까? 순발력—! 고것이 돌더미 속에 안 갇히는 방법이다 이 말씀이지요.”

광산 간부가 우리들에게 주의를 주었다. 쇠기둥이 큰 바윗덩이 사이에 묻혀 있을 때는 어떤 수단과 방법을 써서라도 그것을 끌어내야 한다. 광산일 중 제일 어려운 것 중 하나다. 광부 한 사람에게 배당되는 기둥 수가 제한되어 있고, 값비싼 강철로 제작되어 있어서 소홀히 취급하거나 잃어버리면 하루 일당이 날아간다. 그래서 무척 힘들고 위험하지만 아무리 어두운 구석에 처박혀 있더라도 반드시 꺼내야 한다.

작은 체격의 한국인이 수백 킬로그램 무게의 돌덩어리 아래 묻혀 있는 40~60킬로그램의 쇠기둥을 빼내는 것은 참으로 힘겨운 싸움이 아닐 수 없다. 천장을 받치는 쇠기둥이 우리 광부를 가장 많이 울렸다.

광산에 따라 다소 차이는 있으나 지하 수천 미터의 갱 온도는 통풍구 위치에 따라 보통 섭씨 30~36도를 오르내린다. 석탄과 돌가루, 땀이 뒤범벅된 광부의 얼굴은 눈과 입술을 제외하고는 아프리카 사람 이상으로 새까맣다. 지열 때문에 막장 내에서는 긴 옷을 입을 수 없어 더러는 짧은 팬티만을 입고, 고무로 만든 무릎보호대를 하고 팔꿈치가 까지지 않도록 스펀지를 깔고 두더지처럼 기어 다니며 작업하기도 한다.

땀을 많이 흘린 후 식사를 하거나 간식을 먹을 때, 특히 통풍구 위치를 잘 파악해야 한다. 환기 때문에 설치한 구멍을 통해 들어온 바람이 의외로 견디기 힘들 정도로 춥다. 더웠다 추웠다 하는 탄광은 요상한 동굴이다.

광부들의 십계명이 있다면 '처음부터 끝까지 조심해야 한다'는 것이다. 한국이나 독일이나 마찬가지이긴 하지만, 안전사고를 방지하기 위한 유일한 방법이 각자 조심하는 길밖에 없다는 사실이 처량하고 서글프기만 하다.

코담배의 효능

지하에서 일하는 동안 내가 살아 숨을 쉬고 있다면, 석탄가루가 어김없이 입과 코를 통해 몸속으로 기어들어온다. 아무리 뱉어내고 또 뱉어내도 침과 가래에는 시커먼 석탄가루가 없어질 줄 몰랐다.

"이놈의 돌가루, 석탄가루! 내가 제명에 살다 못 죽지."

광부라면 누구나 허파를 비롯해서 몸 곳곳에 달라붙은 시커먼 석탄가루 때문에 하루도 걱정 없이 지내는 날이 없다. 언제 숨이 막혀

죽을지, 혹독한 후유증이 남지는 않을지, 사고를 당하지 않더라도 산목숨인지 아닌지 분간할 수 없는 두려움에 빠져든다. 평생 광산에서 일하는 광부들을 보면 분명 신체구조가 일반인들과는 다른 무엇이 있을 것이라고 억지 추측을 한다. 그런 의미에서 광부는 수천 가지의 위험을 극복하는 '지하의 영웅'이다.

"나라고 이게 좋아서 하겠나? 딴 밥벌이가 있어야지. 병원에 누워 있는 광부들 보면 곡괭이 든 손에 힘이 다 빠진다고."

기계화되었다고는 하지만 독일의 작업 환경도 한국과 크게 다르지는 않았다. 갱내에는 먼지가 가득하고 석탄가루가 펄펄 날아다닌다. 세계 어디든 광산은 누구나 기피하는 인생의 종착점이라 불렀던가. 인류를 풍요롭게 만들었던 산업혁명도 평균 수명 삼십 세를 넘기지 못했던 노동자의 고통 없이는 불가능했다.

'막장 인생, 밑바닥 인생.'

인류사가 시작된 이래 광산일은 남성에게 주어진 가장 천한 일이라고 독일 사람들도 중얼댄다. 열심히 일을 하면 할수록 광부란 자신의 죽음을 앞당기는 아이러니한 존재다. 연장근무도 좋고 할당된 작업량의 성취도 좋다. 하지만 앞이 잘 보이지도 않고 숨이 턱턱 막히는 곳에서 일하다 보면 몸 구석구석은 물론 내장에도 딱딱하고 썩지 않는 돌가루와 석탄가루가 채워진다. 더워서 마스크도 제대로 쓰지 않는다. 마스크를 쓰지 않으면 코는 바로 막히고 입안도 금세 시꺼멓게 된다. 그럴 때 특효약이 바로 코담배이다.

1967~1968년에 쓴 일기장과 코담배 통

"이 마스크는 쓰나 마나야. 그래도 안 쓰는 것보다는 낫겠지만."

"코담배가 제일이지, 확실하게 보여주잖아. 에이취~! 이것 봐, 거무튀튀한 게 이만큼이나 나왔어. 에취!"

막장 안에서 웬 담배냐고 수선 떨지도 모른다. 갱내는 팽창된 공기 흐름과 가스 누출 때문에 화약고나 마찬가지이다. 그래서 화기는 절대 엄금이다. 그런 곳에서 담배 운운하다니 '폭탄 지고 불구덩이에 뛰어드느냐?'고 손가락질할지도 모른다.

하지만 코담배는 담배이되 담배가 아니다. 정확히는 불이 필요 없는 담배다. 코담배는, 콧구멍에 삽입할 수 있게 생긴 작은 용기 안에 담긴 가루담배를 지칭한다. 코담배를 코에 넣어 비강 내의 점막을 자극하면, 이미 들이마신 석탄가루가 콧물과 함께 다시 빠져나온다. 고춧가루보다 훨씬 효과가 있다. 갱내에서 유일하게 할 수 있는 적극적인 구명책이다. 분비물이 나올 땐 좀 지저분하기는 하지만 그나마 코담배로 돌가루, 석탄가루를 뽑아낼 때가 가장 시원하고 행복하다.

"아아, 이러고 있으면 며칠 더 살 것 같아."

"계속 코담배로 뽑아내면 저 밑바닥에 가라앉은 것까지 쪽 올라오려나?"

광부들의 바람은 소박하기 그지없다. 그리고 광산일을 하는 도중이나 일을 그만둔 후에라도 병이 생기면 운명으로 받아들인다. 유리규산의 미립자(微粒子)가 섞인 공기를 장기간 들이마심으로써 증세가 발생하는 만성질환인 규폐증이나, 다른 직업병인 진폐증을 앓게 되면 대부분 오래 살지 못하고, 산다고 해도 평생을 병원 침대에 누워서 보내야 한다.

이러한 병은 장기간 석탄가루나 돌가루가 폐에 쌓여 생기는 불치병이다. 결국 폐가 쪼그라들어 호흡량이 적어 숨이 차서 걷지 못하고 겨우 목숨만 이어간다. 사십 년이 지난 지금도 규폐증으로 사경을 헤매는 동료가 있다. 그 때문에 광부들은 돼지비계를 많이 먹는다. 돌가루나 석탄가루를 제거하는 데 효과가 있다고 믿기 때문이다. 그러나 비계를 너무 많이 먹어서 간질환, 위궤양에 걸리기도 한다. 나도 예외는 아니어서 귀국 후에도 위궤양으로 고생했다.

한국의 광산촌 실정은 더욱 열악하다. 병에 걸리면 인공호흡기를 달고 그나마 요양이라도 할 수 있으면 다행이다. 산업재해로 보상금이라도 나오면 정말 감사한 일이다. 그것마저 못하고 세상 하직하는 사람들이 부지기수이다.

글뤽 아우프!

'이 세상에 빛이 없으면 어떻게 될까?'

지하 갱도에서 일해 본 사람이 아니고서는 맑은 공기와 밝은 햇빛의 진정한 고마움을 이해하지 못할 것이다. 지하에서 일하다가 지상으로 올라와 눈부신 햇살을 받으며 시원한 공기를 호흡할 때의 기쁨은 어느 무엇과도 바꿀 수 없다.

"글뤽 아우프(Glück Auf)!"

일반적인 독일의 아침 인사는 영어의 굿모닝과 같은 '구텐 모르겐(Guten Morgen)'이다. 하지만 광산촌에서는 지하 갱도에서 각종 사고로 언제 어디서 누가 부상을 당하거나 사망할지 모르기 때문에 '행운을 가지고 위로 올라오라'는 인사말을 사용한다. 오로지 '위험한 지하 수천 미터 막장에서 죽지도, 다치지도 말고 무사히 지상으로 올라오라'는 기원이 담긴 광부와 광부 가족들 전용의 소중한 인사이다.

비행사들의 인사인 '글뤽압(Glückab, 행운을 가지고 아래로 내려오라)'과 같은 맥락이다. 그래서 낮이건 밤이건 광산촌의 인사는 '글뤽 아우프'이다.

독일 광부들은 화가 나면 이렇게 욕을 해 댔다.

"두 슈바인(Du Schwein, 돼지 같은 놈)."

"두 훈트(Du Hund, 개자식)."

"두 아르슐로흐(Du Arschloch, 똥구멍 같은 새끼)."

"두 베클롭트(Du Beckloppt, 미친 녀석)."

"멘슈 마이어(Mensch Meier, 인간성 나쁜 놈)."

동서양을 막론하고 사람들은 화가 나면 비슷해진다. 독일 광부들의 욕지거리를 들으면서 가끔 몰래 흉내를 내보곤 한다. 그러나 역시 스트레스 해소에는 우리말로 하는 게 최고다.

처음에는 독일 광부를 비롯해 다른 여러 나라의 광부들과도 갈등이 많았다. 말이 통하지 않는데다가 우리 중에는 광산 경험이 없는 이들이 많았기에 일이 서툴렀던 때문이다. 일도 힘들었지만, 그런 일 때문에 인격적 모독을 당할 때가 더 견디기 힘들었다.

"한국이 대체 어디 붙어 있는 나라야?"

"너희 초등학교는 나왔어?"

"너희들은 오죽하면 남자가 되어 가지고 가장 힘들다는 이런 광산 구석까지 일하러 왔냐?"

이런 말을 들을 때면 속에서 열불이 났다. 안 그래도 머나먼 곳에 와서 해 보지도 않은 광산일을 목숨 걸고 하는 것도 서러운데, 같은 처지인 광부들이 우리를 비하할 때면 울분이 치솟았다.

"××식들! 너희들은 뭐가 그리 잘났냐?"

"××놈들! 벼락이나 맞아 뒈져라."

"참게 참아, 저러다 말겠지."

이런저런 갈등과 다툼도 시간이 지나자 자연히 줄어들었다. 독일어 실력도 나아지고 작업도 익숙해지자 동료 의식도 생겼다. 하긴 동병상련(同病相憐), 국적이 다를 뿐 우리는 비슷한 처지가 아닌가.

우리를 비롯한 외국인 광부들은 마치 야전 군인들의 숙소처럼 지어진 단층 건물의 초라한 기숙사에 살았다. 크기는 다섯 평 남짓한데, 방에는 침대와 책상, 의자, 옷장이 각각 하나씩 있었고, 취사장과 목욕탕, 세면장은 공동으로 사용했다.

기숙사에는 외국인들이 모여 살기 때문에 음식도 매우 다양하다. 한국 요리, 터키 요리, 이태리 요리, 그리스 요리 등 공동취사장에는 매우 다양한 음식 냄새가 코를 찌른다. 각 방에서 흘러나오는 노랫소리도 흥미롭다. 이해할 수 없는 오케스트라다. 제각기 자기 나라의 고유한 음악을 틀어놓아 아침 흥을 돋운다. 한국 광부들은 아침에 손쉽게 끓일 수 있는 국수를 즐겨 먹는다. 인스턴트 국물에 찬밥을 말아 김치와 함께 훌훌 먹기도 한다.

독일 사람들은 자동차나 자전거를 타고 출근했지만, 우리는 기숙사가 광산 가까이에 있으므로 걸어서 갈 수 있다. 새벽 다섯 시가 조금 지나 지하로 들어가기 전에 옷을 갈아입을 탈의장에 도착해서 인사를 나눈다.

"글뤽 아우프!"

박정희 대통령의 방문

광산에서의 일도 어느 정도 적응이 되었고, 독일 광부를 비롯해 다른 여러 나라에서 온 외국 광부들과도 어느 정도 소통이 이루어졌다. 이국(異國)에서의 생활은 말로 표현하기 어려울 정도로 고생이 많았다. 물론 일도 힘들었지만 무엇보다 가족과 고향 생각이 날 때면 나도 모르게 눈물을 흘렸다. 김포공항에서 배웅하던 가족들의 눈물진 얼굴, 마음껏 뛰놀던 동네 뒷동산이 떠오르면, 이미자의 '동백아가씨'나 현인의 '비 내리는 고모령', 그리고 고복수의 '꿈에 본 내 고향'을 부르며 향수를 달랬다. 그러다 우리 광부들은 스스로 가사를 만들고 곡을 붙인 '광부의 노래'를 불렀다.

광부의 노래(파독광부들이 만든 노래)

1절
이역 땅 머나먼 길 떠나오던 그날에
희망도 부풀었고 눈물짓던 그날에
지친 몸 부여안고 베갯머리 적시며
눈물도 말랐더냐 한숨 서러워.

2절
파랑 눈 노랑머리 고운 손길 닿건만
내 정든 부모 형제 그리움에 지쳐서
하소연 할 곳 없다 창문 열고 눈물을
저 달을 비친 얼굴 창백하구나.

그즈음 박정희 대통령이 독일을 방문한다는 소식이 들렸다. 1964년 12월, 독일연방공화국 뤼브케(Karl Heinrich Lübke) 대통령의 초청으로 공식 방문이 이루어졌는데, 빠듯한 일정 중 박 대통령은 루르 공업 도시의 함보른(Hamborn) 탄광과 뒤스부르크(Duisburg)의 광부 숙소를 시찰했다.

박 대통령과 수백 명의 광부, 간호사들과의 만남은 1964년 12월 10일 광산 체육관에서 이루어졌다. 독일에서 힘겨운 삶을 살던 광부와 간호사들에게는 일대 사건이었다. 대통령이 우리를 만나러 광산까지 온다는 사실이 놀랍기만 했다. 그리고 어떤 기대감을 갖고 있었다. 우리는 삼 년의 계약기간이 끝나면 그 다음에는 어떻게 해야 할지 몰랐기 때문이다. 그런 불안함을 해결해 주지 않을까 하는 바람이 있었던 것이다.

박정희 대통령과 육영수 여사는 광부와 간호사들의 손을 일일이 맞잡고 격려의 말을 해 주었다. 애국가를 다 부르기도 전에 행사장

박정희 대통령, 백영훈 박사,
에르하르트 총리(왼쪽부터)

박정희 대통령 광산촌 방문과 눈물바다

은 온통 울음바다였다. 당시 박 대통령의 즉흥 연설문 전문(全文)을 그대로 싣는다. 이것은 당시 현장을 녹취한 녹음테이프에서 옮긴 것이다.

박정희 대통령 독일 함보른 광산 방문 시 격려사

친애하는 티야홀스트 사장, 회사 간부 여러분, 그리고 사랑하는 우리 동포 여러분. 조국 땅을 떠나서 이역만리 이곳에서 동포 여러분을 이렇게 만나게 된 것을 본인은 감개무량하게 생각합니다. 오늘 이 자리를 빌어서 모국에 계시는 여러분들의 가족들과 모든 우리 동포들이 여러분들에게 따뜻한 안부의 말씀을 전해 달라는 말씀을 이 자리를 빌어서 여러분에게 전달해 드립니다.

본인과 우리 일행이 오늘 이곳을 방문한 목적은 이번에 독일을 방문한 이 기회에 이곳에서 수고하고 계시는 여러분들을 찾아뵙고 그동안 여러분들의 노고에 대해 위로의 말씀을 드리고, 또한 본국에 있는 동포들의 소식을 여러분들에게 전달하고자 이곳을 방문했습니다.

이번에 우리 일행이 독일 정부의 초청을 받고 수일 전에 독일에 도착했습니다. 그동안 독일의 여러 분들과 만나서 이야기하는 가운데 이곳에 와 계신 여러분들이 다른 나라에서 온 분들보다도 가장 모범적으로 열심히 일을 하고 회사 당국이나 독일 정부나 모든 독일 국민들에게 아주 좋은 평판을 받고 있다는 이야기를 듣고 우리 일행은 대단히 기쁘게 생각했습니다. 여러분들이 이곳에 오셔서 여러 가지 수고를 하고 계신 것을 우리는 잘 알고 있습니다.

첫째 여러분은 모국에 계시는 여러분들 가족의 생각이 날 것이고, 그리고 고향땅 생각이 날 것이고, 여러 가지 생활양식이 달라서 고통스러운 점이 많을 줄 압니다마는, 여러분이 이곳에 계시는 동안 여러분들이 무엇 때문에 이곳에 와 있는가 하는 것을 확실히 인식하시고 또한 여러분들이 다녀간 뒤에도 우리나라의 젊은 청년들이 앞으로 이곳에 많이 올 수 있는 길이 열리고 있는 것입니다.

먼저 다녀간 분들이 가장 모범적으로 일함으로써 독일 정부나 이 회사 당국이나 모든 독일 국민들에게 한국에서 왔다 간 그 청년들이 모범적이고 훌륭했다 하는 이러한 좋은 평판과 그러한 전례를 남겨준다는 것은 여러분들 뒤에 따라오는 우리 동포들에게 좋은 길을 개척하고 나아가서는 우리 국가의 위신과 민족의 긍지를 떨치는 결과가 된다고 생각합니다.

오늘 본(Bonn)에서 이곳까지 오는 도중에 연도에 있는 농촌이라든지 공장 지대, 특히 오늘날 세계에서 가장 공업이 발달되어 있다는 이 독일의 심장부인 루르 지방 일대에 우뚝우뚝하니 서 있는 공장 지대의 연돌과 여러 시설을 보고 본인은 여러 가지 느끼는 바가 많았습니다. 한차에 타고 오면서 안내를 해 준 분의 설명에 의하면 어떤 공장은 지금부터 백 년 전에 섰다, 또 어떤 공장은 지금부터 150년 전에 섰다, 중간에 본 어떤 시멘트 공장은 독일에서 가장 오래된 공장이다 하는 등의 이야기를 들었습니다.

백 년 전이면, 지금이 1964년이니 아마 1860년대가 될 것입니다. 그 당시면 우리나라는 이조 말엽으로 가장 정국이 혼란하고 국제적으로 여러 열강의 틈바구니에 끼어서 우리나라의 국가 운명이 위태로운 그런 시기였다고 봅니다. 그럴 때 우리의 조상들은 상투 틀고, 갓 쓰고, 담뱃대 물고 사랑방에 앉아서 당파 싸움을 하던 그런 시절입니다. 1860년에서 1880년, 우리가 알기에는 제1독일제국이 건국되어 비스마르크가 집권하고 있던 것이 1871년이라고 기억하고 있는데, 우리 조상들은 그러한 우물 안의 개구리처럼 세계가 어떻게 돌아간다, 우리 민족의 운명을 개척하기 위하여 우리가 무엇을 해야 되겠다 하는 세계의 모든 문흥이 나날이 진전되는 가운데 우리는 미처 깨닫지 못하고 오늘날 우리의 조국을 근대화하는 데 뒤떨어져 버린 것입니다.

우리가 그렇게 지내고 있을 때 독일 사람들은 공장을 세우고, 기계를 만들고, 산업혁명을 일으키고, 이 나라의 공업을 진흥시켜 독일을 근대화하는 데 전력을 경주하고 있을 때 우리는 미처 깨닫지 못하고 뒤떨어져 버렸습니다. 그러한 결과가 오늘날 우리의 조국이 근대화되는 데 선진 국가에서 뒤떨어져, 소위 후진국이라는 낙인이 찍히게 되었습니다. 그러나 우리는 이러한 오늘날 우리의 조국에 대하여 절대로 실망을 느낀다든가, 비관을 한다든가 하는 일은 필요 없다고 생각합니다. 우리가 지금이라도 정신 차려서 모든 국민들이 단합하고 우리가 모든 것을 남이 먼저 한 것을 빨리 배워서 우리의 조국을 재건하는 데 우리 국민들이 총력을 경주한다면 불과 수년 내에 우리나라도 새로운 근대 국가로 발전할 수 있는 소지가 지금 마련되고 있는 것입니다.

여러분들이 이곳에 오셔서 탄광에서 일을 하거나, 혹은 간호원으로 근무를 하거나, 또한 학교에서 공부를 하거나, 무슨 직장에서 무슨 일을 맡든 간에 우리가 여기서 오늘날 독일이 이만큼 부흥하게 된 원인과 독일 국민들의 정신 자세와 민족성, 이런 것을 우리가 배우게 될 줄 압니다. 독일은 지금부터 20년 전 전쟁에 대하여 완전히 잿더미가 된 폐허 위에다가 오늘날 소위 세상에서 말하는 '라인 강의 기적'을 이룩했습니다. 이번에 독일 정부의 요인들을 만나서 "당신네 나라는 어떻게 해서 이런 '라인 강의 기적'을 이룩했느냐?"라고 물었더니 그분들은 으레 "기적이란 당치않은 소리다. 그것은 우리 독일 국민이 피와 땀을 흘린 노력의 결정이지, 절대로 경제 건설에 기적이란 있을 수 없다"는 것을 이구동성으로 말하고 있었습니다.

그것은 사실입니다. 기적이란 있을 수 없습니다. 사람의 노력과 피땀 흘린 대가 없이 기적이란 있을 수 없습니다. 우리의 조국을 재건하는 데 있어서도 어떤 우리와 가까운 우방 국가가 우리를 어떻게 도와주어서 우리가 좀 잘살 수 있지 않겠느냐 하는 이러한 남에게 기대 보는 의뢰심, 의타심, 사행심 이런 것이 오늘날 우리의 조국을 근대화하는 데 있어서 하나의 암적인 요소라고 나는 확실히 지적합니다. 물론 앞으로 우리 한국과 독일은 국토가 분단이 되고 민족이 분열된 비극, 그리고 민족적인 감정 등 서로 공통된 점이 많고 우리에 대하여 누구보다도 깊은 관심과 동정을 표시해 왔습니다. 앞으로 한독 양국 간에 여러 가지 경제적으로 또는 문화적으로 기타 모든 면에 있어서의 유대가 더욱 강해지고, 더욱 좋은 협조가 이루어질 것을 우리는 기대해 마지않지만, 우리 한국 국민들은 남이 하는 것을 배우고 빨리 우리도 그에 따라갈 수 있도록 우리 스스로의 정신적 자세를 갖추고 우리가 노력을 해야 되는 것이지 어떤 우방 국가에 의지해서 우리가 잘살겠다 하는 이러한 정신은 없애야겠다는 것입니다.

오늘날 독일이 부흥하는 데 물론 자유세계의 우방 국가들이 초기에 여러 가지 원조를 한 것도 우리는 잘 알고 있습니다. 독일만이 원조를 받은 것이 아니라 우리 한국도 원조를 받았습니다. 그런데 한쪽에서는 이와 같이 기적이라는 이름을 들을 수 있을 만큼 부강해지고 오늘날 자유와 번영을 누리고 있는데, 우리는 왜 그만큼 따라가지를 못했느냐? 물론 여러 가지 여건이 다른 점도 우리가 지적하지 않을 수는 없지만, 좀 더 우리 국민들이 정신을 차리고 지금부터라도 우리가 우리의 조국을 재건하고 조국을 근대화해서 우리들 당대에는 남처럼 잘살지 못하더라도 우리들 다음 세대, 우리들 자손 대에 가서는 다른 선진 국가들처럼 우리도 잘살 수 있는 터전을 마련하기 위해 우리는 우리의 후손들을 위해서 희생을 해야 되겠다 하는 마음가짐과 정신적인 자세 없이는 우리의 조국 재건이란 것은 어려울 것입니다.

다시 말씀드립니다만, 이곳에 오셔서 고생하시는 여러분 한 사람 한 사람의 일거일동이 이곳에 와 있는 모든 외국 사람은 물론, 특히 독일 정부 당국 또는 이 회사 당국의 여러 분들이 여러분들 행동에 대해서 주시할 것이며, 어떤 한 사람이 지각없는 행동을 할 때에는 그것은 어떤 개인 아무개의 잘못으로 보는 것이 아니라 우리 한국 사람 전체에 대한 문제로 평가하기 쉬운 것입니다.

우리 국가의 명예와 우리 민족의 긍지를 위해서, 또 우리가 다시 귀국해서 조국을 재건하는 데 참된 일꾼이 될 수 있도록 여러분들의 실력을 향상시키기 위해서 여러분들이 자중자애하고 특히 건강에 조심하고 여기에서 일하는 동안 무사히, 또 건강한 몸으로 생활하다 돌아오시기를 간절히 부탁하는 바입니다.

여러분들의 앞날에 건투를 빌어 마지않습니다.

특히 이 자리를 빌어서 내가 꼭 한 마디 말씀 드리고 싶은 것은 그동안 탄광에서 일하다가 최근에 사고로 희생을 당한 두 분의 영령에 대해서 충심으로 애도의 정을 표시하는 바입니다.

감사합니다.

이에 대해 광부 대표였던 1진의 **유재천** 씨가 답사를 했다. 그 내용 역시 전문을 싣는다.

존경하옵는 대통령 각하.

반만년 역사의 빛나는 계승을 위하여 백척간두의 조국의 운명을 쌍견(雙肩)에 메고 일야분주(日夜奔走)하심에도 불구하시고 이곳까지 저희들을 찾아 주신 데 대하여 무한한 경의를 표하는 바입니다.

경애하는 대통령 각하.

오늘 각하를 이국만리 이 땅에서 뵈오니 마치 어버이를 대하는 듯 감개무량함이 그지없습니다. 저희들이 제1차로 각하를 비롯하시와 여러 국내의 총이목을 집중한 관심 속에 이곳에 온 지도 어언 일 년의 세월이 흘렀습니다. 낯설고 산 설은 이곳에 오니 그동안 한민족과 별반 접촉이 없었던 독일 국민들의 관심 속에 하나하나의 거동(擧動)을 해 왔던 우리 일동, 그러나 저희들은 기대에 어긋남이 없도록 조국의 명예를 염두에 두고 모든 난관스러운 역경을 물리치고 다른 외국인에게 결코 지지 않으려고 온 힘을 다하여 대과(大過) 없이 건투하고 있음은 오로지 각하를 비롯하시와 여러 국민들이 염려하여 주시는 은혜인가 하옵니다.

자애하신 대통령 각하.

지금 조국은 마(魔)의 155마일 휴전선으로 분단되어 경제적 후진성의 빈곤 속에서 오늘보다 내일을 지향하는 재건의 고무적(鼓舞的) 의욕 속에 불타고 있음을 이곳에 온 저희 동지 일동 역시 그 의의를 받들어 후진국의 테두리에서 탈피하고자 오늘보다 내일, 아니 삼 년 후의 귀환의 영광을 지향하며 모든 역경(逆境)과 감투하고 있사오니, 앞으로도 각하와 국민의 기대에 어긋남이 없도록 더욱 더욱 분투할 것을 맹세하면서 이국의 하늘 아래 수천 척의 지하에서 피와 땀으로 바꾼 우리의 외화가 조국 번영의 초석이 될 것을 앙망하오며, 각하의 만수무강과 아울러 조국의 무한한 발전과 영광이 깃들기를 기원하옵니다. 그리고 저희들이 염원하여 마지않는 다음의 건의사항에 대하여 각하의 특별한 배려가 있으시기를 엎드려 비옵니다.

첫째, 삼 년 후 귀국자에 대해 적절한 직장의 알선을 요망하오며,

둘째, 피땀으로 바꾼 저희들의 외화 송금 환율에 특별한 혜택을 주시기 바라오며,

셋째, 삼 년의 고용 기간 만료 후 희망자에 대하여 계속 독일에서의 취업이 가능토록 조치하여 주시기 바라오며,

넷째, 귀국 시 이곳에서 사용하던 일상생활에 필요한 가재도구의 무세 반입 조치를 바라옵고,

다섯째, 조속한 기일 내에 국제노동기구에 가입토록 적극 추진을 바라오며,

여섯째, 이국에서 고독하게 지내는 저희들의 수익을 보장하기 위하여 노무관(勞務官)의 조속한 파독(波獨)을 절실히 요망하옵고 건의합니다.

끝으로 여기 보잘 것 없는 물품이나마, 저희들의 정성으로서 광산을 상징하고 광부의 안전을 도모하는 광산 안전등을 각하께 기증하옵니다. 저희들의 정성으로 올리는 이 등을 바라보실 때마다 독일에서 건투하고 있는 저희들을 기억하여 주시고, 더욱 사랑과 도움을 베풀어 주시기를 바라오며, 여로(旅路) 무사(無事) 건안(健安)하시기를 다시 한 번 기원하옵고 답사를 갈음합니다.

광부 대표 유재천

이승룡 씨의 저서 『나의 아름다운 인연』(2001)에 의하면, 광부 대표의 답사가 끝나자 박정희 대통령은 자리에서 일어나 "지금 건의 사항 중에 우리 정부로서 조치할 수 있는 것은 내가 돌아가면 즉각적으로 이에 대한 조치를 하겠습니다. 그리고 독일 정부 당국과 교섭해서 조치할 수 있는 문제는 독일 정부 당국과 충분한 협의를 거쳐 최선을 다하겠습니다"라고 대답했다.

박 대통령의 방독 후 그 영향은 만만치 않았다. 고향에 대한 그리움도 커져 갔지만, 조국의 명예를 걸고 산업전사로서 삼 년간 성실히 일해야 한다는 책임감도 드높아졌다. 그 뒤에도 광부 수출은 이십 년 가까이 계속되었다. 파독광부들은 어려운 시절에 근면하게 일하여 한국인으로서의 자긍심을 높였다.

당시 광산 체육관에서 열렸던 행사의 모습은 아래의 기고문으로 대신하고자 한다. 나는 독일에 온 뒤 어려운 광산 생활을 고향에 있는 사람들에게 알리고 싶어서, '전북신문'에 가끔 내 글을 보내곤 했는데, 박 대통령의 방독 당시에도 그때의 상황을 기고했다.

전북일보 기고문

"이 글은 서독에서 광부로 일하고 있는 우리 고향 장수 출신 권이종씨가 보내온 글이다. 지난번에도 우리 광부들 생활의 이모저모를 보내온 바 있었는데, 이번에 박정희 대통령 서독 방문 때의 얘기들이 적혀져 있다. 이국땅에서 우리나라 대통령을 만나고, 그들로서의 박 대통령에의 건의사항 등이 기록되어 있다."

서독 광산에서—외롭진 않습니다

먼저 고국에 있는 동포에게 새해를 맞아 다복하기를 빈다. 박정희 대통령이 우리 고국을 떠나기 전부터 한국 광부들은 박 대통령이 서독을 방문한다는 것을 이곳 언론과 방송을 통해 이미 알고 있었다. 광산회사들의 사정에 의해서, 이백여 명의 한국 출신 동료들 가운데 버스 한 대로 45명밖에 박 대통령을 만나러 갈 수 없었다.

작년 10월 10일 우리들이 있는 아헨(Aachen)에서 아침 일곱 시 함보른(Hamborn)으로 출발했었다. 그 거리는 무려 사백여 킬로미터, 약 2시간 30분을 달려 드디어 함보른에 도착했다. 그곳에는 각 광산회사에서 버스 몇 대씩이 와 있었고, 각 광산 사장들과 우리 동료들 앞에 박 대통령 내외분과 정부 요인들, 그리고 단상에는 수많은 독일 내외 신문기자들이 즐비하게 늘어서 있었다.

환영식장은 함보른의 체육관이었다. 환영식은 우리 애국가로부터 시작하여 각 광산회사를 대표한 함보른 광산청 사장으로부터 환영사가 있었고, 박 대통령의 답사(우리 광부에게 격려의 말씀)가 있었는데 그 요지는 다음과 같다.

"이곳은 외국인들이 많이 모인 곳이니, 그 속에서 우리 한국의 위신을 손상치 말고 한국인의 긍지를 살려 모범된 일꾼이 되어라. 독일의 근면한 국민성과 그 정신을 배워 오라. 우리나라의 가난을 한탄하지 말라. 우리도 잘살 수 있고 또한 부흥의 소재를 많이 마련하고 있다."

이 같은 박 대통령의 격려사는 우리 광부들에게 보다 큰 용기와 삶의 희망을 주었다. 우리들은 그 답사를 통해 '이국땅에서 대통령을 만나게 되니 고국의 가족을 만난 느낌' 이라고 말하고, '국가의 위신을 추락치 않고 맡은 바 임무에 충실하겠다' 는 말이 있었다. 이어서 우리들은 박 대통령에게 다음과 같은 몇 가지를 건의했다.

'삼 년 후 귀국하면 직장을 마련해 주십시오', '귀국 때 필수품 좀 사가는 데에 관세를 면제해주십시오', '삼 년 후에도 독일에 남겠다는 광부에게는 강제 송환을 말아 주십시오', '타국과 같이 한국 노

박정희 대통령 방독에 관한 글(전북일보)

동관 한 명을 파견해 주십시오', '우리 고국에의 송금환율을 올려 주십시오.' 이 같은 우리의 요구 사항에 박 대통령은 '우리 정부에서 할 수 있는 것은 최대의 노력을 하겠고 외국과 절충할 것은 그대로 노력하겠다' 고 다짐했다.

우리 간호원과 학생들의 환영사와 꽃다발 증정으로 환영식은 끝났는데, 우리들 모두 한없이 눈물바다를 만드는 가운데서 박 대통령과 헤어졌다. 고국에 계시는 동포 여러분, 저희들은 열심히 일하고 있으니, 새해에도 근면을 잊지 말아 주시기 바랍니다.

혹독한 일상

광부들의 일상은 변함이 없다. 새벽같이 일어나서 막장에 들어갔다가 돌아오는 생활의 반복이었다. 광산일에 적응하느라 발버둥치다 보니 어느새 한 달이 흘러 있었다. 첫 봉급을 손에 쥐니 감개가 무량했다.

하지만 기쁨도 잠시뿐 그 돈은 내 것이 아니었다. 독일에 오기까지 얼마나 많은 이들의 도움이 있었던가. 특히 소까지 팔아 경비를 마련해 주신 형님의 은혜를 잊어서는 안 되었다.

"형님, 이종이가 보내는 첫 월급입니다. 정말 형님께 감사드립니다. 이제부터 월급을 받는 대로 송금할 테니 조금만 참으세요. 그리고 어머니께 제가 갈 때까지 건강히 계시라고 전해 주세요."

내가 보낸 편지에 답장이 왔다. 가족이란 언제나 기쁨과 따스함을 전해 준다. 어머니의 손길이 느껴지듯 부드러운 그 마음을 가슴에 한가득 받았다.

"비록 빠듯한 농촌 살림이지만 우린 행복하게 잘 살고 있다. 여긴 걱정 말고 네 건강이나 잘 챙겨라. 광산 안은 지독히 덥고 먼지도 많아서 숨 쉬기도 힘들고 낙반 사고에 가스 폭발의 위험도 있다던데, 네가 무사히 돌아올 날만 손꼽아 기다린다. 광산 사고 뉴스가 나올 때마다 온 가족이 가슴을 졸이고 있다."

가족들의 순박한 얼굴을 떠올리자 눈물이 불쑥 흐른다. 독일 나올 때 진 빚을 얼른 갚아야 마음의 짐을 덜 수 있을 것 같다. 나 혼자만 고생하면 되지 가족들까지 못할 짓 시킨 것 같아 마음이 아팠다. 한국에서 편지가 도착한 다음 한동안은 이런저런 부담이 나를 짓눌렀다. 지하로 내려가는 엘리베이터 안에서, 광산에서 석탄을 파는 중에도 무거운 석탄이 내 어깨를 내리누르는 듯했다.

봉급 대부분을 고향집에 보내고 나면 얼마 되지 않는 돈으로 생활을 해야 했다. 더구나 덜컥하니 정기적금까지 드는 바람에 독일에서 삼 년을 지내는 동안 나는 늘 돈이 부족하여 쩔쩔맸다.

"다음 달 월급 탈 때까지 좀 봐주세요."

식료품 가게와 편의점에서 외상으로 물건을 구입하는 일이 반복되었다. 값은 나중에 치르기로 하고 먼저 물건을 가져가는 일이 독일인의 상식으로는 이해가 되지 않았을 것이다. 독일에는 그런 제도가 없었기 때문에, 나중에 갚을 터이니 외상을 달라고 사정하는 것이 처음에는 너무 쑥스럽고 부끄러웠다. 그런데 그것도 한두 달 지나니 뻔뻔스러워졌다고나 할까, 넉살 좋게 웃으며 부탁을 할 수 있었다. 처음에는 난처해하던 독일인 가게 주인도 한 달, 두 달 반복되다 보니 으레 그러려니 하고 웃어넘겼다. 어쨌든 독일 땅에 없던 외상이란 제도를 한국 광부들이 전파해 놓은 셈이다. 넉살이 좋으면 굶어 죽지 않는다고 하더니, 어려운 중에도 살길을 찾아 나갔다. 하지만 독일 광부 생활 삼 년 동안 사정은 조금도 나아지지 않았다. 계약기간이 끝날 때까지 밀린 빚은 없었지만, 항상 쪼들려서 아끼고 아끼느라 제대로 먹지도 못하고 결국 몸을 혹사시키며 지냈다.

다행히 내가 보낸 봉급으로 고향집은 빚도 갚고 소도 다시 사고 논도 마련할 수 있었다. 비록 몸은 고단하고 생활은 고달팠지만 고향집 형편이 나아질수록 마음은 편안해졌다. 빚을 갚아 나갈수록 나를 짓누르던 부담감은 가벼워졌다. 만약 그렇게 하지 않았더라면 마음의 짐 때문에 더 견디기 힘들었으리라. 근면, 성실, 절약은 독일에서 내 생활을 나타내 주는 말이었고, 지금도 이것을 좌우명으로 삼고 있다.

"선배님, 일할 만한 곳 없을까요? 어떤 일이라도 상관없습니다. 광산일과 시간만 겹치지 않는다면."

"권 형도 지독하구려. 시도 때도 없이 연장근무를 해 대고 틈틈이 공부까지 한다며, 무슨 아르바이트까지 하려고 그래?"

"제가 사정이 좀 있어서요……."

"그러게, 가난이 웬수지. 다들 사정은 비슷한데 권 형은 더 유난해. 권 형이 워낙 성실하니 내가 좀 알았보겠네."

생활고에 시달리던 나는 더 이상 버틸 재간이 없어 우리보다 먼저 와 있던 1진 선배를 찾아가 아르바이트 자리를 부탁했다. 얼마 지나지 않아 일자리가 생겼다는 반가운 소식이 왔다. 선배가 자신이 일하는 사과 도매상에서 시간제로 일할 수 있도록 손을 써 주었던 것이다.

오전에 광산일을 마치고 연장근무가 없는 날이면, 오후 네 시부터 밤 아홉 시까지 다섯 시간씩 일을 했다. 시간당 삼 마르크씩 하루 일당이 십오 마르크였으니, 한 달에 일백 시간 일을 하게 되면 삼백 마르크의 부수입을 올릴 수 있었다. 광산 봉급이 육백 마르크(당시 한화 약 십팔만 원)였으니, 부수입치곤 꽤 짭짤한 편이었다. 그 돈은 한국에서 쌀 열 가마를 살 수 있는 돈이었고, 당시 공무원들보다 일고여덟 배나 더 많았다. 한국에서 한옥 한 채 값이 서울은 일백만 원, 전주는 오십만 원 호가하던 시절이었으니 말이다. 어쨌든 나는 쉴 새 없이 연장근무를 하고 광산이 아닌 다른 곳에서도 아르바이트를 했던 덕분에 다른 광부들의 거의 두 배나 많은 수입을 거머쥘 수 있었다.

그때 아르바이트를 한 덕분에 보스코프(Boscop), 스테른라이네트(Sternreinette), 델리치우스(Delicius), 클라라펠(Klarapfel) 등 독일 사과 품종에 대해서 제법 잘 알게 되었다.

"남아도는 게 사과니 먹고 싶으면 먹어도 좋네."

사과 도매상 주인은 마음 씀씀이가 좋았다. 흠이 있거나 조금 상해서 팔지 못하는 사과는 가져가도 좋다고 했다. 그렇지 않아도 과일 사먹을 돈이 없어 쩔쩔 매던 터라 고맙기 그지없었다.

"가게 주인이 준 거야. 마음대로 먹어."

일을 마치고 돌아온 내가 봉지 가득 담긴 사과를 꺼내 놓자 동료 광부들이 시커먼 손으로 하나씩 집는다. 독일인을 비롯한 유럽인들은 사과의 씨앗까지 먹는다. 다른 과일도 마찬가지다. 그때의 습관으로 나는 지금도 모든 과일을 씨앗까지 먹는다.

'아니, 육십 킬로그램도 안 되다니……'

돈을 더 벌겠다는 욕심 때문에 연장근무에 사과농장 아르바이트를 하던 나는, 어느 날 체중계에 올라섰다가 깜짝 놀라고 말았다. 체중이 상상도 못할 정도로 많이 줄어 있었기 때문이다. 일벌레라고 손가락질 당해도 두렵지 않았지만 이렇게 살이 빠지다니 걱정이 앞섰다.

'몸뚱이가 재산인데, 아프면 안 된다. 권이종!'

살이 빠져도 이를 악물고 주중이고 주말이고 시간이 날 때마다 아르바이트를 했다. 휴일근무를 자청하며 뼈 빠지게 일을 하는 나에게 동료 광부가 한마디를 던졌다.

"권 형은 일하는 게 그리 재미있수? 일하려고 태어난 사람 같아. 얼마나 돈을 모으려고 그래? 좀 쉬면서 하지, 그러다 병나. 병나면 그게 다 돈덩어리야, 돈 잡아먹는 귀신이라고. 죽고 다치면 무슨 의미가 있어? 그 돈 누가 쓸려구?"

"아따, 살살 놀러도 다니고 한국 간호사도 만나 연애도 하고 그러면서 일을 해야지, 하루 이틀 일하고 말 건가? 권 형은 무슨 재미로 살아?"

사실이 그랬다. 나는 돈 버는 일 말고는 다른 데에는 아무런 관심이 없었다. 동료 광부들 중에는 연장근무를 하는 사람도 있기는 했지만, 여가가 나면 가까운 유럽으로 여행을 다녀오거나 여자친구를 사귀기도 했다.

'사고만 나지 마라. 앓아누워도 안 돼. 한국에 가는 날까지 열심히 벌어서 부자가 돼야지. 그 뒤엔 새로운 삶이 기다리고 있을 테니까.'

재산목록 1호인 소까지 팔아 독일로 갈 수 있도록 해 주셨던 형님의 순박한 얼굴이 아른거렸다. 어머니의 거친 손과 보이지 않는 한쪽 눈, 주름진 얼굴을 떠올리니 눈물이 앞을 가린다. 등 두드리며 손을 맞잡고 나를 밀어 주던 부모형제를 떠올리니 한시라도 한눈을 판다는 것을 용납할 수 없었다.

광부의 훈장 '석탄 문신'

광부의 스물네 시간은 긴장의 연속이다. 사방이 죽음의 위협으로 가득하니 항상 촉수를 곤두세운다. 매몰뿐 아니라 가스 폭발, 수로관 파열 등 각종 사고가 수시로 발생한다. 그런데 모든 작업도구가 독일인의 체형에 맞게 제작된 것이니, 상대적으로 체력이 약한 한국인들은 다치기 일쑤였다.

작은 사고는 그래도 웃어넘길 수 있는 광부의 일상이다. 손톱 정도 빠지는 것은 행복한 경우이고, 손가락이나 발가락 없는 동료도 많았다. 파독광부들의 장애인협회까지 생겼을 정도다. 나도 몸에 상처는 많지만 그래도 멀쩡하니 다행스럽게 생각한다.

"권 형, 자네 아직 미혼이라며? 첫날밤에 신부가 기겁하고 도망가면 어쩔래? 깡패처럼 몸에 얼룩덜룩 문신한 줄 알고 말이야."

하루의 일과가 끝나고 샤워장에 들어서면 광부들끼리 서로의 몸을 보며 비탄 섞인 우스갯소리를 던진다. 날이 갈수록 태곳적 석탄이 선사하는 광부 문신은 늘어만 간다. 작은 것은 일 센티미터에서부터 크게는 사오 센티미터까지 크기도 제각각이다. 내 몸이지만 이놈의 문신이 다음엔 어디에 둥지를 틀지 나도 모른다. 아무도 모른다. 떨어지는 석탄만이 알겠지.

'앗!' 하는 사이에 떨어지는 날카로운 돌과 석탄덩이를 피할 수는 없다. 안전모를 쓰고 안전화를 신었지만 그것이 몸 전체를 보호해 주지는 못한다. 방탄복을 입는다면 어떨까 상상을 해 보지만, 아마

더워서 작업은커녕 숨쉬기도 힘들 것이다. 게다가 땀띠가 돋고 살이 짓무를 것이다.

찌는 듯한 더위를 견디다 못해 작업복 윗도리를 벗어던지면 벌거벗은 몸뚱이는 무방비 상태가 된다. 작은 칼날처럼 뾰족한 돌조각에 일방적으로 당할 수밖에 없다. 아무런 예고나 기척도 없이 팔과 등, 얼굴의 살덩이 위로 칼날 같은 돌조각이 내리꽂히면 순간 머리가 쭈뼛해진다. 피부가 벗겨지고 상처에서 피가 난다. 가끔은 곪아서 작업하는 내내 욱신거린다. 한번 생긴 상처가 다 낫기도 전에 또다시 이런저런 상처가 생긴다.

하지만 그보다 더 두려운 것은 문신이다. 드러난 상처 위로 어느새 미세한 석탄가루가 스며든다. 인간의 몸은 자신의 손상 입은 세포를 빨리 아물게 하기 위해 즉각 반응한다. 석탄을 머금은 채 피부조직이 재생하여 상처를 닫아버린다. 그렇게 해서 광부들의 몸에는 석탄 문신이 하나둘 늘어간다. 우리는 이것을 '광부들의 훈장'이라고 불렀다. 몸에 생긴 문신만큼 마음 한구석에도 서러운 생채기가 하나둘 쌓인다.

"어허! 이것 또 문신이 생겼네."

"그러다 없어지겠지. 그냥 둬 봐."

"멋진데? 누군 일부러라도 하는데 저절로 생겼으니, 광산이 준 선물 아닌가? 고마워하라구."

"킥킥! 누가 광부 아니랄까봐 티를 내고 다녀요. 어쩌겠어, 다시 파낼 거야?"

"이태리타올 있지? 빡빡 문질러. 상처야 어차피 아물 테니 쓰리더라도 좀 참고. 보기 싫은 자국 남는 것보단 낫지, 알았지? 아따, 그렇게 해서 없어지나, 이렇게, 나처럼 이렇게 해 보란 말이야."

한두 개씩 생긴 검푸른 문신을 없애려고 우리들은 살갗이 벗겨져 피가 날 정도로 박박 문질러댔다. 지하에서는 석탄을 덩어리째 파내고, 지상에서는 살갗을 들춰내며 석탄가루를 끄집어낸다.

산업전사의 문신이 자랑스러울 법도 하겠건만, 우리들은 삼 년의 계약기간이 끝날 때까지 몸에 박힌 석탄가루를 파내는 데 꽤 신경을 썼다. 가끔은 얼굴에도 제법 큰 상처가 생기기도 했다.

내 입술 좌측 밑으로 생겼던 사오 센티미터의 푸른 문신은 다행히 몇 년이 지나 작아지기는 했지만, 만져 보면 지금도 속살에는 여전히 검은색이 남아 있다. 얼굴 위로 쏟아지는 석탄덩어리가 지금도 꿈에 나타날까 무섭기도 하다.

사고는 누구도 비켜가지 않는다

1965년 6월 30일, 독일에 온 지 팔 개월이 지났을 그날도 기분 좋게 출근했다. 연장근무를 위해 빵과 물을 넉넉하게 준비하고.

"글뤽 아우프!"

동료들 간에 서로의 안전 귀가를 비는 인사도 잊지 않았다. 하지만 불행은 예고 없이 닥쳐오는 것이라고, 사고는 나를 비켜가지 않았다. 계속된 연장근무로 지치고 힘든 상태일 때 사고가 난 것이다.

작업 중에 바로 머리 위의 바위더미가 무너지며 나를 덮치고 말았다. 예기치 못한 낙반 사고였다. 다행이 머리는 단단한 안전모가 지켜줬으나 왼쪽 손바닥은 그렇지 못했다. 엄청난 무게의 바위에 깔리자 두꺼운 가죽으로 제작된 작업장갑도 소용없었다. 장갑 속의 손이 무지막지하게 짓이겨져 버리고 만 것이다.

"으아악!"

나는 비명을 질렀다. 손이 잘려나갈 것처럼 고통이 찾아왔다. 나는 충격과 공포로 온몸을 사시나무 떨듯 떨었다. 출혈과 통증 때문에 정신이 혼미해졌다. 비명 소리를 듣고 가까운 곳에 있던 동료가 황급히 달려왔다. 내 모습을 보더니 황급히 비상벨을 눌렀다.

"권 형, 정신 차려! 이거 완전히 박살났구만. 권 형, 여기서 정신 놓으면 안 돼. 누구 없어?"

다른 누군가의 발자국 소리가 들리는 것 같았다. 바윗덩어리로부터 받은 충격과 출혈 과다로 정신은 점점 가물가물해졌다. 먼저 간 동료의 모습이 떠올랐다.

'아, 이렇게 가는구나.'

마음이 약해졌다. 연장근무에 온갖 아르바이트를 하며 지나온 세월이 주마등처럼 지나갔다. 언뜻 모든 것이 헛되고 헛되다는 생각이 들었다.

주위가 분주하다. 응급처치반이 도착하여 갱내에서 간단한 처치를 한 후 들것에 실어 지상으로 나를 옮겼다. 얼굴 위로 밝은 햇살이 쏟아졌다. 눈을 뜨지 못했다. 희미한 의식만이 남아 있는 가운데에도 동료 광부들이 외치는 격려의 말소리가 들렸다. 누군가 계속 뒤쫓아왔다.

광부 전용 병원에 입원한 뒤, 복잡한 검사를 하고 여러 차례 대수술을 받았다. 독일인 의사는 나의 손이 어떻게 될지 분명하게 이야기해 주지 않았다. 다만 경과를 지켜봐야 한다며 한동안 입원을 하도록 했다.

'이렇게 가다간 손을 잘라야 할지도 모르겠다. 이대로 평생 불구자로 지내야 하는 건가? 손에 이렇게 힘이 없는데, 손가락이라도 제발 움직일 수 있으면 좋으련만.'

'내 인생이 여기서 끝난다니 이렇게 허무할 수가……. 독일 간다고 빚내고 소 팔고 몹쓸 짓은 다했는데, 아, 안 돼.'

'어머니, 보고 싶어요. 지금이라도 당장 고향으로 돌아가고 싶어요, 어머니. 아, 이제 돈은 어떻게 벌지?'

병상에 누워 있는 동안에 돈을 벌 수 없다는 사실이 견딜 수 없었다. 이 생각 저 생각에 병상에서 한 달 동안 흘린 눈물은 내가 그때까지 흘린 눈물보다 더 많을 것이다. 외국인 의사와 간호사가 친절히 치료하고 돌봐줬지만, 나의 슬픔까지 치유하지는 못했다. 동료들이 가끔씩 찾아와 이런저런 이야기와 고국의 소식을 들려주었지만, 나의 외로움을 달래주지는 못했다. 입원 중에도 근무수당은 나왔는데, 입원 기간이 길어질수록 손해가 이만저만이 아니었다. 일을 하지 못하는 데서 오는 조바심과 한국에 있는 가족에 대한 죄책감, 그리고 미래에 대한 불안함이 나를 괴롭히고 또 괴롭혔다. 광산 병원에서의 입원 생활은 암흑과 같은 세월이었다.

수십 년이 지났건만 지금도 다친 왼손은 힘이 거의 없어 주먹을 쥐지 못한다. 막장의 선물인 흉터가 아직도 손바닥에 고스란히 남아 있다.

친절한 마이스터

퇴원 후 얼마 지나지 않아 곧 광산일에 복귀했다. 사고가 난 지 약한 달이 흘렀다. 쉬었다가 다시 일을 하려니 지하로 내려가기가 좀 겁이 났다. 광산에서는 사고가 자주 나기 때문인지 내가 작업에 복귀했는데도 독일 광부들이나 한국 광부들도 무덤덤한 반응이다. 슈타이거(Steiger, 감독관)와 마이스터(Meister, 작업반장)의 배려로 편한 일에서부터 강도 높은 일로 옮겨갔다. 편하고 쉬운 일은 임금이 낮았지만, 나의 건강 회복이 우선이어서 간부들의 결정 사항을 감사하게 받아들였다.

오랜만에 아침반에 배속되었다. 또 밤낮이 바뀌어서인지 몸이 노곤하다. 어렵게 하루 근무를 마칠 무렵, 마이스터가 찾아왔다. 그는 지하 250미터 길이의 막장까지의 작업을 직접 지원해 주는 중간 간부이다.

"권! 오늘 연장근무 가능합니까?"

연장근무는 광산의 작업 상황에 따라 감독관이나 작업반장이 지시하기도 하고, 광부들이 자발적으로 신청하기도 했다. 돈을 많이 벌어 하루라도 빨리 가난에서 벗어나야겠다는 욕심 때문에 나는 연장근무를 자주 신청했다. 연장근무를 하게 되면 하루 열여섯 시간 노동에 당일 임금의 두 배를 받는다.

아무리 작업반장이 권유해도 독일 사람들은 본인이 싫으면 하지 않는다. 권유대로 안 한다고 해서 불이익을 당하는 일은 없다. 독일 사회에서는 남녀노소 불문하고 모두 본인의 의사결정을 최대한 존중한다.

그런데 그날따라 나는 먹을 빵도 챙겨오지 않고 마실 물도 넉넉하지 않아 작업반장의 제안에 확실히 답변을 하지 못했다.

'할까 말까? 돈도 좋지만 월요일이라 그런지 몸이 몹시 피곤한데…….'

한 달 동안 입원해 있었던 탓인지, 내 컨디션은 이전만큼 활기차지 못했다. 쉽사리 마음을 가다듬지 못하고 있는데, 슈타이거가 와서 그리 어려운 일이 아니니 연장근무를 하라고 권했다. 슈타이거는 마이스터의 상사로 우리나라 대학으로 말하면 조교수 정도 되는 신분이다. 감독관은 나를 잘 보았는지 사고 뒤에는 편한 일, 보수가 높은 일을 따로 배정해 주었고 각종 정보도 많이 알려 주었다. 동양인이라고 차별하지도 않았고, 열심히 근무하는 사람에게는 그에 맞는 대우를 해 주었다. 감독관은 광부들에게 최대한 인간적인 배려를 아끼지 않았기 때문에 나 역시 아무리 피곤해도 그의 권유는 대부분 받아들였다.

내가 삼 년간의 광산 근무를 무사히 마칠 수 있었던 가장 중요한 이유 중의 하나도, 친절하고 좋은 감독관이 삼 년 동안 바뀌지 않고 인간적인 대우를 해 준 때문이라 할 수 있다. 처음 일이 년차에는 무척 어려운 일이 배당되었지만, 삼 년차 고참이 되고 나니 감독관은 외국인 노동자인 나에 대해 많은 애를 써 주었다.

"고국에 돌아갈 날이 얼마 남지 않았지요? 조금만 참고 견뎌 봅시다. 한국에 사랑하는 가족이 기다리고 있을 테니까요."

귀국이 아홉 달 남은 시기여서 비교적 편한 일에 배치되었는데, 오늘은 아무런 준비도 없이 연장근무에 나섰다. 기분도 썩 내키지 않았는데 감독관의 권유로 어쩔 수 없이 하고 났더니 너무 힘들다. 오늘 같은 날은 강한 정신력이 없으면 열여섯 시간의 노동을 버티기 힘들다. 겨우 노동을 마치고 허기진 배를 움켜쥐고 지상으로 기어오르다시피 했다.

"비테! 브로트 운트 바서(Bitte! Brot und Wasser, 빵과 물 좀 주세요)!"

창자가 끊어질 듯 배가 고파 나는 정신없이 편의점으로 내달렸다. 토막 독일어로 빵과 물을 달라는 나를 독일인 아가씨가 놀란 토끼눈으로 쳐다봤다. 내 기억에 이날처럼 배가 고팠던 적은 없었던 것 같다. 다른 사람의 눈은 아랑곳없이 게걸스럽게 우물대며 빵 한 덩어리를 순식간에 먹어치웠다.

연장근무를 한 다음날은 몸이 납덩이같다. 하지만 아무리 피곤해도 새벽에 일어나서 광산으로 가야 하는 것이 광부의 운명, 아침식사를 간단히 한 뒤 일터로 나간다. 오늘따라 동료들의 발걸음이 가벼워 보인다. 무리를 지어 광산에 출근하는 길은 항상 기운차다. 누구랄 것도 없이 "오늘도 무사히"란 인사를 건넨다.

"일하는 자리의 천장이 위험해 보이는군요. 무엇보다 사람의 생명이 중요하니까, 이렇게 판자를 잘 대고 안전한지 철저히 점검한 뒤 일을 계속하는 게 좋겠지요?"

"예예, 감사합니다. 슈타이거."

감독관이 나의 자리로 오더니 위험이 있는지 직접 점검한 후 일을 도와준다. 이런 날은 콧노래까지 흥얼거리며 즐겁게 일할 수 있다. 가끔은 감독관의 따뜻한 마음씨에 눈물이 글썽거리기도 한다. 피도 한 방울 섞이지 않고, 형제도 아닌 외국인 노동자를 자신의 동료처럼 돌봐주는 세심함에 놀랄 때도 있었다.

'탄광 안에서 탄가루나 마시고 있다고 비탄에 잠기는 건 옳지 않아. 이렇게 고마운 사람을 만날 수 있다니, 모두 하늘이 내린 복이야.'

스스로 위로하며 감사했다. 이처럼 좋은 감독관을 만나면 인격적인 대우를 받고 편한 일터를 배치받기도 한다. 감독관이 광부들에게 해 줄 수 있는 것이라야 어쩌면 그런 것이 전부일지도 모른다. 위험이 덜한 곳, 작업 중에 쉴 수 있는 곳에 배치해 주고, 정보를 제때 알려주는 것, 그러나 그것이 전부일지라도 누구나 해 주는 것은 아니다.

내가 그런 대우를 받을 수 있었던 것은 막장 안에서 틈틈이 한국에서 가져온 독일어 책을 펴놓고 공부하는 모습 때문이었는지도 모르겠다. 석탄가루와 땀방울로 뒤범벅이 된 그 책은 지금도 소중히 보관하고 있다.

광부의 휴일

부릉부릉~~.

"권 형, 안에 있소? 중고차 하나 샀는데 오늘 시승식 한번 안 하려우?"

"아, 잘 지내셨어요? 저는 보다시피 오늘 좀······."

"빼지 말고 우리랑 같이 네덜란드에 튤립 구경이나 갑시다. 황금 주말에 놀아야지, 선비처럼 책은 무슨 책이요?"

주말이 되니 동료들이 놀러 나가자고 성화다. 나도 놀러가고 싶은 마음은 굴뚝같지만 지금껏 한 번도 놀러간 적이 없었다. 한국 광부들은 체력이 약해 주중에 일하는 것만으로도 파김치가 되기 때문에 꼼짝도 않고 기숙사에 틀어박힌다. 주로 하는 일은 밀린 잠을 자는 것이다.

주말이 되면 간혹 아르바이트를 하거나 가끔 활기 넘치는 재밌거리를 찾아낸다. 때로는 생일 파티도 열고, 자전거나 중고차가 있는 사람들은 함께 어울려 근교로 나간다. 돈을 열심히 모아서 가까운 이웃 나라로 장거리 여행을 떠나는 동료들은 진짜 대단해 보인다.

자전거 여행 중인 저자

하지만 여유롭게 휴일을 즐기는 경우는 극히 드물었다. 대부분은 한국의 부모나 처자식을 위해 저축을 하거나 독일 유학 준비차 비용을 마련해야 했기 때문이다. 우리의 삶은 항상 각박했다.

이국에서 가장 즐거운 일은 뭐니 뭐니 해도 함께 음식을 만들어 먹는 시간이다. 평소에는 바빠서 해먹지 못했던 한국 음식을 만드는 것만으로도 행복하다. 가장 많이 해먹은 음식은 돼지비계를 넣고 끓인 김치찌개이다.

"박 형, 돼지비계 이걸 많이 먹어야 해. 왜인 줄 알아? 이걸 먹어야 우리 몸에 박힌 석탄가루와 돌가루가 좌악~ 빠져나가는 거야, 하하하."

미끌미끌해서일까? 광부들은 전통적으로 그렇게 믿고 살았다. 그것이 광부의 몸보신으로 효과가 있다고 믿고 열심히들 만들어 먹었다. 그뿐 아니다. 돼지족발이나 소내장, 소머리 같은 것도 한국식으로 요리해 먹었다. 독일 사람들은 이런 것들을 절대 먹지 않는다. 짐승의 사료로 쓰는 것을 가리지 않고 먹는 한국인들을 이상하게 생각했다. 우리는 싼값에 사다 먹으니 더할 나위 없이 고마웠다.

그런데 한국인들의 수요가 점차 늘면서 족발과 소내장 값도 오르기 시작했다.

공동 김장을 하는 날, 광부들의 기숙사는 온통 축제 분위기다.

"독일에서도 한국 배추 맛을 볼 줄 누가 알았어? 진짜 얼큰하고 좋구만."

"자네도 이거 죽 찢어 한번 먹어 보게. 고향에 계신 어머니 손맛

광부 숙소에서의 생일 파티(맨 왼쪽이 저자)

이야 따르겠냐만, 익으면 김치찌개 맛이 일품이겠어."

"그것보다 막걸리 한 사발 들이켰으면 좋겠네, 캬아."

"이번 김장은 정말 맛있게 되었네. 김 형도 두 포기 가져가고, 장 형도 여기 어서 받아, 팔 떨어지겠네."

한동안 먹을 김치를 받으니 든든하기는 한데 또 고향 생각이 난다.

독일에 한국 배추를 들여온 사람은 바로 우리 광부들이다. 그 전에도 네덜란드에서 수입한 것 중에 한국 배추와 같은 배추가 있기는 했지만, 파독광부 중에 광산일을 마치고 본격적으로 한국 배추를 독일에 도입한 사람이 있었다. 누군가 보내 온 배추씨앗을 독일 땅에 심고 다양한 실험을 거쳐, 고유한 우리 배추를 재배하는 데 성공한 것이다. 그 뒤 한국 광부들과 간호사들에 의해 유럽 전역에 한국형 배추가 전파되었고 대량으로 생산하는 배추밭이 경작되기에 이르렀다. 한국 배추는 독일 배추에 비해 잎사귀가 크고 물이 많아 김치를 담그기에 적합하고 오래오래 그 맛과 싱싱함을 간직할 수 있다.

지금은 독일 백화점 어디를 가나 한국 배추를 찾아볼 수 있고, 고추장, 미역, 멸치 같은 각종 양념과 밑반찬도 곧 독일 전역에서 구입할 수 있게 되었다. 한국 식품만 파는 동양 가게나 한국 음식점들도 계속 늘어났는데, 이런 가게들은 초창기 광부들이 독일에 정착하면서 형성된 것이다.

파독광부와 간호사들 덕분에 유럽 사회에서 가장 먼저, 그리고 가장 넓게 독일에 한인 사회가 뿌리내리게 되었다. 수십 년이 지난 지금에도 독일의 여러 음식점과 식품점은 몇몇 광부와 간호사 출신들이 운영하고 있다.

서로 이발을 해 주며

"오늘 말이야. 내 애인이……."

동료들은 한국 간호사나 독일 여자친구와 데이트한 이야기를 끝없이 털어 놓는다. 하긴 국가, 인종, 연령 등을 초월한 관심사가 남녀의 정담(情談)이니 그들의 자랑도 이해는 간다.

동료들은 나와 마찬가지로 돈도 부족하고 시간도 빠듯한데도 종종 재미있는 추억을 만들어 주었다. 놀 줄 모르고 무뚝뚝했던 나를 왕따시키지 않고 함께 어울릴 수 있도록 해 준 동료들이 고마웠다.

"여기 이발소는 서비스가 엉망이야. 한국에서는 면도도 해 주고 머리도 감겨 주는데……, 여기는 머리를 쥐어뜯는 건지 깎는 건지."

"면도는 안 해 줘도 좋아. 제발 머리라도 제대로 깎아 줬으면 좋겠어. 어디 쥐 파먹은 것처럼 해 놓고 돈은 우라지게 비싸니!"

"여보게들, 그러지 말고 우리가 서로 깎아 주면 안 될까? 돈도 절약되고 좋잖아. 어때?"

"하지만 우리가 언제 머릴 깎아 본 적이 있어야지. 그러다 대머리 되면 난 책임 못 져."

"하하하! 설마 대머리야 되겠어?"

휴일에는 휴식을 취하면서 다음 주를 준비한다. 이발도 하고 밀린 빨래도 하고 영양 보충도 한다. 이번 주에는 이발이 화제가 되어 결국 교대로 머리를 깎아 주기로 했다. 잘만 했으면 우리도 광부 출신 '효자동 이발사'가 될 법했는데.

"가위질은 보통 솜씨로는 힘들지만 이 기계로 밀면 쉽게 깎인대. 한번 해 볼까?"

"아야, 아파! 이게 뭐야? 깎는 게 아니고 쥐어뜯는 거잖아."

"조금만 참아. 이젠 잘할 수 있을 것 같아."

이렇게 한바탕 난리를 치다 보면 돈도 아끼고 동료들 간에 우정도 싹튼다. 처음엔 어설펐지만 시간이 지날수록 우리들 솜씨도 수준급으로 바뀌었다.

"독일인 이발사보다 솜씨가 훨씬 낫다."

"물 식기 전에 어서 감아."

한 동료가 양동이와 대야에 따뜻하게 데운 물을 퍼가지고 왔다. 어깨엔 척하니 수건까지 걸치고 바짓가랑이와 소매를 둘둘 걷어 올린 모양이 일품이다.

"이보게, 한국인들은 머리가 안 자라는 줄 알겠어. 이발소엔 가지도 않으니 말이야, 하하!"

"옛날 시골에서 동네 사람들끼리 깎아 주던 때가 생각나누만. 에이, 또 고향 생각나네."

따뜻한 햇살이 비치는 풀밭에 의자 하나를 갖다 놓고 목에는 허

광산촌 뜰에서 동료들과의 즐거운 한때

름한 보자기를 대충 두른 채 머리를 깎으며 웃어 대던 동료 광부들과의 망중한(忙中閑). 그때 그 광부들은 어디로 갔을까? 그리울 뿐이다.

　그러고도 시간이 남으면 숲이나 밀밭, 보리밭을 거닐며 깨끗한 공기와 햇빛을 즐겼다. 항상 캄캄하고 공기가 탁한 지하에서 석탄가루에 둘러싸여 있으니, 이렇게라도 하지 않으면 내가 건강하게 살아 있다는 확신을 할 수 없었다.

　'폐와 몸에 박혀 있는 석탄가루, 돌가루야! 어서 빠져나가라, 어서. 휘익!'

　그렇게 초원을 거닐다 보면 종달새 울고 물 흐르는 고향이 생각나고 부모형제가 보고 싶어진다. 보리밭에 누워 옛 노래를 흥얼거리다가 흐르는 눈물을 훔친다.

"고향이 그리워도 못 가는 신세……." 한복남의 '꿈에 본 내 고향'을 부르노라면, 아름다운 고향집이, 초등학교가, 그리운 산천이, 전주의 한옥마을, 다가산, 칠봉산, 오목대 등 그리운 정경이 주마등처럼 스쳐간다. 그리움이 밀려들자 목울대가 뜨거워졌다.

'금년 밭농사는 잘 되었을까? 담배농사와 고추농사는 어찌 되었을까? 모는 심었을까? 일손도 부족할 텐데, 어머니, 조금만 기다리세요. 제가 갈게요.'

그리움을 달래는 데 노래만큼 좋은 것은 없는지 나뿐 아니라 한국 광부들은 노래를 많이 불렀다. 작업을 하며 흥얼거리기도 하고, 일을 마치고 돌아와 밤하늘을 쳐다보면서 합창을 하기도 한다. 그러다가 서로 부둥켜안고 눈물을 쏟는 일도 많다.

한국 광부들이 가장 좋아하는 노래 중의 하나가 이미자의 '동백아가씨'이다. 이 노래는 대부분의 한인 광부방에서 전축판이나 녹음기를 통해 흘러나온다. 고향이 그립고 부모가 보고 싶고, 조국에 가고 싶을 때마다 마음을 달래 주는 특효약이다.

그에 못지않게 '어머니

```
Denken an die Mutter !

Sie leidet Schmerzen bei der Geburt,
aber sie vergißt sie schnell.
Sie sorgt und denkt für ihr Kind pausenlos
Tag und Nacht, ob es schreit und sich naß-
macht.
Ihre Hände und Füße leiden für das Kind.
Wo gibt es ein so breites Herz ?
Sie opfert sich unaufhörlich.

Sie wiegt das Kind auf dem Aum, wenn es
klein ist.
Sie wartet an der Tür auf das Kind, wenn es
groß ist.
Sie denkt : wird er ein guter Mensch ?
Wenn er fortgeht : was macht er jetzt, wie
geht es ihm ?
Davon bekommt sie soviele Falten auf der
Stirn. Wo gibt es eine so hohe Liebe auf
der Erde ? Sie opfert sich unaufhörlich.

( ein koreanische Lied )
```

독일어로 번역한 '어머니의 마음'

의 마음'과 '애국가', '아리랑', '선구자', '희망의 나라로', '꿈에 본 내 고향', '비 내리는 고모령' 등도 애창곡이었다. 사십 년이 지난 지금도 나는 이런 노래들을 끝까지 부르지 못한다. 독일에서 광부로 지낼 때의 추억이 새록새록 떠올라 목이 메기 때문이다.

고사리 캐다가 쇠고랑 찰 뻔

사고를 당한 뒤에는 건강관리를 철저히 했다. 여름에는 실외 수영장, 겨울에는 실내 수영장을 찾아 석탄가루가 찼을 법한 폐를 튼튼히 하기 위한 노력을 기울였다. 평소 수영을 좋아한데다가 독일에는 면 단위까지 실내외 수영장이 모두 구비되어 있어서, 시간이 날 때마다 수영장을 찾았다.

광부들과 함께 실외 수영장에서(맨 왼쪽이 저자)

무료하게 지내던 나에게도 특별한 휴일이 다가왔다.

"권 형! 반찬 해먹게 고사리 캐러 갑시다. 독일 고사린 엄청 굵고 커서 조금만 따도 한 바구니야. 맛도 괜찮고."

"한 형은 한국에 계신 부모님께 보낸다고 작정하고 있던데. 일단 꺾어다가 한 번 손질을 해서 상자에 담으면 그럴듯해 보이거든."

독일 야산에는 고사리가 무척 많이 자라고 있었지만 아무도 식용으로 사용하지 않았다. 다만 제2차 세계대전 이후에는 어쩔 수 없이 먹기도 했다는 이야기를 듣기는 했지만 우리처럼 즐기지는 않았던 것 같다.

어쨌든 한국 광부들과 간호사들이 독일에 온 뒤로 고사리는 많은 수난을 당했다. 광부와 간호사들은 독일 고사리를 채취하여 잘 말린 뒤 포장하여 한국에 선물로 많이 보냈다.

삐뽀삐뽀—!

동료들과 함께 산등성이에서 쭈그리고 앉아 고사리를 열심히 꺾어 봉지에 담고 있는데, 경찰차가 사이렌을 요란하게 울리며 달려왔다. 독일 경찰의 사이렌 소리는 우리나라보다 소리가 훨씬 크다.

"뭐야? 어디 사고 났나?"

어리둥절해서 주위를 둘러보는데 덩치가 커다란 독일 경찰 몇 명이 나타나 우리를 둘러쌌다.

"당신들은 지금 자연을 훼손했기 때문에 경범죄로 처벌을 받아야 합니다. 경찰서로 갑시다."

독일 경찰의 말에 우리들은 서로 한 마디씩 했다.

"아니, 뭐 이런 문제로 우리가 경찰서까지 가야 합니까? 너무하시는군요. 독일 인심은 왜 이리 야박합니까?"

"산에 있는 풀 좀 뜯어 먹자는 건데, 그게 무슨 죄라고 이리 난리요?"

"고사리는 한국인들이 즐기는 특별한 요리의 하납니다. 건강에도 좋고요. 우린 절대 자연을 훼손한 게 아닙니다. 그저 나물을 캔 건데."

억울한 표정을 지며 서툰 독일말로 항의를 했지만 별 소용이 없었다. 결국 우리는 경찰서까지 가서 '다시는 산에 가서 고사리를 꺾지 않겠다'는 각서를 쓰고서야 겨우 풀려날 수 있었다.

경찰서 문을 나오면서 우리는 씁쓸한 웃음을 지었다.

"야, 이게 말이 되냐? 그까짓 고사리 때문에 경찰서에 끌려간 게."

"내 평생 처음으로 오늘 경찰서 구경을 했다. 그놈의 고사리 때문에, 어이구 분해라. 뭐 이런 나라가 있어."

"우리가 좀 독일어를 유창하게 했으면 경찰서까지 끌려가지는 않았을지 몰라. 걔네들도 우리 풍습을 이해해 주지 않았을까 말이야."

"참, 자네, 그나저나 이제 고향에 독일산 고사리를 선물로 보내기는 영영 글렀네. 안 그런가?"

"그러게, 아까 뜯은 거라도 좀 주지, 그것도 봉지째 다 가져가 버렸네, 흐."

나의 특별한 휴일은 그렇게 막을 내리고 있었다. 한동안 한국 광부들 사이에는 우리가 겪은 '고사리 사건'이 화제에 올랐다. 독일인의 자연보호 의식이 무척 각별하고 철저한 것만은 사실인 것 같다.

소시지와 유방, 그리고 생마늘

고사리 소동을 치른 뒤 얼마 지나지 않아 동료들과 함께 음식점에 가게 되었다.

"오늘은 뭘 먹을까? 고사리도 못 뜯게 하는데 번듯한 데 가서 사먹자."

"좋아! 오랜만의 외식인데 맛있는 것 먹고 몸보신 좀 하자고."

"그럼 그간 갈고닦은 독일어 실력으로 주문을 해 보실까?"

"소시지 어때? 독일 소시지의 역사는 천 년이 넘는다는 사실을 알아? 정말 맛있다구."

독일은 소시지 종류만도 이삼백 가지가 넘는 세계 제일의 소시지 생산국이다. 바이에른(Bayern) 지방의 대표적인 소시지는 굵고 희며, 뉘른베르크(Nürnberg) 지방의 소시지는 주로 구워 먹는데 작고 가늘며 색은 역시 하얗다. 프랑크푸르트(Frankfurt) 소시지는 빈(Wuerst) 소시지라고도 부르는데 따뜻한 물에 데쳐 먹는 붉은 빛의 보크(Bockwuerst) 소시지 등이 유명하며, 젠프(Senf)라고 하는 겨자에 많이 찍어 먹는다.

음식점 한 곳을 정하고 들어가서는 오랜만의 외식에 기분에 들떠 서로 소시지에 대해 아는 대로 이야기보따리를 풀어놓았다. 여종업원이 와서 묻는다.

"뭘 드시겠습니까(Bitte schön)?"

"소시지를 주세요(Geben Sie mir Ihre Wuerst)."

우리는 정통 독일어를 구사한답시고 열심히 혀를 굴려 대답했다. 그런데 주문받는 여종업원의 얼굴이 붉어진다. 웃는 얼굴로 '예, 알았습니다. 감사합니다'라고 답한 뒤 주방으로 갈 줄 알았는데, 우리 테이블 앞에 서서 꿈쩍도 않고 기분 나쁜 표정을 짓는 것이 아닌가. 우리 일행은 다시 한 번 용기를 내어 주문을 했다.

"소시지를 달라고요!"

그러자 여종업원은 휙 돌아서더니 주인에게 가서 손가락으로 우리 테이블을 가리키며 뭐라고 하는 것이었다. 한참이 지나 음식이 나오긴 했지만 우리는 편한 기분으로 식사를 하지 못했다.

"왜 저러냐? 우리가 뭐 잘못했나? 기분 나쁘게시리."

"오랜만에 외식 한번 하려 했더니 서비스가 왜 이리 엉망이야? 우리가 외국인이라고 깔보는 거야 뭐야."

그런데 나중에 자초지종을 알고 보니 우리의 발음에 문제가 있었다. 소시지를 의미하는 '불스트(Wuerst)'를 잘못 발음하여 '브루스트(Brust, 유방)'라고 했던 것이다. 여종업원에게 '당신 젖을 주시오'라고 했으니, 어찌 기가 막히지 않았으랴? 그것도 벌건 대낮에 남자 여럿이 앉아 멀쩡한 표정으로 몇 번이나 이야기를 했으니, 성희롱을 한다고 오해했을 것이다. 독일어의 W와 B, F와 P, R과 L은 분명히 구분하여 발음하기가 까다롭다. 더구나 한국인이 이를 구별하여 능숙하게 발음하기란 무척이나 어려운 일이다.

우리는 우리대로 그 독일 여종업원이 괘씸해서 다시는 오지 않겠다고 난리가 났고, 여종업원은 저대로 우리가 식당을 나갈 때까지 불쾌한 표정을 짓고 있었다.

"에이, 오랜만에 좀 편히 먹고 쉬려고 했더니, 기분 잡쳤어."

"잊자, 잊어. 어디 음식점이 여기뿐이냐. 에잇, 다음부터는 우리끼리 해먹자."

"그래, 돈도 아끼고."

"해먹기는 쉽냐? 그놈의 고사리도 못 따가게 하는 나란데."

저마다 입이 뾰로통해서 기숙사로 돌아왔다. 시간이 좀 지난 뒤 기숙사 사무실에서 우리를 호출하여 뛰어가 보니, 아까 그 음식점에서 항의전화가 왔단다. 발음 하나 때문에 우리 일행이 '무례한 한국인'이 된 셈이다.

기왕 이야기가 나온 김에 음식과 관련된 습관의 차이를 하나 더 짚고 넘어가야겠다. 독일인들은 생마늘 냄새를 매우 싫어한다. 그래서 마늘을 즐겨 먹는 우리나라 사람들과 마찰이 종종 생긴다.

생마늘을 먹고 난 뒤 광산에 일하러 가면, 옷을 갈아입는 순간부터 십여 명이 함께 타는 비좁은 승강기 안에서, 또 갱차를 타거나 막장 어디서든지 독일인은 우리 옆에 절대 오지 않는다.

"저 녀석 오늘 생마늘 먹었어. 옆에 가지 마."

"헉, 냄새가 지독하군. 대체 왜 그런 걸 먹을까? 정말 마음에 안 들어."

이 정도의 비난은 양호한 편이다. 정말 독일인들은 생마늘 냄새를 끔찍하게 싫어한다. 생마늘을 먹고 나서 차를 몰다가 교통신호를 위반해도, 독일 경찰은 그 냄새 때문에 벌금 스티커를 끊지 못할 정도라고 하니 싫어하는 정도를 짐작할 것이다.

나 역시 광부 숙소에서 고향에 있을 때부터 좋아했던 청국장을 끓여 먹다가 독일 주민의 신고로 경찰이 출동한 일이 있었다. 악취가 난다는 이유였다.

독일에 온 한국 유학생들도 마늘 냄새 때문에 곤욕을 치르는 경우가 종종 있다. 수백 명이 함께 강의를 듣는 넓은 대학 강의실에서도 독일인들은 마늘 냄새를 진돗개 이상으로 잘 알아차린다. 동양인 중 누군가 생마늘을 먹고 강의실에 들어오면 코를 감싸 쥐고 나가는 독일 학생도 있다. 그뿐인가? 수십 미터 떨어져서 강의하는 교수도 짜증 섞인 말을 한다.

"누군가 마늘을 먹고 온 학생이 있군요. 오늘은 도저히 강의를 못하겠어요. 제군들 다음에 봅시다."

이렇게 이야기하고 강의를 중단하고 나가 버린다. 그래도 이 경우는 양반이다.

"자네가 마늘 먹고 들어왔나? 밖으로 나가 줘야겠네."

교수가 이렇게 말한다면, 마늘을 먹고 온 학생은 강의실 밖으로 나가야 한다. 단순한 음식문화 차이에서 비롯된 일이지만, 때로는 이렇듯 수모를 당했기도 한다. 당연히 억울하다. 그 냄새 때문에 강의도 못 듣고 학생들 앞에서 쫓겨나는 신세가 되니 말이다.

'우리도 썩은 치즈 냄새 싫어한다고. 똑같은데 뭘 그렇게 티를 내냐?'

물론 이렇게 생각할 수도 있다.

그런데 우리가 한국전쟁을 겪은 것처럼, 독일도 세계대전에서 패배한 후 전 국토의 팔십 퍼센트 이상이 파괴되고 상상할 수 없을 정도의 가난과 질병, 기아에 시달렸다는 사정을 알게 된 후, 나는 동병상련의 심정으로 독일 문화를 긍정적으로 받아들이려고 노력했다. 그들의 문화를 이해하려고 노력하면서 많은 문화적 차이를 납득할 수 있었고, 또 있는 그대로 인정할 수 있게 되었다. 그렇게 되자 나는 더 많은 독일인들을 만날 기회가 생겼다.

만약 내가 생마늘을 먹고 '독일어 좀 가르쳐 주세요' 한다면 독일인들은 어떤 표정을 지을까? 모두가 얼굴을 찡그린 채 코를 틀어막고 저 멀리 도망칠 것이다. 그렇다면 나는 누구에게 독일어를 배울 수 있겠는가?

독일 홈스테이

낯설고 물 선 곳에서 한국 광부들끼리만 모여 지내는 것도 재미있지만, 온 지 이 년이 되니 독일 문화와 독일인의 일상도 궁금해지기 시작했다.

'그래도 독일까지 왔는데…….'

나뿐이 아니라 적지 않은 동료들이 이런 생각으로 기숙사 생활을 정리하고 광산 부근에 작은 방을 얻어 독립하기 시작했다. 틀에 박힌 기숙사 공동생활에서 벗어나 개인적인 여유를 누리고 싶기도 했던 것 같다.

물론 처음에는 좀 불안하기도 했다. 서로 떨어져 있으니 급한 일이 생기면 누가 도와줄까? 타국에서는 그래도 동족끼리 의지가 되어 모여 사는 것이 안전하다고 생각했기 때문이다.

저자가 살았던 광산가족 마을

"헤르 권! 내려와서 커피 한 잔 하세요. 다들 모여 있어요."

여주인이 낭랑한 목소리로 차 마시기를 청한다. 한가한 오후의 브레이크 타임이 한결 기분을 편안하게 해 준다. 독일 생활 이 년 만에 나는 기숙사에서 나와 독일인 광부의 집 이 층에 방을 얻어 새로운 생활을 시작했다. 환경이 바뀌니 색다른 즐거움이 있다.

"매번 이렇게 불러 주셔서 고맙습니다."

"뭘요? 불편하신 점은 없나요? 세탁할 게 있으면 주저 말고 내놓으세요. 우리 것 할 때 같이 하면 되니까요."

사실 광부들의 빨래는 다 똑같다. 아무리 빨아도 우리가 입은 옷에는 석탄가루 찌꺼기가 남아 있다. 빨랫줄에 걸린 하얀 세탁물에도 검은 가루들이 날아다니다 붙는다. 빨래하고 난 물은 청소하고 난 뒤 걸레 빤 물처럼 시커멓다. 그걸 아랑곳하지 않고 남편 것도 아닌데 세탁해 준다고 하니 고맙기 그지없다.

"가족처럼 대해 주시니 정말 감사합니다. 베풀어 주신 후의는 잊지 않겠습니다."

"어려워 마세요. 애아빠도 같은 광부인데, 우리가 왜 그 처지를 모르겠습니까? 다 같은 가족이려니 생각하고 편하게 지내세요."

외국인들과 한집에서 지내는 것에 대해 처음에 가졌던 낯설음은 눈 녹듯 사라지고 새로운 가족과 함께 즐거운 생활이 시작되었다.

독일에서 이 년 가까이 생활했지만 그들의 문화에 익숙해지기는 쉽지 않았는데, 가까이서 생활상을 엿보니 놀랄 일이 한두 가지가 아니었다. 독일에서는 부인이 바쁘거나 아프면 남편이 모든 가사를 돌본다. 청소, 세탁, 그리고 시장을 보고 요리를 하며 아이 돌보기까지 가족의 구성원으로서 스스로 일을 찾아서 하는 것이다.

어쨌든 지금도 이 가족의 친절을 잊을 수 없다. 그 친절함 때문에 독일 문화를 익히고 독일어를 배우는 것도 훨씬 신이 났고, 노란 머리, 파란 눈도 좋아 보였다.

독일어 공부

군대에서도 마찬가지였지만 나는 어디서 무슨 일을 하든 짬이 날 때마다 항상 책을 손에 들고 다녔다. 스스로를 '간서치(看書痴)', 즉 책에 미친 사람이라 불렀던 선인들의 지혜를 얻고 싶은 욕구가 있었고, 그런 습관이 내게 큰 도움을 줬다.

독일에서도 마찬가지였다. 지하 깊은 곳 어두운 막장에서도 안전모에 달린 희미한 램프에 의지하여 책을 보았다. 독일어 사전(Deutsch-Koreaisches Woerterbuch)과 외국인을 위한 독일어 교육서(Deutsche Sprachlehre für Ausländer)를 늘 가지고 다녔고, 독일어 단어장도 빼놓지 않았다. 나중에는 책에 석탄가루가 뒤범벅되어 새까맣게 변하였다. 안타깝게도 사전 전체 외우기는 성공하지 못했지만.

"권 형은 독일어 박사 되겠어, 기숙사에서도 나가 독일인 집에 세를 사니. 이러다가 아예 독일 사람 되는 것 아냐?"

막장에서 땀방울과 함께 뒤범벅된 독일어 문법책

"무슨 말씀을요, 하하! 그저 독일어가 재미있습니다. 그래서 여기 있을 때 하나라도 더 배워놓으려고요. 나중에 한국에 가서 독일어 과외 선생을 할 수도 있지 않습니까?"

동료들은 시도 때도 없이 책을 들고 다니는 내게 혀를 내둘렀다. 광산에서 일하는 것만으로도 심신이 견디지 못할 지경인데, 아르바이트에 독일어 개인교습까지 받고 있으니 말이다. 독학하는 것도 모자라 광부 일 년차 때 광산의 독일인 간부에게 독일 초등학교 교사를 소개 받았다. 사십 마르크(당시 한화 일만 이천 원)를 주고 일주일에 한 번씩 개인교습을 받기 시작한 것이 이 년 이상 지속되었다. 그 결과 나는 다른 광부들과는 달리 독일 사람들과 일상적으로 대화하는 데 불편하지 않을 정도로 독일어 실력이 늘었다.

동료들은 내가 생활비가 없어 허리띠를 졸라매면서 그 많은 돈을 주고 광산일에 필요한 것도 아닌데 독일어를 배우는 것을 보고 쓸데없는 짓이거나, 아니면 어쩌면 내가 미쳤거나, 독일 유학을 목적으로 광부를 지원한 게 아닐까 하고 생각했을지도 모른다.

"권 형은 만날 그게 뭐야? 독일 책이나 보고 있고? 삼 년차나 됐으면 웬만한 독일말 다 할 줄 알 텐데 뭘 더 배우려고 그래? 독일 처녀와 결혼해서 아예 눌러앉을 셈인가?"

독일 여선생에게 독일어 개인교습을 받았던 나는, 짧은 독일어 실력이지만 주일이면 교회에 가서 어린 독일 학생들을 가르쳤다. 어려서부터 선생님이 되고 싶었던 마음에 기회가 주어지면 어떤 형태로든 학생들을 가르치고 싶었던 나는, 주일학교 반사로서 아이들과 함께 시간을 보냈다.

휴일이면 나는 교회를 다녀온 뒤 또 독일어 개인교습을 받는다. 동료들이 놀러 가자고 해도 은근슬쩍 빠져나와 어디론가 사라지는 나를 보고 유난을 떤다고 했을 것이다.

그런데 내게 무엇인가를 배우고 익힌다는 것은 본능적인 선택이었던 것 같다. 이왕 시작한 일은 끝을 보는 성격인데다가 모르는 것을 배우는 동안만은 육체적 고통과 향수로부터도 달아날 수 있었으니까.

광산 근무가 끝나갈 즈음, 다른 동료들처럼 나도 당연히 '귀국해야지' 하는 마음과 '독일에서 할 수 있는 다른 일은 없을까?' 하는 생각을 함께 품었음을 부정할 수 없다. 꼭 독일에 남아서 무엇을 하기 위한 목적 때문에 독일어 공부를 한 것은 아니었지만, 나는 광산

근무를 마치는 날까지 틈틈이 독일어 공부에 많은 투자를 했다. 이 때 해 놓은 독일어 공부가 선택의 폭을 넓혀 주었고, 용기를 주었으며, 내 삶의 밑천이 되었던 것은 틀림없었다.

그리운 소녀 헬가

그러던 중 우연한 기회에 독일어 공부를 보다 편하고 자연스럽게 할 기회가 생겼다. 독일에 온 지 일 년이 될 즈음, 동료 광부의 소개로 다른 독일인 가족을 알게 된 것이다.

"헬가(Helga)! 반갑다. 오늘은 어떻게 지냈니?"

"오빠, 잘 지내고 있어요. 학교 갔다 와서 친구들과 함께 공부하고 있는 중예요."

내 독일어 실력이 급속도로 향상된 것은 열네 살 여학생 헬가와 편지를 주고받거나 전화 통화를 하면서부터였다.

독일에는 한국에서처럼 과외라는 것이 없다. 개인교습도 드물고 수강료도 매우 비싸다. 그런데 나는 운 좋게 헬가의 가족

독일 소녀 헬가

을 만나게 되었고, 또 그때마다 독일어 사전과 책을 펴놓고 질문을
할 수 있었다. 그러면서 독일어는 물론 점차 독일 문화에 대해서도
눈을 뜨기 시작했다. 헬가 가족과의 뜻지 않은 만남이 나로 하여
금 독일에서 유학하도록 만든 계기가 되었다고 할 수도 있다.

내가 더듬거리면서 독일어를 배울 때 친절하게 가르쳐준 '소녀
선생' 헬가는 '일기장 사이에 끼여 있는 아득한 기억 속의 빛바랜
사진'과 같은 그리운 존재이다. 중학생인 그녀는 나를 친오빠처럼
따르며 마음을 터놓고 순수한 모습으로 다가와 독일 사회에 적응하
는 데 커다란 도움을 주었다. 독일이 이렇게 따사로운 곳인지 깨달
게 해 준 소녀, 독일을 제2의 고향이라고 서슴없이 말할 수 있는 것
도 모두 헬가 덕분이다.

열네 살의 소녀가 내게 던진 말 한 마디가 척박한 광산 생활과 어
렵고 고된 나의 이국 생활에 온화함과 용기를 불어넣어 주었고, 독
일에서 공부할 수 있는 바탕을 마련해 주었다. 삼 년의 광부 생활에
서 얻은 가장 큰 위로의 선물은 단연 소녀 헬가이다.

"권 형! 진짜 독일어 공부 열심히 하네. 내가 독일인 친구 하나 소
개시켜 줄까? 혼자 공부하는 것보단 백 배 나을 텐데."

혼자 독일어 사전을 들고 끙끙대는 내 모습을 본 동료 광부가 말
을 툭 던졌다.

"진짜 그런 친구가 있어?"

"그럼. 시청공무원 독일인 친구인데 헬무트(Helmut)라고 해. 언

제 만나 볼래?"

"나야 빠르면 빠를수록 좋지. 고마워, 김 형. 그런 데까지 신경 써줘서. 열심히 배울게."

"권 형처럼 열심히 하는 사람을 돕지 않으면 누굴 도와? 하긴 나도 그 친구 덕분에 독일어가 많이 늘었어."

이렇게 동료의 소개로 헬무트를 만나게 되었고 또 그의 소개로 친구인 만프레트(Manfred)와 여동생 헬가를 자연스럽게 만날 수 있었다. 그 후 마음이 맞는 만프레트와 헬가, 나 우리 세 사람은 자주 어울렸다. 그들은 나에게 훌륭한 선생이자 가이드였다.

만프레트의 폴크스바겐을 타고 독일과 프랑스 등을 여행하기도 했으며, 가끔 헬가와 단 둘이 만나 아헨 시내를 구경하기도 했다. 헬가의 가족은 모두 나를 식구처럼 대해 줬다.

"헤르(Herr, 영어의 미스터) 권! 우리를 가족이라 생각하고 자주 놀러 와요. 이국에서 외로울 텐데, 우리가 부모형제 노릇을 해 줄게요."

헬가는 나를 친오빠처럼 여기며 많은 편지와 선물을 보내 왔다. 나는 헬가를 만날 때마다 무척이나 기뻤다. 광산 생활 삼 년 동안 가장 많이 기다려지고 끊임없이 받고 싶었던 것은 편지였다. 고국에서든, 독일에 있는 사람에게서든 항상 편지를 기다렸다. 그리고 헬가에게 서투른 독일 편지 답장을 쓰는 것이 유일한 즐거움이었다. 그 덕분에 내 마음은 위안을 찾고 독일어 공부에 더욱 정진하게 되었다. 그때의 인연으로 지금까지 헬가와는 연락을 주고받고 있다.

가슴 설레는 **이탈리아** 여행

이 년차가 되었을 즈음 한국 여행사를 통해 우리는 한국인 간호사
들과 함께 이탈리아로 여행할 기회가 생겼다.

"그렇게 악착같이 벌어서 뭐해? 자기를 위해 투자할 줄도 알아야
지. 내친김에 우리 이번에 해외여행 떠나 보면 어때?"

"예쁜 한국 간호사들도 많이 간대. 이런 좋은 기회를 놓치면 억울
하지, 억울해. 나는 빚을 내서라도 갈 거야."

귀국 날짜가 가까워오는데도 나는 돈이 아까워서 그때까지 해외
여행은 엄두가 나지 않았다. 중고차가 있는 동료들은 시간만 되면
어울려서 이탈리아와 프랑스, 스위스 등 가까운 나라들을 여행하고
와서는 엄청 자랑을 해 댔다. 그럴 때마다 나도 귀국하기 전에 어떻
게 해서든지 꼭 다녀와야겠다는 생각을 했다.

'그래, 어쩌면 간호사들과 사귈 수 있을지도 몰라. 혹시 알아? 그
러다 결혼한 사람들도 있다잖아.'

나는 어떤 기대와 호기심 때문에 마지막 기회라고 생각하고 결국
이탈리아 여행에 동참했다. 이탈리아 밀라노에서 시작하여 피사의
사탑, 로마, 폼페이, 나폴리와 카프리, 베네치아를 거쳐 알프스 산을
넘어 독일로 돌아오는 코스였다.

관광버스를 타고 광부와 간호사 들의 여행이 시작되었다. 책에서
만 보았던 세계의 제7대 불가사의 중 하나라는 이탈리아의 '피사의
사탑'은 정말 신비로웠다. 밑에서 볼 때는 금방이라도 쓰러질듯 위

태위태한데, 무려 오 미터나 옆으로 기울어진 상태로 서 있다니 정말 대단한 일이다. 일 년에 일 밀리미터씩 기울어지다가 7세기 만인 최근에야 기울기를 멈췄다고 하니 인류가 이룩한 개가라고 할 만하다. 꼭대기에 올라갔을 때 '갑자기 탑이 무너지면 어떻게 하나?' 하는 불안감도 일순간, 눈앞에 펼쳐진 광경에 넋을 잃었다. 로마 시내를 관통하는 테베 강 서안에 자리 잡은 바티칸 궁전을 포함하여 로마의 상징이라고 할 수 있는 대형 원형경기장 콜로세움, 그리스도교도들의 지하무덤인 카타콤(Catacomb, 카타콤베) 등 많은 곳을 구경했다.

베수비오 화산 폭발로 이만여 명의 시민이 일시에 희생당한 비운의 도시 폼페이, 세계 삼대 미항(美港) 중 하나인 목가 도시 나폴리, 코발트빛 바다가 유혹적인 카프리 섬, 그 중에서도 120여 개의 작은 섬으로 이루어진 해상 도시 베네치아의 낭만은 잊을 수가 없다. 마침 사순절이 시작되기 전이어서 열흘 동안 열리는 베니스 카니발 중에는 수많은 운하와 강 위에서 곤돌라들의 화려한 퍼레이드가 펼쳐지고 있었다. 수많은 명화와 예술품이 가득한 베네치아의 산마르코 성당 광장 앞에는 수만 명의 관광객이 붐비고, 수천 마리의 비둘기가 비상하는 장관을 연출하고 있었다. 곤돌라에 몸을 기대고 좌우로 아름답게 서 있는 건물들을 쳐다보니 동화 속 주인공이나 중세의 귀족이 된 듯했다.

이탈리아 여행을 마치고 스위스 알프스 산 중 융프라우를 구경했다. 사계절 내내 눈꽃을 감상할 수 있는 세계의 지붕, 70~80도 경사진 이곳을 톱니바퀴 기차를 타고 올랐다. 은색으로 덮인 설국(雪國)의 신비와 인간이 이뤄낸 기술과 창의력에 앞에 저절로 입이 벌어졌다.

여행을 마치고 돌아오는 길에 한 동료가 은근히 말을 건넨다.

"권 형! 이번에 소득이 좀 있었나? 말이 좀 통하던 간호사가 하나 있던 것 같던데?"

"아주 특별한 건 아닙니다. 여행 다니면서 한두 마디 나눈 것뿐인 걸요."

슬쩍 넘어가기는 했지만, 여행 중에 호감을 표현했던 간호사는 그 뒤로 함흥차사, 깜깜 무소식이다. 아직은 때가 아닌가 보다.

그 뒤에도 휴가를 이용해 동료와 열흘간 자전거 여행을 떠나기도 했다. 독일 아헨과 벨기에 브뤼셀과 마스트리트, 네덜란드 암스테르담과 로테르담, 그리고 에인트호번(Eindhoven)까지 여러 도시를 달린 은륜(銀輪)의 추억 또한 가슴 깊이 남아 있다. 유럽의 여러 나라는 자전거도로가 잘 닦여 있고, 중북부 독일과 벨기에, 네덜란드, 덴마크에는 거의 산이 없어서 편하게 다닐 수 있었다. 텐트 안에서 밤하늘을 바라보니 지난 세월의 기억이 새록새록 떠오른다.

'이제 돌아갈 날도 멀지 않았구나!'

귀국을 앞두고

1966년 한 해가 저물고 또 1967년 새해가 다가온다. 독일에 온 지도 벌써 삼 년이 다 되어 간다. 광부들 중 일부는 귀국하기로 하고, 다른 광부들은 독일에 남기로 했으며, 또 다른 광부들은 미국과 캐나다 등지로 이민 준비를 했다. 나는 귀국하는 쪽으로 마음을 굳히고 가족들에게 나눠줄 간단한 선물을 마련했다.

여기저기서 술잔 부딪히는 소리와 와자지껄 떠드는 소리가 연말임을 알려준다.

"Drei Jahre Bergbau in Deutschland heil ueberstanden zu haben ist eine Gnade Gottes(독일 광산 삼 년을 무사히 마치게 된 것은 하느님이 주신 선물이다)."
"Ich bin gluecklich, gesund in mein Heimatland zurueckkehren zu koennen(건강한 몸으로 고국에 돌아갈 수 있어 행복하다)."

모두들 자신이 성한 몸으로 다시 가족을 만날 수 있어서 설레고 기쁜 마음으로 들떠 있었다. 가족과 친지 모두가 한자리에 모여 술과 음료를 한없이 마시며 뜬눈으로 지새우는 독일식 송년회는 지나칠 정도로 요란하다. 우리 한국 사람들 눈에는 거의 발광하는 것처럼 보인다. 삼 년 동안 독일 문화에 익숙하고자 노력했지만 도무지 이해가 되지 않을 때는 새삼 우리가 이방인임을 깨닫는다.

홀로 아헨 시내로 나와 영화 '닥터 지바고'를 보고 밤늦게 돌아와 기도를 했다. 새해를 맞아 부모형제의 건강과 행복을 빌고, 나 역시 몇 개월 남은 기간을 큰 사고 없이 무사히 지낼 수 있도록 간절히 빌었다.

"이종 씨는 어떻게 하실 건가요?"

교회에서 예배를 마치고 교민들과 함께 점심을 먹는데 성도들 중 몇몇이 묻는다.

"글쎄요. 아직 잘 모르겠습니다."

독일어 공부를 하면서 교민들로부터 유학생을 소개받아 자연스럽게 유학에 대한 정보도 얻게 되었다. 귀국일이 코앞으로 닥쳐오자 나의 진로를 궁금해했다.

교민들과 인사를 나눈 뒤 아헨 시내로 나가 독일에서 처음으로 전차를 탔다. 오후에 한국 유학생들과 맥줏집에서 만날 약속이 있었기 때문이다.

"권 선생님도 독일에 남아서 공부하시는 게 어떠세요? 저희들이 할 수 있는 것은 도와드릴게요. 광산일 하러 오셨다가 남아서 공부하시는 분도 한두 분 있거든요."

"그렇군요. 지금까지 도와주신 것도 감사한데, 가기 전까지 생각해 보겠습니다."

나는 망설이는 대답을 할 수밖에 없었다.

그동안 유학생들로부터 귀동냥한 유학 정보들이 제법 쏠쏠했다. 독일에 남아서 공부를 해 볼 것인지 한국으로 돌아갈 것인지 이제는 결정을 더 이상 미룰 수가 없었다. 그런데 내 처지를 돌아보면 나는 분명 한국으로 돌아가야 했다. 유학생들은 모두 부잣집 자녀들이거나 고위공직자 자녀들과 한국의 명문 대학생 출신이었다. 그러니 한국에서 대학도 안 나온 나 같은 사람이 유학을 한다는 것은 어불성설이다.

'지금 나는 엄두도 낼 수 없는 일을 감히 꿈꾸고 있는 것이다.'

이들 유학생을 만나고 난 뒤부터 나는 지나친 열등의식에 빠져들고 있었다.

오늘은 한국의 설날이다.

'지금 고향이라면 얼마나 재미있을까? 다 같이 모여앉아 맛난 음식을 먹고 떠들 텐데. 아, 나는 수천 미터 지하에서 일해야만 하는 신세.'

'조금만 참자. 금년 말에는 고국으로 돌아간다. 내년 설에는 형제들과 둘러앉아 떡국을 먹을 수 있어. 땅 속에 묻어 둔 홍시도 기다리고 있다고.'

돌아갈 날을 그려보며 위로를 삼으려 했지만, 석탄더미를 파헤치는 기계의 굉음이 오늘따라 유난히 거슬린다. 나의 즐거운 상상이 무참히 깨져 버렸다. 봄여름이 지나고 가을이 오면 꿈에 그리던 고국으로 돌아갈 텐데, 그동안 내가 이루어 놓은 것은 무엇인가? 열심

히 살기는 했지만, 인생에서 가장 중요한 청년기 삼 년을 무엇이라
부를까 생각에 잠긴다.

'얼마 안 남았지만, 좀 더 의미 있게 마무리하고 싶다.'

나의 남은 소망 한 가지는 그랬다. 지금까지 지내온 것보다 더 시
간을 아껴서 책을 읽고 독일어 공부도 더욱 열심히 하는 것이 내가
할 수 있는 유일한 귀국 준비였다. 어떤 결심도 하지 못한 채 시간만
흘러갔다.

귀국 일 년 전부터 광부들의 가장 큰 고민은 가족들에게 줄 선물
이었다.

"무슨 선물을 살까? 권 형은 뭣 좀 사놨나? 이거 굉장히 골치 아픈
일이네. 돈도 한두 푼 드는 것도 아니고, 안 사갈 수도 없고."

"저야 뭐……."

"안 형은 그래도 마누라하고 애들은 없잖아. 나는 안 형의 두 배
라고 두 배!"

"어디 가족뿐이야? 일가친척하고 친구들은 어떻고? 온다고 빚진
사람들 있잖아, 다 합쳐 봐, 스물도 넘어."

"까짓 선물 안 사가면 어때서? 난 그저 돌아간다는 것만으로도 좋
네. 벌어놓은 돈은 얼마 안 되지만. 히히—!"

"그러게, 요샌 고향 생각만 하면 잠이 안 온다니까. 남은 세월이
왜 이리 안 가는지? 지나온 세월보다 더 긴 것 같아."

"글쎄, 가기만 하면 뭐하누? 몸이 건강해야지. 쿨럭쿨럭—! 오늘

죽을지 내일 죽을지 모르는 막장인생이라고 자조하며 술이나 도박에 안 빠진 게 어디야? 한밑천 잡겠다고 와서 혹사당하면서도 말이야. 어쨌든 건강한 몸뚱이가 가장 큰 재산이라니까."

귀국을 앞두고 제각기 마음이 분주하다. 물론 기쁘기만 한 것은 아니다. 두려움과 불안함도 있겠지만, 대부분 독일에서 배우고 터득한 경험과 삶의 지혜를 기반 삼아 새로운 삶을 꿈꿀 것이다.

어쩌면 돈보다 더 큰 소중한 재산을 얻어 가는지도 모른다. 새로운 기술과 기계에 대한 식견? 외국에서 일해 봤다는 자부심? 독일어를 남들보다 잘한다는 사실? 물론 그런 것들도 없지는 않겠지만 가장 중요한 소득은, 앞으로 어떤 두려움이 있어도 헤쳐 나갈 수 있다는 자신감일 것이다. 누구나 꺼려하는 광산노동자로서의 삶을 통해 인생의 고통과 인내를 맛본 이들이었으니, 운명을 개척해 나가기 위한 용기는 남다르지 않을까.

'고국에 가면 멋있게 살고 싶다.'

내게 있어 독일에서 광부로 지낸 것은 혹독한 삶의 과정이었다고 생각한다. 이제 어떤 곳에 가든지, 무슨 일을 하든지 나는 못할 것이 없다는 생각이 든다. 어떤 고통도 참을 수 있고, 반드시 성공할 수 있는 자신이 있다.

하지만 점점 귀국 날짜가 가까워질수록 머릿속이 복잡하다.

제2의 **독일** 생활

'이 꼬질꼬질한 옷과 보잘것없는 물건들을 보내야 하나.'

귀국을 앞두고서 간단한 소지품만 몇 가지 남겨두고 나머지 짐을 집으로 부치고 나니 만감이 교차했다. 자식이 입고 쓰던 물건을 받아보시고 어머니께서 안타까워 흐느껴 우실 것을 생각하니 마음이 언짢았다.

'이제 광부 생활도 끝이다.'

마음은 이미 고향으로 달려가고 있었지만, 나는 아직도 진로에 대해 결정을 내리지 못했다. 일단 고향으로 돌아가야 하는지, 아니면 이곳에 남아 뭔가 새로운 일을 개척해야 하는가?

"헤르 권! 여기 남아서 우리와 같이 지내며 공부하면 어떻겠어요?"

독일에 온 지 삼 년째 되던 해, 헬가의 소개로 전문대학 여학생인 아스트리트(Astrid)의 가족을 만나게 되었다. 아스트리트의 어머니인 로즈마리(Rosmari) 부인이 내게 독일 유학을 권했다. 그녀는 오스트리아 출신으로 대학 공부까지 마친 예순 살의 인텔리였다. 로즈마리 부인은 나를 친자식처럼 여기고, 나 역시 양어머니로 모시며 따랐다.

진로를 결정하지 못하고 갈팡질팡하는 내 모습을 보며 로즈마리 부인이 조심스럽게 독일 체류를 권했지만 나는 어떤 말도 할 수 없었다. 그도 그럴 것이 독일에 남는다는 것은 마음만 가지고 되는 일이 아니었기 때문이다. 우선 독일 체류 연장 허가를 받아야 했고, 그러기 위해서는 고용계약서가 필요했다. 그리고 대학에 입학한다면 대체 나는 등록금을 어떻게 마련할 것인가? 독일어 공부를 꾸준히 했다고 하지만 과연 대학에 들어갈 능력이 되는가?

나의 마음은 헝클어진 실타래처럼 얽혀 있다. 나는 산적한 그 많은 문제들을 해결할 능력이 없었다. 독일에 남고 싶고 또 공부하고 싶다는 마음 하나만으로 첩첩이 쌓인 문제를 풀 수는 없었다. 이것은 불가능한 문제라고 여기고 그리고 또 절망했다.

'내 문제를 내가 해결 못하는데 누가 해결해 줄 수 있겠어?'

귀국 날짜가 가까워올수록 미칠 것 같았다. 로즈마리 부인의 제안은 감사했지만 그분이 나의 인생을 책임질 수는 없는 노릇이다. 터질 듯이 갑갑한 마음에 눈물만이 한없이 흘렀다. 그녀와 함께 이런저런 이야기를 나누다 보니 어느새 자정이 되었다. 로즈마리 부인 집을 나온 나는 이미 교통편이 끊겨 집까지 무작정 걸었다. 독일에 온 뒤 처음으로 일백 리나 되는 낯선 길을 한없이 걷고 또 걸었다.

'이렇게 걷기만 해서 모든 문제가 해결된다면 얼마나 좋을까?'

구름이 잔뜩 끼어서 별 하나 보이지 않는 칠흑 같은 밤길이 내 심정처럼 답답하고 험난한 듯하다. 6·25전쟁이 한창이던 1951년 여름, 어머니와 함께 형님을 만나러 논산 훈련소를 찾아갈 때의 초등학생인 나를 떠올려보았다. 그리고 웃다가 울기를 반복하며 걷고 또 걸었다.

'한국에 돌아가면 부모님과 형제들을 만나 그 품에서 편안히 생

활할 수 있을 텐데, 나는 왜 고생길을 선택하려 하는가! 이것이 하느님의 뜻인가?'

고향으로 갈지 남아서 다른 길을 찾을지 갈등은 계속되었지만, 광산 근무가 끝날 즈음에는 결국 서울행 비행기표를 사고 말았다.

곧 귀국일 되었다. 나는 여러 광부들과 어울려 독일에 처음 왔을 때 도착했던 뒤셀도르프 공항으로 출발했다. 그리고 독일 유학을 완전히 포기하고 한국행 보딩패스를 받았다.

그런데 로즈마리 부인과 딸 아스트리트가 공항까지 따라와서 막무가내로 나를 말렸다.

"헤르 권! 이렇게 가면 안 돼요. 다시 한 번 생각해 봐요. 이왕 고생했으니 뭔가 결실을 맺어야 하지 않겠어요? 지금 한국으로 돌아갈 수도 있겠지만, 공부를 하고 가면 더욱 행복한 날이 기다릴 겁니다. 힘들더라도 조금만 더 참아요, 우리가 있잖습니까?"

나는 로즈마리 부인을 물끄러미 쳐다보았다. 그리고 아스트리트를 돌아다보았다. 우리 세 사람 모두 눈물이 가득했다.

'이 사람들은 도대체 왜 이토록 나를 만류하는가? 내가 당신들에게 무엇입니까?'

기다리던 동료들은 심상치 않은 분위기를 보더니 나를 두고 먼저 수속을 밟으러 가버렸다.

"권 형, 빨리 와. 우리 먼저 가 있을게."

결국 나는 그날 귀국 비행기에 오르지 못했다. 아무런 준비도 없

이 독일에 남기로 결정해 버린
것이다. 로즈마리 부인과 아스
트리트의 손을 뿌리치지 못하
고 나는 그만 독일에 주저앉고
말았다.

로즈마리 부인과 함께

　'내일이면 부모형제를 만날
수 있는데, 지난 삼 년 내내 이
날만을 기다리고 기다리며 견
뎌 왔는데, 지금 대체 내가 무슨 짓을 한 거지? 내가 정말 잘하고 있
는 건가?'

　나는 혼란스럽기 그지없었다. 올 줄 알았던 자식이 아무런 예고
도 없이 한국으로 돌아오지 않다니, 얼마나 당황스럽고 실망스러우
실까? 갑자기 설움이 복받쳤다. 아무런 가진 것도 없이 혈혈단신으
로 이국땅에 내동댕이쳐진 내 신세. 혈육과의 상봉을 이루지 못하
고 다시 공항을 빠져나오는 내 발걸음은 터벅터벅 둔탁하기 그지없
었다.

　로즈마리 부인은 내 손을 꼭 쥐었다. 그리고 우리는 아무 말도 하
지 않고 로즈마리 부인의 집으로 돌아왔다. 집에 오는 동안 눈물이
그치지 않았다. 그 후로도 열흘 동안 나는 꼼짝 않고 로즈마리 부인
집에서 누워 있었다. 삼 년간 광산 생활의 허무함과 귀향의 좌절로
몸과 마음이 너무도 아팠다. 제2의 독일 생활에 적응하기까지는 한
참의 세월이 걸렸다.

이날 만약 귀향 비행기를 탔더라면 나의 운명은 어떻게 달라졌을까? 고향에서 농사를 짓거나 장사를 하거나 아니면 또 무엇이 되었을까? 아마도 대학 교수는 되지 못했으리라.

제 3 장

막장광부 교수가 되다

'인간의 진정한 삶은 만남이 있기 때문이다.' ―독일 격언

아헨에 정착하다

반강제나 마찬가지로 나의 한국행은 좌절되고 말았다. 내게 뚜렷한 목표가 있었더라면 각오가 남달랐을 것이고 이국땅에 다시 주저앉게 된 것도 새로운 기회로 여겼을 것이다. 그러나 나의 현실과 이상은 너무나 거리가 멀었고, 어떤 의미로 나는 패배자였다.

로즈마리 부인의 만류로 제2의 독일 생활이 시작되었으나, 나는 한동안 무기력에서 벗어나지 못했다. 로즈마리 부인은 그런 나를 안타까워하면서도 시간이 가길 기다리는 듯 나를 나무라거나 어떠한 재촉도 하지 않았다. 그런 부인과 가족들이 고마웠다. 보잘것없는 이방인에게 이토록 배려할 수 있는 것은 무엇 때문이었을까? 인간에 대한 무조건적인 믿음과 사랑 말고는 다른 이유를 도저히 찾을 수 없었다.

이제부터 나의 생활 터전은 메르크슈타인 광산촌이 아니고 아헨

(Aachen)이라는 역사와 대학의 도시이다. 독일의 중서부, 벨기에와 네덜란드 삼국의 국경이 만나는 곳에 위치한 아헨 시는 우리나라의 경주처럼 중세 카를(Karl der Grosse) 대제가 오랫동안 정치를 했던 곳이기도 하다. 온천물이 좋아 휴양지로도 유명하며, 세계적인 오케스트라 지휘자 카라얀(Karajan)이 최초로 지휘한 곳이기도 하며 세계승마대회가 열리는 도시이다.

특히 아헨에는 유럽의 최고 명문대 중의 하나로 꼽히는 아헨공과대학이 자리하고 있는데, 백이십여 년 전 개교한 이곳은 독일 산업 발전의 인재를 양성하고 있는 과학기술의 전당이다. 현재 삼만칠천 여 명의 학생들이 재학 중이며 정교수는 칠백여 명, 부교수 및 연구원 이천 명, 연구보조원 오천 명으로, 연구소만도 이백오십 개에 이른다. 박사학위를 받은 한국 유학생은 지금까지 백이십여 명이며 현재 백사십여 명의 한국 학생이 재학 중이다. 이 대학 출신이 우리나라 과학기술 분야의 대학교수와 전문인으로 많이 활동하고 있다.

아헨은 광부로 일하는 삼 년 동안 내가 가장 친숙하게 오간 도시였다. 아헨공대 덕분에 아헨이라는 도시는 이십 대의 학생들로 젊음이 넘쳐났다. 광부로 지낼 때도 가끔 아헨 시가지 안을 돌아다니면 가슴이 뛰었다. 아헨대성당 안에 들어가 눈을 감으면 마음이 가라앉았다. 외양이 다른 유럽의 관광 도시처럼 웅장하고 화려하며, 깊은 역사를 가지고 있는 이 도시가 나는 마음에 들었다.

독일에 체류하기로 결정하자 당연히 내가 살기로 한 곳은 이곳 아헨이었다. 독일에 처음 와서 지금껏 제2의 고향처럼 여긴 곳, 아헨. 내가 공부하고 싶은 곳도 자연스럽게 아헨공대 내 사범대학이 되었다. 어려서부터 초등학교 선생님을 존경했고, 그래서 선생님이 되고 싶었던 꿈을 이곳에서 이루고 싶었다.

어느 날 로즈마리 부인이 나를 부르더니 이렇게 말했다.

"헤르 권! 걱정 말고 대학에 진학하도록 해요. 우리가 어떻게든 생활비와 등록금을 도와줄게요."

그 말을 듣는 순간 눈물이 왈칵 쏟아졌다. 공항에서 돌아온 뒤 며칠 동안 정신병자처럼 멍한 상태로 지냈던 내게 그것은 충격적인 제안이었다. 로즈마리 부인의 말을 듣고 순간 나는 감정을 주체할 수 없었다. 피 한 방울 섞이지 않은 외국인 양부모가 내게 학비를 대주겠다니, 독일 사람들의 의식구조는 놀랍기만 하다. 나와는 겨우 지난 몇 달간 알고 지내며 왕래한 것뿐인데 아무런 조건 없이 타인을 도와준다는 것이 나로서는 잘 이해가 되지 않았다. 물론 다 어렵게 살아서도 그랬겠지만, 한국에서도 같은 한국 사람끼리 무조건 도와준다는 것은 상상하기 어려운 일이었다. 하긴, 로즈마리 부인의 손에 이끌려 귀국을 포기하고 이 집으로 들어와 지금껏 눌러앉아 있는 것도 상식적인 일은 아니었다.

'어떻게 이런 일이 있을 수 있지?'

나는 믿기지 않았다. 내 귀를 의심했다. 내 돈도 아니고 남의 돈으로 가만히 앉아서 내가 공부할 수 있다는 게 의심스러웠다. 나무를 베어다 팔아서, 새벽같이 신문팔이를 해서, 등록금이 생길 때까지 기다렸다가 동동거리며 등록하곤 했던 내 인생에, 이것은 필시 객쩍은 농담일 것이라고 생각했다.

'내 인생에 이런 일이 생기다니……'

세상일은 알다가도 모를 일이다. 로즈마리 부인은 웃으며 내 손을 잡았다.

"헤르 권, 갑자기 이런 얘기를 해서 당황스럽나요? 남편과 나는 헤르 권의 성실함을 높이 평가했어요. 그렇게 노력하는 사람이 가능성을 놓친다는 게 너무 안타까웠지요. 공항에서 데려올 때부터 나는 생각하고 있었던 것입니다. 다만 헤르 권의 몸과 마음이 안정될 때까지 기다린 것이지요."

하늘은 스스로 돕는 자를 돕는다고 했던가? 내게 알지 못할 도움이 예정되어 있던 것인가? 나는 로즈마리 부인의 따뜻한 눈동자를 마주 보다가 결국 굵은 눈물방울을 떨어뜨렸다. 너무 감사해서 감사하다는 말이 입 밖으로 나오지 않았다. 겨우 목메인 소리로 로즈마리 부인의 이름만 부를 따름이었다.

이렇듯 예기치 못하게 도움을 받게 되자 혼란스러웠던 게 사실이다. 그러나 주어진 기회에 최선을 다하는 것만이 로즈마리 부인에 대한 예의라고 생각하게 되었다.

'그래, 꼭 성공해서 부인 댁에 그 은혜를 갚자! 자, 이제부터 시작이다.'

만약 로즈마리 부인과 그 가족의 도움이 없었더라면 나는 지금

교수가 아니라 고향에서 평범한 농부로서 살고 있을 것이다. 궁벽한 시골에서 농사짓는 것 외에 달리 할 줄 아는 일이 없었으니까 말이다.

로즈마리 부인은 친어머니와 같이 나를 재워 주고, 먹여 주고, 입혀 주었다. 덕분에 나는 생활하는 데 있어서 모든 걱정을 떨쳐 버릴 수 있었다.

그러나 광부 출신 동양인, 나이도 먹을 만큼 먹은 스물아홉, 삼 년간 번 돈은 모두 고국의 어머께 보내버리고 내 주머니는 빈털터리, 독일어는 서툴고 허약한 체질에 왜소한 나를 돌아보니 설움이 복받쳤다. 육십의 외국인 부인에게 내 인생을 통째로 의지할 수밖에 없는 이 현실이 원망스러웠다.

"헤르 권은 꿈이 뭐예요?"

어느 날 로즈마리 부인이 이런 질문을 했다.

"꿈이라뇨?"

"무엇이 되고 싶은가를 묻는 거예요."

내 꿈은 남을 가르치는 교사가 되는 것이었다. 초등학교 이 학년 때 담임선생님을 무척 좋아하여 그때부터 간직해 온 꿈이 있었다.

어린 시절부터 내가 지내 온 이야기를 들은 로즈마리 부인은 국립 사범대학에 갈 것을 권유했다. 그러나 당시 외국인이 국립 사범대학에 들어가는 것은 애초에 제도적으로 불가능했던 것으로 기억한다. 학교를 졸업하면 국가공무원이 되어야 하는데 외국인에게는 그 기회를 제한하였던 것으로 추측된다.

부인은 아헨공대의 사범대학 학장에게 직접 전화를 하여 내 꿈과 희망을 이야기할 수 있는 기회를 만들어 주었다. 로즈마리 부인이 학장과 일면식이 있었던 것은 아니었다. 나의 진로를 위해 학교 이곳저곳으로 문의하였던 모양이다.

드디어 학장과의 상담 약속이 정해졌다. 로즈마리 부인과 나는 기차를 타고 이십 킬로미터를 이동한 후 버스를 갈아타고 독일의 국립 사범대학인 아헨교원대학에 첫 발을 내딛었다. 아헨교원대학에 들어서자 말로만 듣던 오랜 역사와 이전에 내가 겪어 보지 못했던 고등교육기관으로서의 학문적 위용이 나를 휘감았다. 푸른 나무 사이로 큼직한 대학 건물들을 보는 것만으로도 나는 황홀해서 어지러울 지경이었다. 바쁜 걸음으로 독일 학생들이 우리를 스쳐지나갔다.

어느새 우리는 교원대학 건물 앞에 서 있었다.

"우리 학교가 개교한 이래 지금까지 우리는 외국인 학생을 받은 적이 없다네."

로즈마리 부인과 나는 푀겔러(Pöggeler) 학장과 마주앉았다. 그는 내게 입학을 허가할 수 없다고 말하고 있었다. 독일 대학이 대부분 국립대학이고 모든 대학이 국가 예산으로 운영되고 있기 때문에 교원대학(사범대학)을 졸업하면 독일 학교에서 교편을 잡아야 한다. 독일의 교육 국가공무원은 독일 국민에게 제한하고 있는 제도적 이유로 푀겔러 학장은 입장이 난처했던 것 같았다.

첫 대면부터 안 된다는 말을 듣자 오기가 생긴 나는, 여기서 물러설 수 없다는 생각에 그동안 마음에 담고 있던 말을 쏟아냈다.

"처음부터 안 된다는 말은 하지 마시고 저에게도 기회를 주십시오. 저는 삼 년 전 광부의 신분으로 독일 땅을 처음 밟았습니다. 지하 갱도 안에서 일하면서도 독일어 사전과 문법책을 손에서 놓아 본 적이 없습니다. 손때 묻은 그 책은 제 눈물방울과 땀방울로 얼룩져 있습니다. 다른 사람들이 여가를 즐길 때도 저는 돈을 아껴가며 독일어 과외수업을 받았습니다.

어린 시절부터 제 꿈은 초등학교 교사였습니다. 제가 존경해 왔던 선생님처럼 제게도 제발 청소년들에게 꿈을 심어 줄 수 있는 기회를 주십시오. 이날을 위하여 삼 년간의 광부 생활도 이를 악물로 견뎌냈던 것입니다. 학장님, 부탁입니다."

오기가 났던 나는 바짝 긴장을 한 탓에 물어보지 않은 말까지 단숨에 토해 냈다. 그런데 내 이야기를 들은 푀겔러 학장은 빙그레 웃기만 했다. 어색한 침묵이 흐른 뒤, 학장이 먼저 입을 뗐다.

"그래, 지금은 어디서 일을 하고 있나?"

"아는 분 댁에 기거하면서 여러 가지 아르바이트를 하고 있습니다. 학비를 벌기 위해서라면 궂은일도 가리지 않고 할 작정입니다."

"음, 자네의 사정은 잘 알겠네. 빠른 시일 안에 대학 입학 서류를 준비해 오게. 광산에서 일을 하고 또 여기까지 왔다니 집념이 정말 대단하군. 그럼 또 보세."

푀겔러 교수는 긴말을 하지 않았다. 그는 학력도 변변찮은 동양인을 예외적으로 특별히 입학시키겠다는 중대한 결정을 한순간에 내린 것이다. 지금까지 외국인은 한 명도 입학한 적이 없었던 그곳에, 볼품없는 만학도인 내게 그가 손을 불쑥 내민 것이다.

학장실을 나온 로즈마리 부인과 나는 입학 허가가 믿어지지 않아 서로 부둥켜안고 울기만 했다.

이날 나는 학문의 아버지이자 인생의 든든한 후원자를 만났다. 내게 학문의 길을 밝히는 등불이 되어 주신 은인이자 스승인 피겔러 교수, 그를 처음 만난 날 나는 그 사실을 과연 알았을까?

지금 돌이켜보면 모든 순간이 광대가 외줄 타는 것처럼 위태로웠다. 그 위태로움을 정면으로 마주하고 하나씩 이겨나가는 인간의 힘은 대체 어디로부터 연유하는가? 그리고 또 사람의 인연이라는 것은 과연 무엇일까? 굽이굽이 인생 고개를 한 굽이씩 넘어 앞으로 더 큰 고개를 넘어가는, 이런 것이 인생살이인가? 그 가운데 축복과 같은 이 만남들은 도대체 무엇인가? 헬가와 아스트리트, 로즈마리 부인과 그의 남편, 그리고 지금 피겔러 교수까지 독일은 보잘것없는 나에게 '기회의 축복'을 소나기처럼 퍼부어주었던 것이다.

그리고 며칠이 지나지 않아 로즈마리 부인 집으로 아헨교원대학교 사범대학(Paedagogische Hochschule Aachen) 학장실에서 정식으로 입학을 허가한다는 내용의 전화가 왔다. 드디어 내가 대학생이 되는 것이다.

"헤르 권, 축하해요!"

로즈마리 부인 가족들은 자신의 일인 양 기뻐해 주었다. 아마도 나는 아헨교원대학교의 최초이자 마지막 외국인 학생이었을 것이다. 입학 허가가 났을 때, 나를 막아서던 철옹성 같은 장애물이 무너져 내리고 밝은 빛이 비치는 신천지가 열리는 것 같았다.

나는 무릎을 꿇고 기도를 올렸다.

'아, 하느님, 감사합니다. 감사합니다. 제게 이런 은혜를 베풀어 주시다니요. 흑흑.'

제일 먼저 고향에 계신 어머니 얼굴이 떠올랐다. 기뻐하실 모습을 생각하니 눈물이 솟구쳤다. 드디어 내가 공부할 수 있는 길이 열렸다. 그것도 먼 이 타국땅에서 말이다.

'그래, 이미 선택은 내려진 것, 난 돌아갈 수 없는 강을 건넌 것이다.'

나는 주먹을 불끈 쥐었다. 당분간 고향에 가기는 힘들 것 같다. 나를 기다리는 새로운 대학 생활에 죽을힘을 다해 임해야 할 것이다. 가슴이 쿵쿵 방망이질해댔다.

'어머니! 제가, 제가요, 대학생이 되었어요. 이종이가 대학생이 되었다고요!'

마음속으로 외치며 마룻바닥에 엎드렸다. 어느새 나는 통곡을 하고 있었다. 로즈마리 부인이 다가와 가만히 내 어깨에 손을 얹었다. 친부모도 아닌 생면부지의 외국인이 내게 베풀어준 은혜 때문에 가슴이 먹먹해졌다.

오스트리아인 **로즈마리** 부인의 **은혜**

1968년 4월 15일에 입학이 가능하다는 허가가 나기는 했지만, 후속 서류를 만들지 못하면 입학 허가는 무용지물이 된다. 그만큼 해결해야 할 중요한 문제들이 많았다. 우선 일자리를 구해서 불법 체류자 신세를 면해야 했다. 체류 허가를 받으려면 독일 내에 직장이 있어야 하기 때문이다. 체류 허가를 받으려면 대학 입학을 하든지 아니면 결혼을 해야 했고 대학 입학을 하려면 체류 허가서가 있어야 했다. 서로 맞물려 있어서 어디서부터 해결을 해야 할지 묘안이 없었다. 독일 여성과 결혼하든가 노동허가가 남이 있는 한국 여성과 결혼할 경우에도 무조건 체류 허가가 나왔다. 하지만 내게는 결혼이란 생각할 수 없는 문제였다. 내 처지를 떠올리면 결혼이란 언감생심이었고, 내 성격상 위장 결혼은 용납할 수 없었다.

대안도 없이 시간은 흘러 독일에 머물 수 있는 날짜가 얼마 남지 않았다. 1967년 9월 29일에서 1968년 4월 17일 대학 입학 때까지 불법 체류자로 남게 될 처지였다.

"부인, 매번 부인께 신세가 큽니다. 지난번 대학 문제도 애 많이 써 주셨는데, 저 혼자 힘으로 해결할 수 있는 일이 없군요."

"알아요, 헤르 권. 일자리를 구하는 게 급선무예요."

불법 체류자로 낙인찍히면 대학 입학 허가를 얻어놓은 것은 아무런 소용이 없었다. 로즈마리 부인과 남편까지 온 가족이 총동원되어 아헨 시내를 비롯해서 독일 곳곳과 벨기에까지 오가며 이곳저곳을 수소문했으나 쉽게 일자리가 나지 않았다. 우리들은 며칠 동안 장시간 버스나 기차를 타고 또 걸으며 하루 종일 헤매다 집으로 돌아왔다. 저녁에 집에 돌아오면 셋은 녹초가 되어 그대로 쓰러져 잠이 들었다.

드디어 체류 허가 마지막 날인 9월 29일이 되었다.

"오늘부터 칠 개월 내에 허가가 나오지 않으면 진짜 불법 체류자가 되고 맙니다. 불법 체류자로 낙인찍히면 강제추방이에요. 입학 허가 받은 것도 소용없고, 헤르 권, 이제 어쩌죠?"

로즈마리 부인은 몇 날 며칠을 죽을 고생을 다했지만 별다른 소득이 없자 기운이 빠졌나 보다. 환갑인 부인을 일자리를 구한다고 이리저리 함께 끌고 다녔으니, 내가 염치가 없다.

'아, 이제 대학이고 뭐고 다 사라지는구나.'

나는 가슴을 조이며 뜬눈으로 밤을 새우고 말았다. 아침에 잠깐 잠이 들었을까, 로즈마리 부인의 외침에 정신이 들었다.

"이것 보세요. 헤르 권, 남편에게서 기쁜 소식이 왔답니다."

로즈마리 부인의 남편이 감독관으로 있던 군수물자 취급소 벨기에 피엑스(PX)에 마침 일자리가 하나 생겼다는 낭보(朗報)였다. 풀이 죽어 방구석에 처박혀 있던 내 모습을 가엾게 여긴 남편이 출근하자마자 상사인 장군에게 특별히 부탁을 한 덕분이었다. 다행히 벨기에 군대 피엑스에서 노동 허가가 떨어졌으니, 다음은 본(Bonn)에 있는 한국대사관을 찾아가 여권 연장을 신청할 차례였다.

'다 됐구나!'

로즈마리 부인과 같이 한국대사관으로 걸어가면서 나는 마음을 푹 놓았다. 이제 이것만 해결되면 입학할 수 있으니 모든 일이 다 끝난 것 같았다. 나는 준비해 간 입학 서류와 고용계약서를 내밀었다. 그런데 이게 웬 일인가!

"안 되겠습니다."

담당 노무관은 여러 가지 이유로 여권 연장을 거절했다.

"왜 안 되는 겁니까?"

"군대 피엑스에는 임시 고용이고, 또 한국에서는 대학에 입학한 적도 없다면서요?"

대체 그것이 왜 문제가 된다는 말인가! 나는 속으로 열불이 터졌지만 제대로 항의도 못하고 어깨가 축 늘어져 집으로 돌아갔다.

다시 나 혼자 한국대사관을 찾아가 사정을 했다. 그랬더니 독일 여성과 결혼을 안 한 것도 문제가 되었다. 거절당할 때마다 내 속은 새까맣게 타버렸다. 입학 허가를 받고 또 발이 부르트도록 고생하여 겨우 일자리를 구했더니 산 넘어 산이다.

벨기에 피엑스 건물 앞에서

상사인 로즈마리 부인의 남편과 함께

'도대체 한국 사람끼리 왜 안 도와주는 걸까?'

나는 삼 년 전에 독일 땅에 와서 성실히 광부 생활을 마쳤다. 그리고 지금은 피엑스에서 열심히 일하고 있다. 내가 범죄자도 아니고 특별히 잘못한 것도 없는데, 왜 여권 연장을 안 해주겠다는 것일까? 나는 단지 일하면서 공부하고 싶을 뿐인데 말이다. 독일인들은 나를 가족처럼 여기고 도와주는데, 한국대사관에서 문제 아닌 것을 문제 삼다니 뭔가 잘못된 게 틀림없다.

굳어 있는 내 표정을 보더니 로즈마리 부인이 걱정이 되었는지 위로의 말을 건넸다.

"상심하지 말아요, 헤르 권. 방법이 있을 거예요."

이리저리 알아보기만 하다가 어느새 또 몇 개월이 훌쩍 지났다. '여권 연장'만 떠올리면 일도 손에 안 잡혔다. 일을 하면서도 마음 둘 곳을 찾지 못하고 초조하게 시간을 보냈다.

'어렵게 허가를 받았는데, 입학도 못하고 마는가.'

입은 바짝바짝 마르고 목구멍으로 밥도 넘어가지 않았다. 생사람 잡는 게 이런 것이구나 하는 것을 뼈저리게 겪었다.

'모든 것이 헛되다. 종잇조각 하나 때문에 이렇게 내 희망과 미래가 무너져 버리고 마는구나.'

비탄에 빠진 내 모습이 나를 더 절망스럽게 했다. 자신의 문제를 스스로 해결할 수 없는 내 처지 때문에 낙담이 더욱 컸다. 이제는 뭔가를 남에게 부탁한다는 사실이 부끄럽기만 했다. 어디 가서 확 죽어버리고 싶다는 자괴감에 하루하루가 지옥이었다.

그런 가운데 결국은 로즈마리 부인의 남편이, 벨기에 군대 피엑스 사장의 도움을 받아 여권 연장을 할 수 있게 해 주었다. 그리고 곧 독일 정부로부터 체류 허가도 받았다. 얼마나 다행한 일인가! 신분 보장이 되니 무슨 일이라도 다 할 수 있을 것 같았다.

구걸하다시피 하여 몇 개월 만에 연장 발급된 여권을 손에 쥐니 감개무량하기만 했다. 여권과 체류 허가 서류를 가슴에 안고 울고 또 울었다. 나는 왜 이리 눈물이 많을까? 귀향을 포기하고 독일에 머물기도 결심한 그 순간부터 내 눈에는 눈물이 마를 날이 없었다.

너무나 기쁘고 행복해서 로즈마리 부인에게 넙죽 엎드려 절을 했다. 세월이 한참 지난 지금도, 싫은 소리 한 번 하지 않고 나를 친자식처럼 여기고 애써 준 로즈마리 부인과 가족들의 노고를 잊지 않고 있다. 오늘의 내가 있도록 해 준 일등공신이니 말이다.

로즈마리 부인의 은혜를 입으면 입을수록 고향의 어머니가 더 그리워졌다. 이제는 거칠 것이 없으니, 두 어머니의 사랑과 노고를 가슴에 새기며 다시 한 번 피나는 각오로 열심히 싸우는 것만 남았다. 그저 자식놈이 외국에서 공부한다니까, 그러려니 무조건 믿고 계실 어머니를 떠올리니 다시금 용기가 불끈 솟았다.

'어머니! 조금만 더 기다려 주세요. 반드시 성공해서 돌아갈 테니까요.'

벨기에 군대 피엑스 마르셀 사장의 친절

당시 나토군(유럽연합군)에 소속된 각 나라의 군대들은 유럽 곳곳에 근무하고 있었는데, 벨기에 군대도 독일 땅에 파견 주둔하고 있었다. 내가 근무하게 된 벨기에 군대 피엑스는 아헨 지역에 있었으며 규모는 한국 백화점 크기의 두 배에 달했다. 로즈마리 부인의 남편과 함께 출근하였고 직장 내에서도 거의 같은 공간에 있었기 때문에 적응하는 데에는 큰 어려움이 없었다. 더구나 그는 피엑스 내 독일 쪽 책임자로서 주요 간부였기 때문에 큰 의지가 되었다. 피엑스 사무실은 광산의 거친 분위기와는 사뭇 달랐으며, 모든 사람들이 친절했다.

오전 여섯 시에 출근하여 오후 여섯 시까지 매일 열두 시간 일했다. 나는 벨기에로부터 새로 들어온 군수 물자를 군용차에서 내린

벨기에 군대 피엑스 근무 시 회식 모습

다음, 독일에 주둔하고 있는 벨기에 군대로 운반하여 쌓는 매우 단순한 노동을 했다.

피엑스에서 근무한 지 얼마 되지 않아 사장인 마르셀 씨로부터 호출이 왔다. 급히 달려갔더니 사장이 자신의 집으로 나를 초대하겠다는 것이었다. 나는 이때 나를 도와줬던 사장을 처음 만났다. 나를 초대한다는 말에 일순간 겁을 먹었던 것 같다. 초청을 선뜻 받아들이지 못하고 머뭇거렸더니 사장이 빙긋 웃었다. 그 뒤에도 작업장에서 일을 하며 사장의 모습을 본 적이 있었지만 초대에 응하겠다는 의사를 밝히지는 못했다. 로즈마리 부인 가족과 함께 가는 것도 아니고 나 혼자서 사장의 집을 방문한다는 것이 선뜻 내키지 않았다. 그런데 아무리 생각해도 특별한 이유 없이 초청을 거절하는 것은 예의가 아닌 것 같았다. 크게 용기를 내어 방문 날짜를 잡았다.

'유럽의 호화 주택을 방문해 보게 되다니…….'

직장 상사, 그것도 회사의 가장 높은 경영자의 집을 방문한다는 것은 한편으로 설레고 다른 한편으로는 두렵기까지 했다.

그런데 막상 갈 날이 되니 막막했다. 무슨 옷을 입고 가야 하나, 무슨 선물을 준비해 갈까, 가서는 어떻게 해야 하는지 다시 두려워졌다.

광산에 근무할 때는 독일인 가정에 초대를 받은 적이 없었기 때문에, 독일식 방문 예절에 대해 배우지 못했다. 게다가 독일에서 집으로 초대한다는 것은 아주 가까운 사이라는 것을 의미한다고 들은 터라 부담스러웠다. 일개 외국인 노동자를 사장이 초대한다는 것은

마르셀 사장의 댁에 초대를 받아서

회사 내에서도 파격적인 일이었다. 사장의 은혜를 입어 체류 허가를 받고 근무를 시작한 지 얼마 안 되는 내게, 이것은 역사적인 사건이자 영광스러운 일이었다.

드디어 방문일이 되었다. 나는 아침 일찍 일어나 깨끗이 몸을 씻고 단벌 양복을 다려 입었다. 현관문을 나서는데 로즈마리 부인이 잘 다녀오라고 웃어 준다. 여전히 가슴이 쿵쾅거린다. 가는 길에 적당한 크기의 꽃다발을 사들었다.

독일 국경선을 지나 사장이 살고 있는 벨기에 국경으로 조심조심 다가갔다. 사장이 직접 대형 자동차를 몰고 나와 나를 기다리고 있었다.

"헤르 권, 반가워요."

"예, 사장님도 잘 계셨습니까?"

간단한 인사를 나누고 자동차에 올라탄 뒤, 마르셀 사장은 내게 광산에서 일했던 것에 대해 물어보기도 하며 벨기에라는 나라에 대해 소개해 주었다. 차 안에서 바라보는 건물들이 동화 속에서 본 것처럼 매우 아름다웠다.

곧 깔끔한 저택 앞에 도착했다. 사장 부인은 기품 있는 미인이었다. 꽃다발을 건네자 감사하다며 환하게 웃었다. 식사를 하며 난생처음으로 고급 양주와 포도주를 마셔 보았다. 모든 것이 낯설고 어색하기만 했다.

"일하는 데 어려운 점은 없습니까?"

마르셀 사장은 내가 일자리를 구하고 비자를 연장하느라 고생했던 것을 익히 알던 터라 더 도와줄 일이 없는지 물었다. 그동안 나의 체류 연장과 대학 입학을 위해 많은 도움을 주었던 것에 대해 깊이 감사한다고 말했다.

화기애애한 가운데 식사가 끝나자, 사장은 네덜란드, 벨기에, 독

독일, 벨기에, 네덜란드 국경선. 심종섭 전 전북대학교 총장과 함께

일 국경선을 구경시켜 주었다. 벨기에에서 보면 동북쪽은 독일, 북쪽이 네덜란드인데, 삼국의 국경선 표시는 겨우 1.5미터 높이의 쇠기둥 하나뿐이었다. 우리나라 남북을 가로지르는 분단경계선과는 너무 대조적이었다. 총칼도, 지뢰밭도, 철조망도 없는 평화로운 국경선, 자유롭게 왕래하는 그들이 부러웠다.

고국의 **은인 김상균** 교장

입학 허가를 받은 뒤, 일자리도 용케 구하고 체류 허가와 여권 연장까지 무사히 마무리했다. 이제 본격적으로 입학 서류를 갖추어야 하는데, 이런 일을 한 번도 해 보지 않아 막막하기만 했다. 그런데 결론적으로 말하자면, 이 문제 역시 생면부지의 어떤 분의 도움으로 해결이 잘 되었다. 삼 년 전 한국에서 '김상균'이라는 분이 보낸 편지 하나로 시작된 인연 덕분이었다. 그분에 대한 이야기를 잠깐 소개하고자 한다.

독일 광부 생활을 한 지 얼마 지나지 않은 1965년 초, 나는 편지함에서 이름 모를 편지를 발견했다. 차분한 글씨로 정성들여 쓴 편지에는 인간에 대한 깊은 사랑이 담겨 있었다. 당시 초등학교 교사였던 김상균 님은 전북일보에 가끔 기고하는 내 편지기사를 보곤 했는데, 그것을 통해서 독일에서 고생하고 있는 파독광부들의 일상을 알게 되었다고 했다. 그러다 광부 일 년차였을 때 기고했던 박 대통령의 독일 방문에 관한 기사를 보고 내게 편지를 보내기로 마음을 먹고, 내 독일 주소를 수소문하여 장문의 편지를 보내온 것이다.

처음 편지를 받고 나는 깜짝 놀랐다. 얼굴 한 번 본 적 없고 고향도 다른 분이 나를 돕겠다니, 나는 한동안 편지를 들고 멍한 상태로서 있었다. 감사한 마음으로 김 선생님께 답장을 보내기 시작했고, 그것이 독일 유학 생활이 끝날 때까지 이어졌다. 광부 생활 삼 년을 포함하여 유학을 마칠 때까지 십육 년의 세월 동안 나는 하루같이 그분의 편지를 기다렸다. 내게 가장 많은 편지를 보내준 그분, 그분의 편지 한 구절 한 구절이 이국땅의 노동자에게는 큰 희망이었다.

외국인이 대학에 등록하자면 갖춰야 할 서류가 복잡한데다가 나는 한국에서 대학에 다닌 적이 없었기에 더 난감했다. 그때 김 선생님이 빠짐없이 각종 서류를 마련하여 독일로 보내주셨다. 시골에 계신 부모님이나 형님들이 하기에도 너무 어려운 일이었기에 어쩔 수 없이 부탁을 해 본 것인데, 그분은 귀찮은 내색 하나 없이 세심하게 모든 것을 챙겨 주신 것이다.

"독일의 꽃을 학교와 우리 마을에 심어 보려 하네. 일하다가 시간이 나면 꽃씨를 좀 보내 보게나. 자네를 보듯 한번 키워보겠네."

어느 편지엔가 그분은 이런 사연을 보내셨다. 기쁜 마음으로 꽃씨를 구해 보내 드린 적이 있었는데, 아마도 근무하시던 초등학교 교정에 이름 모를 꽃이 아름답게 피어났을 것이다.

눈물의 **학생증**

입학 서류를 접수하고 정식 입학이 되었다. 1968년 4월 17일, 내 손에 아헨교원대학교 학생증이 쥐어졌다. 내 얼굴이 들어간 학생증을 받자 감격의 눈물이 솟구쳤다.

'아, 내가 드디어 독일 대학생이 되었어.'

이 기쁜 소식을 고향 어머니께 먼저 알렸다. 뒤에 전해들은 이야기지만 고향 마을에서는 잔치가 열렸다고 한다.

"헤르 권, 정말 축하합니다!"

로즈마리 부인 가족은 진심으로 기뻐해 주었다. 나는 오랜만에 행복에 젖어 편하게 잠이 들었다. 팔 개월간의 고생이 막을 내렸다.

퇴겔러 교수님은 내 개인 사정까지 고려하여 장학금은 물론이요

1968년 4월 17일 꿈에 그리던 대학 입학허가서(좌)
아헨교원대학 학생증(우)

생활비까지 보조해 주셨다. 아헨교원대학 측의 크나큰 도움 덕분에 학비에 신경 쓰지 않고 공부에 힘을 쏟을 수 있게 된 것이다. 나는 삼십 년 동안 내 어깨를 짓누르던 경제적 부담에서 일시적으로나마 해방될 수 있었다.

그동안 마음 둘 곳 없이 방황하던 세월이 거짓처럼 사라져 버렸다. 대학 입학이 뜻대로 되지 않으면 오는 유월에 한국 광부 제5진과 함께 강제귀국할 작정이었는데, 나에게 이런 복이 굴러들어오다니, 나는 정말 행운아다.

"이보게, 늙은 학생, 축하해요!"

퇴겔러 교수가 내게 축하인사를 건넸다. 하늘로 날아갈 것 같다. 그간의 고통은 어디로 사라졌는지 온몸이 기쁨으로 충만하다. 말도 서툴고 옷차림도 초라한 나이든 동양인 학생. 이것이 나의 모습이다. 대학생 등록번호 201859. 고등학교 졸업 후 팔 년 만에 전북 장수 촌놈이 다시 책가방을 들다니.

입학 첫날, 로즈마리 부인의 배웅을 받으며 집을 나서자 기분이 붕 떠서 어디를 걷는지 실감이 나지 않았다. 학교에 도착하여 건물 이곳저곳을 구경하느라 다리가 아픈지도 몰랐다.

'권이종! 참으로 출세했다! 네가 드디어 대학생이 되었구나. 한국에 있었더라면 꿈도 꾸지 못할 일을 결국 해냈어.'

나는 두 손 모아 기도를 올렸다.

'하느님! 감사합니다. 제가 공부를 마치는 날까지 제게 지혜를 주세요.'

첫 강의 시간이었다. 강의는 오전 아홉 시부터 밤늦게까지 교수의 사정에 맞춰 열렸다. 담당교수와는 일주일에 한 번 지정된 날짜에 두 시간 동안 면담이 가능했는데, 면담 시간은 각 교수연구실 문 앞에 공지되었다.

강의실에 들어서니 외국인은 정말 나 혼자뿐이었다. 그러나 입학의 기쁨도 잠시, 나는 새로운 벽에 부딪쳤다. 광부 생활을 한 지난 삼 년 동안 나름대로 열심히 독일어 공부를 했다고 여겼는데, 막상 강의시간에는 아무런 말도 알아들을 수가 없었다. 교수의 말이 빠른데다가 내가 그동안 공부했던 말들과는 차이가 있었기 때문이다. 학술 용어의 큰 벽에 부딪친 나는 귀는 달려 있으나 무슨 내용인지 전혀 알아들을 수가 없었으니, 숨이 막힐 듯이 애가 탔다. 막장에서 쓰는 작업 용어와 욕 따위나 하며 지낸 광부 출신인 내가, 처음부터 대학 강의를 제대로 알아듣는다면 그것이 비정상일 것이다.

'기죽을 필요 없어.'

처음에는 누구나 모든 게 어려운 법이라고 스스로를 다독였다. 그리고 중간에 포기하지 말고 끝까지 가 보자고 약속을 했다.

그러나 대학 생활을 시작하고 이삼 년이 지나도록 강의 내용과 세미나에서의 토론 내용을 거의 이해할 수 없었다. 독일어로 진행되는 강의는 미리 교재를 수차례 읽어 가도 이해할 수 없는 점이 많았다. 삼 년 정도 지나야 어느 정도 귀가 열리고 강의를 대강이나마 이해할 수 있었고, 토론에 부분적으로 참여할 수 있었다.

그것은 내가 고등학생 때까지 한국에서 공부했던 방식과는 너무 달랐기 때문이다. 대부분의 독일 대학에는 강의식 수업이 거의 없고, 구십 퍼센트 이상이 실험과 실습, 세미나와 토론 등으로 진행된다. 강좌는 강의, 초급세미나, 중급세미나, 고급세미나로 구분되어 있다. 수강 신청한 과목은 리포트를 작성하여 발표하는 것은 필수이고, 수강 중에 교수들의 엄정한 평가를 받게 된다. 한 학기 수업을 마친 뒤 교수로부터 수강 결과에 대한 인증서에 사인을 받지 못하면 재수강해야 한다. 독일에서 교수의 권위는 참으로 높다.

독일 대학은 입학은 쉽지만 졸업하기가 정말 어렵다. 모든 대학에서 입학 사 학기 후 대학수학능력시험을 대학별로 치른다. 전공에 따라 차이가 있겠지만, 이 시험이 워낙 어려워 삼사십 퍼센트의 학생들이 탈락한다.

그러한 때문인지 독일 대학은 수학 연한을 제한하고 있지 않다(단, 모든 대학생이 건강보험과 사회보장보험에는 반드시 가입해야 한다). 이 얼마나 다행한 일인지 모르겠다. 나 같은 외국인이 정해진 기한 내에 대학을 졸업해야 한다고 정해 놓았다면, 아마 나는 졸업을 제때 하지 못했을 것이다.

헝가리인 샹크 씨 집에서의 새로운 생활

로즈마리 부인의 집은 아헨교원대학과 삼십 킬로미터 이상 떨어져 있어서 학교에 오가기가 힘들었다. 아무리 친어머니 같은 분이라고 날마다 학교까지 차에 태워 데려다 달라고 할 수는 없지 않은가.

통학거리 때문에 새로운 숙소를 구해야 했다. 이사 문제로 고민하던 중에 예전에 광부 동료였던 한국인을 길에서 우연히 만나게 되었다.

"오늘 아헨에 갔다가 멋진 친구를 사귀었지. 헝가리 사람인데 정말 인간적이야. 음식도 우리 입맛에 딱 맞아. 헝가리 사람들도 고추와 고춧가루를 많이 쓰잖아. 고향 음식맛이 난다고. 그리고 예쁜 딸이 둘이나 있어. 다음에 샹크(Schank) 씨 집에 권 형도 같이 갈까?"

동료의 소개로 만난 샹크 씨 가족은 듣던 대로 친근감이 넘쳤다. 야간에 병원일을 하는 샹크 씨, 그리고 간호사로 일하는 큰딸 마리아(Maria)와 중학생인 둘째딸 카틴카(Katinka) 모두가 나를 반겨 주었다.

"이쪽이 샹크 부인이셔, 인사해."

"뵙게 되어 반갑습니다. 저는 한국에서 온 광부 출신 권이종이라고 합니다."

"만나서 반가워요, 헤르 권!"

네 식구가 기거하는 집은 부엌까지 포함하여 방이 모두 세 개뿐이었다. 헝가리에서 이주하여 독일에 정착하기까지 많은 어려움이 있는 것으로 보였다.

샹크 씨 집에 갔다온 뒤 나는 카틴카와 편지를 주고받게 되었다.

"카틴카! 잘 있었니? 그때는 정말 반가웠어. 아헨에서 대학에 다니고 있는데 마땅한 거처가 없어 고심 중이야."

무심코 내 고민을 편지에 써서 보냈는데, 카틴카가 이내 답장을 보내왔다. 아마도 샹크 부인에게 내 사정을 이야기한 모양이었다.

"우리 집이 누추하지만 그래도 형편이 나아질 때까지 지내세요. 어머니도 찬성하셨고요."

'그런데 내가 큰 실수를 한 것 같다.'

카틴카네 사정을 떠올려 보니 해서는 안 될 말을 꺼냈던 것 같았다. 독일에 와서 정착한 지 얼마 되지 않아 많은 어려움을 겪고 있는 가정에 내 입장만 생각하고 말도 안 되는 부탁을 하다니, 내가 생각해도 정말 뻔뻔한 짓이었다.

그러나 나에게는 선택의 여지가 없었기에 염치불구하고 함께 지내기로 결정했다. 로즈마리 부인 댁과는 아쉬운 이별을 하게 되었지만, 샹크 씨 집으로 옮긴 뒤에도 가끔 안부를 전하며 친분을 나누었다.

샹크 씨 부부와 두 딸이 살기에도 비좁은 집에 나는 갑작스러운 불청객이 되고 말았다. 막상 샹크 씨 집을 찾아오기는 했지만, 가족들을 대하고 보니 고개를 들기가 어려웠다. 내가 들어서니 안 그래도 좁은 집이 더 비좁아 보였다. 바늘방석과도 같아 앉아 있기도 서 있기도 어색하여 짐을 든 채 엉거주춤했더니, 샹크 부인이 빙긋 웃었다.

"집이 좁지만 부담 갖지 말아요. 우리도 정착하느라 힘들었던 기억이 있거든요. 다 돕고 사는 것 아닌가요? 우리도 처음엔 다른 사람들의 도움을 받았어요. 여기보다 좁은 곳에서 같이 웅크리고 잠을 자기도 했으니까요."

아헨 시내 아달베르트슈타인베크(Adalbertsteinweg) 253번지 샹크 씨 집. 스물아홉의 동양인, 그것도 출신이 썩 훌륭하지 않은 나를 받아 주다니, 그들의 무한한 사랑과 신뢰에 감복할 뿐이었다.

샹크 부인은 참으로 친절했다. 학교도서관에서 공부를 하다가 저녁 늦게 들어와도 따뜻한 음식을 챙겨 주었고 또 빨래도 해 주었다. 때로는 친누나처럼 때로는 친어머니처럼 나를 보살펴 주었다. 그러고 보면 독일 땅에서 나는 복이 참 많았던 것 같다. 여러 부인들에게 신세를 많이 졌고 친자식처럼 사랑을 많이 받았으니 말이다.

아헨에서 공부하기 전 샹크 씨 댁에서

샹크 씨 집에서의 새로운 생활이 시작되었다. 방이 두 칸뿐이어서 나는 주로 부엌방에서 지냈다. 옷을 갈아입거나 잠을 잘 때 불편하기는 했지만 그럭저럭 지낼 만했다. 샤워를 자주 하기 힘들었지만 고학생인 나에게는 감지덕지한 곳이었다. 옷을 입은 채 쭈그리고 잠이 들면 꿈속에서 고향집 아궁이 위의 구수한 밥냄새를 맡기도 했다.

귀국 준비를 할 때 고향에 짐을 다 부쳤기 때문에 내게는 기본적인 소지품 외에는 아무 것도 가진 게 없었다. 그런 내게 샹크 부인은 크리스마스 선물이라며 푹신한 점퍼와 내의, 양말을 주었다.

'이게 사람의 정인가?'

코끝이 찡했다. 오스트리아 출신의 로즈마리 부인도, 헝가리 출신의 샹크 부인도 친아들 이상으로 나를 사랑했다. 그들의 은혜를 갚는 길은 열심히 공부하는 것이라고 생각했다. 그리고 나도 나중에 누군가에게, 특히 외국인에게 호의를 베풀 수 있는 기회가 오기를 간절히 바랐다.

샹크 씨 집에 온 지 육 개월이 지났다. 추운 겨울 어느 날, 나는 그동안 벨기에 피엑스에서 번 돈을 모아 자취방을 얻어 독립했다. 훗날 독일을 방문했을 때 모든 수단을 동원하여 그들을 찾았으나 만날 수가 없었다. 샹크 씨와의 소중한 추억은 지금도 내 가슴속에 남아 있다.

막장보다는 공기가 깨끗하잖아

편지 쓰기를 좋아하는 내가 요새는 편지를 한 장도 쓰지 못했다. 웃음도 없어졌다. 밥을 먹어도 아무 맛이 없다. 그저 우울하게 하루하루를 보내고 있다. 열심히 일하고 배워서 좀 더 멋진 삶을 살아야겠다고 다짐한 게 엊그제인데, 어디 하나 의지할 곳 없는 외로운 시간만이 나를 좀먹는다.

대체 왜 이런 생활을 해야 하는가? 앞으로 십 년이 넘는 세월을 어떻게 나 자신과 싸워나가야 할 것인가? 당장이라도 모든 것을 포기하고 고국으로 돌아가고 싶다. 우표 살 돈도 없어서 고국에 편지도 부치지 못한다. 굶는 것은 다반사요 갈탄을 살 돈이 없으니 집안은 냉골이다. 실내온도 영하 십 도, 유리창에 성에가 꽃피어 있다.

새로 얻은 자취방은 얼마나 추운지 장수군 고향의 돼지우리 안에 있는 것과 조금도 다를 바 없다. 너무 추워 옴짝달싹할 수가 없다. 샹크 부인이 준 두꺼운 점퍼를 입고 이불 속에 파묻혀 계속 잠만 잔다. 겨울이 되면 돼지도 움막에 파묻혀 해가 둥둥 뜰 때까지 밖에 나오지 않는다. 나는 배고픈 돼지다.

그때 고향으로 돌아갔으면, 지금쯤 부모형제와 함께 따뜻한 아랫목에 배를 깔고 있을 텐데……. 농사지은 감자를 쪄먹으며 오순도순 즐거운 이야기를 나누고 있을 텐데……. 지금 뭐하고 있는 거지?

'너무 춥다.'

하지만 그런 생각조차 사치일 뿐 당장은 추위를 잊고 싶다. 돈이 없어서 땔감을 못 산 지 며칠 째인지 알 수 없다. 피엑스에서 틈틈이 돈을 벌었지만 생활비를 대기에는 많이 모자랐다.

중세 때 지은 이 건물은 아주 낡아서 독일에서도 최하층이나 영세민, 독거노인, 그리고 외국인 노동자들이 세들어 사는 곳이다. 더구나 대로변에 위치했기에 밤낮없이 다니는 자동차와 버스 소음 때문에 깊이 잠들 수 없었다. 그리고 창문은 얼마나 크고 높은지? 외풍이 태풍 수준이다.

가구라곤 낡아빠진 침대와 옷장 하나가 전부인 두 평 남짓한 공간, 그 외에 변기와 간단한 샤워 시설뿐인 이곳이 내 보금자리이다. 난방시설은 중세 때 제작된 난로 하나, 난로에 갈탄을 때서 방안도 덥히고 취사도 해야 한다. 하지만 그마저 돈이 없어 사지 못하고 있다. 아아, 손발, 얼굴 어디 하나에도 온기가 남아 있는 곳은 없다. 이대로 조금만 더 지나면 몸이 얼음덩어리가 될 것 같다.

'동상이라도 걸리면 어떻게 하나?'

아침이 밝아 얼어붙은 몸을 겨우 일으켜 세웠더니 코와 목에서 피가 철철 흘러 나왔다. 어디가 잘못된 것일까? 움직이기 어려울 정도로 몸이 정말 아프다.

하지만 먹고살려면 일하러 가야 하고 또 공부도 해야 한다. 꽁꽁 얼어 곱은 손을 호호 불어 녹이며 독일어 단어장을 편다. 하나라도 더 쓰고 외워야 한다. 막막한 사막 한가운데 홀로 서 있는 것과 같은 내 심정을 누가 알까? 어디서 물 한 방울을 찾을 수 있을지? 정신을 차려야 한다고 스스로에게 외치며 책을 펴지만 금세 혼미해진다.

고달픈 내 인생, 펜을 쥘 힘도 없어 다시 이불 위로 쓰러진다. 전쟁과도 같은 아헨에서의 생활이 언제 끝날지 알 수 없다.

미칠 것만 같다. 학교에서 장학금과 생활비를 보조 받기는 했지만 여전히 경제적인 곤란이 나의 발목을 잡는다. 광부 출신 외국인은 공부만 하기도 벅찬데, 돈까지 벌어야 하니 여간 힘들지 않다. 육체적인 노동으로 지친데다가 정신적 스트레스까지 겹치니 도무지 견딜 수가 없다.

강의실에 앉아 있는 것도 고역이다. 몇 달이 지났지만 상황은 마찬가지이다. 교수가 강의하는 내용을 이해하기는 고사하고 십분의 일도 채 알아들을 수 없으니 어떻게 공부를 해야 할지 막막하다.

강의실에서 나오면 더 답답하다. 책 살 돈도, 밥 먹을 돈도 없다. 월요일부터 수요일까지는 학교를 다니며 강의를 듣지만, 목요일부터 일요일까지는 아르바이트를 해야만 생활을 유지할 수 있다.

대학에 들어오긴 했지만 여전히 가시밭길을 걷고 있다. 학생증을 받았을 때의 기쁨도 잠시뿐 여전히 고질적인 생활고와 향수병이 나를 비참하게 만든다.

'창살 없는 감옥이나 마찬가지인 생활. 왜 이렇게 살아야 하는 걸까? 내가 바라는 진정한 삶은 무엇일까? 이것이 최상의 선택이었을까? 지금이라도 다 때려치우고 고향으로 갈까? 아니야, 절대 약해지면 안 돼.'

눈물을 흘리면서 멍청하게 창밖을 바라보기 일쑤다. 쓰라린 가슴을 부여안으며 끝까지 버티겠다는 일념으로 매번 마음을 추스르지만, 고향 생각에 뜬눈으로 지새우는 날이 많았다.

오늘은 아르바이트를 하는 상점에서 코카콜라 상자 삼백육십 개를 옮겼다. 기계처럼 쉬지 않고 움직였더니, 밤에 온몸이 쑤셔서 잠을 제대로 잘 수가 없었다.

'누가 이 답답한 마음을 이해해 줄까? 언제까지 이렇게 고달픈 생활을 해야 하는지? 도대체 어디가 시작이고 끝인지?'

나의 울부짖음을 아무도 듣지 못한다. 크리스마스 캐럴이 들려온다. 교회의 종소리가 서글픈 마음을 위로해 줄 뿐이다.

'그래도 지하 막장보다는 공기가 깨끗하잖아.'

이렇게 위로하고 억지로 웃음을 지어 본다. 그래, 용기를 내자! 지열 삼십육 도보다 영하 십 도가 더 낫지 않은가.

늦깎이 유학생

서글픔과 외로움을 딛고 추운 겨울이 지나고 한 학기가 지나갔다. 아헨의 교정에도 무더운 여름이 찾아왔다. 교정은 학생들의 활기찬 목소리로 가득하다.

우리나라와 마찬가지로 독일의 사범대학에도 여학생이 훨씬 많다. 여름철에 목격하게 되는 풍경 중 하나는 여성들의 풍만한 몸매이다. 독일 여성들은 십이삼 세가 되면 신체적으로 한국 성인 여성

이상으로 발육이 된다. 독일 여성들은 한국 여성에 비해 가슴이 큰데도 노브라로 다니는 여학생이 많다. 편하기 때문이라고 한다. 여름에는 겉옷을 입어도 얇거나 비치는 옷이 많아서 대부분 속살까지 다 보인다. 강의실, 복도, 세미나실, 식당 어디서나 도발적인 독일 여학생들을 무수히 목격한다. 그 많은 여학생들이 가슴이 거의 드러나고 배꼽도 노출된 파격적인 복장으로 강의실에서 활발히 발표하고 토론을 한다. 강의실에서 남자친구와 손을 잡거나, 길거리에서 키스하는 것은 보통이다.

처음에는 이러한 환경이 낯설어서 적응하기가 힘들었고 거부감마저 들었다. 독일에서 삼 년이 지나도록 제대로 연애 한 번 해 본 적 없었던 나는, 여성들의 가슴을 똑바로 바라볼 수가 없어서 고개를 돌리거나 땅을 보고 다녔다.

어느 날 대학식당 멘사(Mensa)에서 피겔러 지도교수님과 식사를 하는데 갑자기 질문을 던지셨다.

"헤르 권! 동양인으로서 여학생들의 저런 복장을 어떻게 생각하는가?"

"글쎄, 동양의 유교적인 문화권에서 자란 저로서는 도저히 이해할 수 없었습니다. 그러나 어느 정도 시간이 지나니 조금 적응된 듯합니다. 하지만 아직도 좀 어색한 게 사실입니다."

독실한 천주교 신자이며 보수적인 편인 지도교수님은 내 말을 듣고 고개를 끄덕였고, 우리는 서로 마주 보며 빙그레 웃었다.

강의를 듣는 것이 처음보다 나아지긴 했지만 여전히 이해할 수 없는 부분이 많았다. 광산에서 삼 년 근무하는 동안 나름대로 독일어 문법도 공부하고 단어도 많이 외웠는데, 한 시간 강의 가운데 내 귀에 들어오는 단어나 문장은 얼마 되지 않았다. 게다가 교수에 따라 차이는 있지만 중간시험을 보는 경우가 있었다.

'강의실에 앉아만 있어도 정신이 멍한데, 시험까지 본다니 큰일이네.'

앞이 캄캄했다. 같이 수강하는 학생들에게 물어 겨우 시험 범위를 알아내기는 했지만 대체 어떻게 준비해야 할지 속수무책이었다.

'입학이 전부가 아니었어. 어떻게 시험을 봐야 할까?'

어떻게 들어온 대학인데, 포기할 수는 없었다. 무조건 첫 번째 관문을 뚫고 나가야 했다. 궁리 끝에 생각해 낸 방법은 한국식으로 무조건 외워서 쓰는 것이었다. 일주일 내내 책 몇 페이지를 달달 외워서 시험지에 토씨 하나 틀리지 않고 그대로 써서 제출했다. 어쨌든 시험지를 꽉 채웠으니 낙제는 아닐 것이라고 자위했다.

그런데 갑자기 퇴겔러 교수님의 호출이 있었다.

"자네, 이런 식으로 공부하면 얼마 가지 못해서 대학을 그만둬야 할지도 모르네. 아니 자네 스스로 견디지 못해 그만둘 거야. 대학 공부는 말일세, 특히 독일식 공부 방법은 원리를 알아야 해. 이론을 소화하여 자신의 말로 논리적으로 정리하여 표현해야 한다는 뜻이야."

교수님의 질책을 받은 나는 고개를 숙인 채 아무 대답도 못하고 연구실을 나왔다.

독일의 대학 공부는 쉽지 않았다. 일주일에 스무 시간 이상 강의와 세미나를 강행하고, 과목당 여러 권의 참고서적을 읽어야 했다. 세미나 시간에는 그룹 토의를 거쳐 리포트를 제출해야 하는데, 그룹 토의를 해 본 적도 없고, 한국에서 대학을 다녀 본 경험도 없기에 리포트를 쓸 줄도 모른다. '리포트'라는 말도 처음 들어봤으니 난감할 밖에.

'아아! 대체 어디서부터 공부를 시작해야 하는 것인가.'

단어를 찾아가면서 책을 읽어 나가니 밤새 이해한 내용이 겨우 몇 페이지뿐이다. 이렇게 하다가는 도저히 진도를 따라갈 수 없을 것 같았다. 궁여지책으로 나름의 방식을 찾게 되었는데, 시험에 나올 만한 주제들을 골라서 한국어 반 독일어 반씩 섞어, 개념과 단어 중심으로 모의답안을 작성해 놓는 것이었다.

주제에 관련된 몇몇 단어를 찾아 읽고 쓰기를 수차례 되풀이하며 이해하고, 혼자이지만 마치 상대가 있는 듯 가상 토론을 하며 글을 쓰는 연습을 했다. 물론 독일 친구들의 도움을 많이 받았다. 이후 모든 과목의 시험 답안지를 개념과 논리 중심으로 조금씩 정리할 수 있었다.

이렇게 노력했지만 대학 생활 초반에는 F학점이 대부분이었다. 특히 심리학은 두 번 수강하고, 시험도 두 번을 보았는데 모두 영점 처리가 되었다. 이런 경우를 학생들은 '사형(死刑) 받았다'고 한다. '학문의 전과자'가 된 내게 교수님은 심리학 과목을 수강할 자격이 없다면서 충고를 했다.

"좀 나아지기는 했지만, 여전히 이런 수준이라면 절대로 대학을 졸업할 수 없을 걸세. 다른 방법을 좀 찾아보게."

교수님의 단정적인 말씀은 거의 사형선고에 가까웠다. 교수님은 어떻게 해서든지 독일 학생들의 스터디 그룹에 참가하라고 하셨다. 거기서 독일 친구들도 사귀고 공부 방법도 배워서 스스로 독일식으로 공부할 수 있는 방법을 터득하라고 권유하셨다.

교수님의 충고를 듣고 처음에는 앞이 캄캄했다.

'나를 받아줄 데가 있을까?'

현실은 냉엄했다. 몇몇 스터디 그룹에서는 독일어 실력이 부족한 외국인에게 문을 열어 주지 않았다.

"너희들이 나를 도와주지 않으면 학업을 중단할 수밖에 없어. 그러면 나의 꿈과 희망은 사라질 거야. 제발 도와줘."

나는 한 여학생을 붙잡고 사정을 했다. 내가 딱했던지 여학생 스터디 그룹이 나를 받아 주었다. 덕분에 나는 학습 능력이 많이 향상되었고 독일인 친구들도 많이 사귈 수 있게 되었다. 몇몇 학생은 나를 개인적으로 지도해 주었는데 이때 토론하는 방법과 정반합에 대한 변증론도 배웠다. 얼마 지나지 않아 나는 토의와 콜로키 (colloquy)가 무엇인지 이해하게 되었고, 학습 방법도 많이 개선되어 같은 문제로 교수님에게 지적당하는 일은 없어졌다. 이를 계기로 교육심리학에 대한 공포를 벗어던지고 진지하게 학술적으로 고찰할 수 있게 되었다.

그 여학생 스터디 그룹은 내게 구세주였다. 그들을 통해 공부하는 방법은 물론 용기와 꿈을 찾게 되었다. 한국에 돌아가면 학생들을 가르칠 때 독일의 수업 방식을 적용해 봐야겠다는 생각이 들었다. 귀국 후 한국의 대학교에서 이십오 년간 독일식 공부 방법 세미나를 적용하였다.

일하며 공부하며

사범대학을 제외하고 공대나 의대, 상대, 법대에는 열 명 내외의 외국인 유학생들이 다니고 있었다. 사범대학에서는 홀로 외국인인데다가 광부 출신이라는 이력 때문에 콤플렉스를 느낀 나는, 입학 후 얼마 동안은 아헨대 한국학생회에도 잘 나가지 않았다. 생계를 유지하기 위해 생활비를 버는 일이 급선무였기 학생들과 어울리는 것은 일종의 사치처럼 여겨졌다.

독일의 대학에서는 학부는 물론 대학원 과정에서도 학비가 들지 않는다. 오히려 가정의 형편과 생활수준 및 수입 정도에 따라서 어려운 학생들에게는 집세와 학비를 지원해 주기도 했다. 독일 학생들처럼 기본적인 의식주가 해결되는 경우에는 이와 같은 대학 제도가 흡족했을 것이다. 그렇지만 집도 절도 없고 연고도 없이 항상 머물 곳을 걱정해야 하는 나로서는 대학으로부터 지원을 받아도 항상 생활비가 부족하여 쩔쩔매야 했다. 쩍 하니 갈라진 가문 논에 물을 붓는 격이었다고나 할까, 대학의 지원에 감사하면서도 나는 언제나 배가 고프고 목이 말랐다. 그동안 로즈마리 부인과 샹크 씨 가족에게 많은 신세를 졌지만, 그분들의 도움이 생활의 빈곤함을 근본적으로 해결할 수는 없었다. 그리고 나이 삼십에 노상 그들에게 손을 벌릴 수만도 없는 노릇이었다.

학업을 제대로 쫓아가지 못하면서도 일이 생기면 닥치는 대로 무슨 일이든지 덤벼들어야 했던 내가 경험해 본 아르바이트만 해도 여러 가지이다. 벨기에 군대 피엑스를 필두로 페인트 공장과 호텔, 대학도서관 등 몸이 힘들기는 했어도 아르바이트를 할 때가 좋았다. 그마저도 없으면 돈과 먹을 것이 궁했기 때문에 몸과 마음이 모두 힘들었다.

페인트 공장에서는 휘발유통 씻는 일을 했다. 숨쉬기가 힘들 정도로 공장 안은 온도가 너무 높았고 각종 화학제품 냄새 때문에 지독하게 머리가 아팠다. 그래도 지하 광산보다는 낫다고 위로를 했지만 페인트 재료인 화학제품 역시 가루와 먼지들이었다. 광산에서 일할 때도 지열과 먼지 때문에 고통이 심했는데, 또 다시 비슷한 환경에서 일을 하고 있으니 무슨 팔자가 이 모양이냐는 생각이 들기도 했다.

작업 환경이 좋지 않아 곧 페인트 공장을 그만두고 호텔 카운터를 지키는 야간 아르바이트 자리를 얻었다. 밤에 잠을 자지 못한다는 점만 빼면 일은 수월했다. 무엇보다 틈틈이 책을 볼 수 있어 좋았다. 내가 일했던 데미안 호텔(Demian Hotel)은 별 세 개짜리 수준이었는데, 국경 도시에 위치해 있어서 외국 손님도 많았다.

밝히기 부끄럽지만, 외국 관광객들이 남기고 간 빵과 감자, 치즈, 햄 같은 음식을 모아 끼니를 해결했다(필자는 호텔에서 일할 때, 독일 사람들은 음식을 거의 남기지 않는다는 것을 알게 되었다). 처음에는 남이 먹던 음식이라 망설여지기도 했지만, 굶기를 밥 먹듯 했던 나는 더운 밥 식은 밥 가릴 처지가 아니었다. 하루 한 끼를 걱정 없이 먹을 수 있다는 것만으로도 감사했다. 손님들이 주는 팁을 모았더니 용돈이 나왔다. 시간만 나면 책에 얼굴을 파묻는 나를 보고 기특하게 여긴 손님들은 팁을 후하게 줬다. 공부도 하고 밥도 먹을 수 있으니 아르바이트 자리로는 최적이었지만, 기숙사 직업학교에서 일하게 된 후에 아쉽게도 호텔 일을 그만두었다.

또 푀겔러 교수님의 배려로 대학도서관에서 파트타임으로 근무하기도 했다. 업무는 비교적 단순했다. 책에 라벨을 붙이거나 비닐로 책표지를 싸는 작업을 하고, 반납한 도서를 정리하기도 했다. 책살 돈이 없었는데 덕분에 나는 삼 년 동안 원 없이 책을 볼 수 있었다. 그리고 책을 빌리러 오는 독일 학생들과 많은 대화를 나눌 수 있어서 독일어 회화도 많이 향상되었다.

도서관에 근무하면서 알게 된 사실인데, 대학의 중앙도서관, 단과대학별 도서관은 물론 시립도서관, 민간 단체가 운영하는 도서관 등 독일의 모든 도서관들은 지역 주민이나 학생들을 위해 국내에서 발간된 모든 신간들을 구비해 놓았다. 그러므로 개인적으로 책을 사지 않아도 언제든지 책을 빌려 볼 수 있는 시스템이 마련되어 있었으니, 선진국의 도서관 정책이 놀랍기만 했다.

도서관에서 아르바이트 한 결과 시간당 4마르크, 한 달 동안 320마르크(한화 약 구만 육천 원)의 수입이 생겼다. 그때 이력이 붙어서인지 지금도 도서관 업무는 잘할 자신이 있다.

그 외에 직업학교 기숙사에서 지도교사 일도 하고, 목사님의 친구 소개로 정신병원에서 환자들을 목욕시키기도 하며 어떤 일이든 가리지 않고 열심히 했다.

유일한 은신처, 화장실

아헨교원대학에 입학한 지 이 년이 되어 간다. 학업을 하는 학생인지 돈을 버는 아르바이트생인지 분간할 수 없을 정도로 항상 바쁘게 뛰어다녔다. 스터디 그룹 활동을 통해서 학업 능력이 많이 개선되기는 했지만, 공부할 시간이 절대적으로 부족했다.

안타깝게도 나는 독일 친구들과의 사귈 만한 시간도 따로 가질 수 없었다. 수업이 없는 날이면 무조건 아르바이트를 해야 했으니, 사람 사귀기를 좋아하는 나에게는 큰 괴로움이었다. 아헨사범대학 수천 명의 학생 중 유일한 외국인이라는 자격지심이 나를 더욱 외롭게 만들었다. 독일어에 대한 강박과 고향에 가고 싶은 마음 때문에 심각한 우울감에 빠지기도 했다. 횡단보도와 도로, 인도를 분별

하지 못해서 사고가 날 뻔한 적이 한두 번이 아니다. 선로를 이탈한 기차마냥 한동안 미친 듯 방황하는 모습이 내 자화상이었다.

사람은 사회적 동물이기 때문에 더불어 생활하고 더불어 먹고 이야기하고 살아가야 한다. 그렇게 생활할 줄 모르는 사람을 '결핍인생'이라고 한다. 나는 어쩔 수 없이 결핍인생을 살고 있었지만, 오히려 이 결핍이 나의 힘이 되었던 것 같기도 하다.

앞에서도 밝혔다시피 독일의 국립 사범대학에는 외국인의 입학이 불가능하다. 왜냐하면 교육공무원이 되는 교사를 양성하는 대학이기 때문이다. 하지만 천주교 신자인 퇴겔러 학장님은 인간에 대한 깊은 사랑으로 규정을 어기면서까지 나의 입학을 허락하였다. 그런 만큼 '잘해야 한다, 보답해야 한다'는 강박관념이 크게 자리잡고 있었다.

그러나 수천 명의 학생 가운데 유일한 외국인이었던 나는 강의실, 복도, 식당 등 어디를 가나 동물원의 희귀 동물처럼 튀는 존재일 수밖에 없었다. 게다가 아직 독일어가 서툴러 강의를 들어도 이해할 수가 없으니, 토론에 참여하지도 않고 마치 꿔다 놓은 보릿자루같이 구석에 꼼짝하지 않고 있었다. 하기야 막장에서 작업에 관련된 말이나 욕 따위나 하다가 철학, 교육학, 사회학 등의 책을 보고 강의를 들어야 했으니 어쩌면 당연한 일일 수도 있다. 배우지 못한 '까막눈'이란 바로 나를 가리키는 말이었다. 게다가 일주일에 절반은 중노동을 했으니 몸이 천 근 만 근이어서 강의실에 앉아 있으면 졸음이 쏟아졌다. 한국에서 중고등학교 때 신문 배달을 하고 책상에 앉으면 졸았던 것과 다름이 없었다.

어디선가 일본인은 혼자 식사하기를 싫어해서, 함께할 사람이 없으면 화장실에 가서 몰래 밥을 혼자 먹는다는 말을 들은 적이 있다. 그런데 바로 내가 그랬다. 즐거워야 할 점심시간이 내게는 고통이었다. 함께 밥을 먹을 친구도, 밥을 사먹을 돈도 없었던 나는 남들 눈에 띄지 않는 으슥한 곳에 가서 딱딱한 빵을 씹었다. 그마저도 없으면 조용히 굶었다.

가끔 독일 학생들과 만나기도 했지만 만나도 두려웠다. 의사소통이 되지 않았고, 돈이 없어서 같이 식사를 하거나 커피를 마실 수도 없었기 때문이다. 1968년 대학에 입학하여 1971년 결혼하기 전까지는 이러한 외로움이 일상적이었다. 그럴 때 나의 외로움을 달래주는 유일한 안식처는 바로 화장실이었다.

당시 한국의 화장실은 대부분 재래식이었지만, 독일은 수세식이어서 냄새도 나지 않았다. 바닥에는 깨끗한 타일이 깔려 있는데다가 조용했기에 나에게는 아늑한 응접실과 마찬가지였다. 나를 신기한 듯 쳐다보는 사람도 없고, 어설픈 독일어 대화를 억지로 하지 않아도 되는 곳, 그곳에서는 편히 잠을 잘 수도 있었다. 또 조용히 책도 볼 수 있었다. 가끔 독일인 특유의 치즈 냄새가 역겹기는 했지만 행복했다.

그리고 적막 속에서 나는 주르륵 눈물을 흘렸다. 강의를 이해할수 없어서 울고, 부모형제가 그리워 울고, 배가 고파서 울고, 추워서 울고, 외로워서 울고, 피곤해서 울고……. 나는 지금도 독일에 가면 그 화장실에 가서 사십 년 전의 학생 시절을 회고하며 눈시울을 적시고 나온다.

아마 그때 흘린 눈물이 광산 막장에서 흘린 것보다 많았으리라. 고국을 떠나온 지 오 년이 넘었으니 이제는 적응도 할 만하겠으나, 밤이면 고향산천과 부모형제가 보고 싶어 잠을 이룰 수 없었다.

인생의 **축복**, 평생의 **인연**

독일 대학 수업 방식과 독일어에 좌절하고 생활고에 시달리는 가운데 어느덧 나는 이 학년이 되었다. 1969년 여름 학기 어느 날, 강의를 같이 받던 독일 여학생 쉐퍼(Schäfer)가 나를 찾아왔다. 쉐퍼는 스터디 그룹에서 나와 함께 토론을 하며 공부하는 데 많은 도움을 주었다. 덕분에 그녀의 부모님으로부터 초대를 받고 집에 가 본 적도 있었다.

"헤르 권, 부탁이 있어요."

사범대학에서 유일한 외국인인 나를 만난 후 한국에 대해 관심을 갖게 된 쉐퍼는, 한국 지리에 대해 논문을 쓰기로 결심했다고 했다. 그녀는 여기저기 수소문하여 당시에 독일로 유학 와 있던 한국 여학생을 만난 적이 있는데 다시 만날 약속을 하지 못한 채 헤어져서, 나에게 그 한국 여학생을 만날 수 있도록 해 달라고 부탁을 했다.

"한국에서 유학 온 여학생이 있어요?"

금시초문이었던 나는, 아헨에 그것도 우리 학교와 육 킬로미터밖에 안 떨어진 비교적 가까운 곳에 한국 사람들이 유학 와 있다는 소리를 듣고 너무 반가웠다.

머뭇거릴 것도 없이 쉐퍼가 가르쳐 준 대로 아헨 가톨릭대학 사회사업대학의 여학생 기숙사로 전화를 걸었다. 전화를 받은 한국 여학생에게 전후 사정을 설명했더니, 나를 본 적도 없는 그 여학생은 '알았다'며 순순히 만나겠다고 했다.

이튿날 쉐퍼와 나는 사회사업대학의 여학생 기숙사로 찾아갔다가 뜻하지 않게 한국 여학생 세 명을 만나게 되었다. 이야기는 매우 순조롭게 진행되었다.

"쉐퍼 양, 한국 지리에 대해 더 궁금한 게 있으면 앞으로는 직접 전화하고 만나러 와도 좋아요."

"감사합니다. 이렇게 친절히 알려 주시니. 정말 한국은 아름다운 곳인가 봐요. 금—수—강—산."

쉐퍼는 자신의 졸업논문 자료에 관해 흡족한 대화를 나누었는지 매우 기분이 좋아 보였다.

"하하하! 금방 따라하네요. 맞아요, 금수강산, 비단에 수를 놓은 것처럼 아름다운 자연을 의미하는 말이죠. 기회가 닿으면 한국에 놀러 오세요. 저희가 귀국하면 안내를 하겠습니다."

또박또박 설명하는 한국 여학생들이 자랑스러웠다. 옆에서 지켜보던 나도 시종일관 함박웃음을 머금으며 즐거운 시간을 가졌다.

"참, 고향이 어디세요?"

헤어지기 전에 나는 눈매가 선한 한 여대생에게 말을 걸었다.

"전주예요. 거기서 전주여고를 나왔어요."

다소곳이 말하는 스물여섯의 이 여대생이 훗날 나의 아내가 되는 백정신이다. 나와 고향이 같은 그녀에게 첫눈에 호감을 가졌다. 무엇보다 이국땅에서 동향(同鄕) 사람을 만났다는 게 너무나 기뻤다.

마음속에 지녔던 비밀 한 가지를 털어놓아야겠다. 내가 고학으로 전주 동중학교를 다니던 시절, 인근의 전주 북중학교와 전주여고를 다니는 학생들을 보고 얼마나 부러워했는지 모른다.

'저렇게 예쁜 여성들과 결혼해서 나의 자녀들을 저런 학교에 보낼 수 있었으면…….'

공부 잘하고 여유 있는 집안의 자녀들이 다닐 수 있었던 전주여고. 그들을 부러워했던 시절이 어렴풋이 떠올랐는데, 먼 아헨에 와서 어릴 적 소원을 이루게 된 것이다.

그녀는 고등학교를 졸업하고 1963년 독일에 간호학생으로 유학을 왔다. 1961년에 예비수녀로 먼저 독일로 건너왔던 친언니(백정희, 수산나 수녀님)의 영향을 받은 것이다. 수산나(Susanna) 수녀님은 독일에서 간호학교를 다녔고 수녀의 신분으로 병원에서 오랫동안 일을 했으며 현재까지도 독일에서 살고 계시다. 백정신 양은 간호사 공부를 마친 뒤 사회사업학을 전공하면서 외국인 노동자를 위한 상담도 하고 있었고 사회사업가로서의 야무진 꿈을 가지고 있었다. 자신의 미래를 스스로 개척해 나가는 당찬 그녀가 마음에 들었다.

그녀와 만난 지 얼마 지나지 않아 대학 현장실습 때문에 나는 삼개월 동안 아헨에서 일백 킬로미터 떨어진 독일 북서부 노르트라인베스트팔렌 주(Land Nordrhein-Westfalen)의 렘샤이트(Remscheid) 정신병원에서 지내야 했다. 사회사업 등의 현장실습은 사범대학의 의무교육 과정으로, 학점을 따기 위해서는 실습에 전력을 기울여야 했다. 정신병원에서 간호사나 간호보조원들이 하는 일들을 두루 도왔는데, 그 가운데에는 남성 환자들을 목욕시키는 일도 있었다.

실습을 하면서도 내 머리는 온통 그녀에 대한 생각으로 가득 차 있었다. 배고픔이나 불면증, 독일어에 익숙하지 못한 것보다 이제는 그녀를 볼 수 없는 것이 가장 큰 고통이었다.

병원 실습 기간 중 대소변통을 청소하는 모습

전화는 물론, 거의 매일 그녀에게 연서(戀書)를 써 보내는 것으로 고통을 달랬다. "보고픈 정신 씨에게"로 시작되는 글을 한참 써내려간 뒤 처음부터 다시 읽어 보면 약간 머쓱하기도 했지만 용감하게 봉투를 닫고 우표를 붙였다.

편지를 쓰면서 그녀를 떠올리는 시간이 가장 행복했다. 신은 나에게 이런 행복을 선물하기 위해 그

병원 실습 기간 중 환자를 목욕시키며(상)
독일 환자들과 함께(하)

동안 수많은 고통을 주셨는가 하는 생각이 들 정도였다. 생활비가
넉넉하지 않았기 때문에 비싼 것을 마련하지 못했지만, 꽃다발이나
내 정성이 가득 담긴 작은 선물을 때때로 보냈다. 떨어져 지냈던 삼
개월이 광부 생활 삼 년만큼이나 길게 느껴졌다. 그녀는 가끔 답장
을 보내왔다.

아아, 기숙사에서 그녀를 처음 보았던 순간이 떠오른다. 나는 가
슴이 뛰었다. 첫눈에 나는 이상형을 만났다고 느꼈다. 신이 점지해

준 나의 반쪽임을 알아챘다. 피부가 뽀얗고 밝은 성격에 심성이 고운 그녀는 여러 모로 나에게 과분한 상대였지만, 시간이 지날수록 내 사람으로 만들고 싶다는 생각이 머리에 가득했다.

'하늘이 내게 준 기회다. 드디어 인연을 만난 거야. 정말 결혼하고 싶다.'

실습 기간 내내 나의 가슴은 이러한 연심(戀心)으로 온통 가득했다. 실습이 끝나 가자 그녀를 만날 생각에 심장이 방망이질치기 시작했다.

드디어 삼 개월간의 현장실습이 끝나고 아헨으로 돌아온 나는 짐도 풀지 않고 바로 그녀의 기숙사로 뛰어갔다. 그녀는 변함없이 해맑은 웃음으로 나를 반겼다. 그녀를 만날 수 있어서 행복하고 감사했다. 그 뒤 매일같이 기숙사로 찾아가서 그녀를 만나고 또 밥을 얻어먹었다.

"솜씨는 없지만 밥 좀 드시겠어요?"

그녀나 나나 유학생 신분이었기 때문에 데이트를 위해 많은 돈을 쓸 형편은 되지 못했다. 내 사정을 눈치 챈 그녀는 기숙사로 찾아갈 때마다 내게 따뜻한 밥상을 차려 주었다. 반찬은 몇 가지 안 되었지만 그녀의 정성이 담긴 밥을 고향 어머니가 해 주신 밥인 양 정말 맛있게 먹었다. 우리는 아헨 시내의 번듯한 레스토랑이 아닌 기숙사에서 경제적인 데이트를 즐겼다.

그녀가 해 준 밥을 먹을 때마다 나는 가슴으로 울었다. 더 이상 화장실 안에서 눈물 흘리며 딱딱한 독일빵을 혼자서 씹지 않아도 되었기 때문이다. 내가 더 이상 혼자가 아니라는 사실을 그녀가 알려주었기 때문이다. 함께 밥을 먹는다는 것은 서로 영혼을 나눈다는 의미라는 것을 이때야 비로소 알았다. 나는 수십 년간의 지긋지긋한 자취 생활을 끝내고 싶었다.

'중노동과 영양실조로 비쩍 마른 몸, 가난하여 차림새도 추레하고 나이도 다섯 살이나 많은 나를 과연 받아들여 줄까?'

나는 그녀를 만나면서도 한편 초조함과 불안감을 떨쳐버리지 못했다.

백정신 양과 만난 지도 거의 일 년이 되어 간다. 그녀는 가톨릭대학 총장님의 도움으로 KAAD(가톨릭 외국인 장학재단)에서 주는 장학금을 받고 있었고, 방학 때면 학교 근처의 병원에서 야간근무를 하며 알뜰하게 살고 있었다.

"시체를 운반할 때는 좀 힘들었어요."

남자 직원들이 비번이어서 여자들끼리 들것에 시체를 실어 나르던 때의 경험을 이야기하고 있었다. 독일 사람들은 키가 크고 몸집이 우람했기 때문에 동양 여자 간호사들에게는 매우 벅찬 일이었을 것이다.

그녀는 가끔 이런 이야기를 눈 깜빡하지 않고 아무렇지도 않게 해서 나를 놀라게 했다. 독일에 와서 간호학생으로 공부하고 훈련받은 사 년간의 이야기를 할 때면 그녀가 달리 보였다.

뷔페탈 바르멘 성 페트루스 병원(Wuppertal-Barmen St. Petrus Krankenhaus)에서 사촌언니인 백성희 씨와 함께 독일어를 배우며 간호수업을 받게 되었다는데, 간호사 일이라는 게 내가 생각하는 것보다 훨씬 힘든 일인 것 같았다. 간호학교에 들어가기 전에 일 년 정도는 식당이나 바느질방에서 병원 직원들의 식사를 챙겨 주고 청소를 해야 비로소 입학 자격이 주어졌단다. 입학 후 삼 년 동안, 일 주일에 이틀은 공부하고 나머지는 실습을 했는데, 실습이란 환자를 살피고 주사를 놓고 수술을 보조하는 온갖 업무를 배우는 것이었다. 뒤이어 국가시험을 통과하면 정식 독일 간호사자격증을 취득할 수 있었다. 간호학교를 졸업하고 정식 간호사가 된 후에는 멘덴 성 핀젠트 병원(Menden St. Pinzent Krankenhaus) 등에서도 근무를 하였다.

"새벽 두 시가 되면 발바닥이 후끈거릴 정도로 아파요."

그녀는 나를 만나면 자신의 생활에 대해 가감 없이 들려주었다. 디귿 자 모양의 드넓은 병동에 백이십 명이나 되는 환자를 돌보기 위해 저녁 여덟 시부터 쉴 새 없이 뛰어다니다 보면 어느새 다음날 아침 여섯 시가 되곤 했다는 그녀의 이야기는 몇 번을 들어도 재미있었다. 나 역시 렘샤이트 정신병원에서 현장실습을 한 지 얼마 지나지 않았기 때문에 그녀의 이야기에 많은 공감을 했고 그녀에 대한 신뢰가 깊어졌다. 그리고 무엇보다 그녀의 얼굴을 쳐다보고 있노라면 무수한 시름이 사라져 버렸다.

우리는 하루도 빠짐없이 만나다시피 했다. 함께 식사하고 이야기
하고 여행하며 우리의 영혼은 하나가 되었다. 1970년 크리스마스이
브, 동료와 친지들을 초대하여 사회사업대학의 기숙사 식당에서 조
촐한 약혼식을 치렀다.

"황금 커플! 축하합니다."

우리는 기회를 찾아 한국에서 독일로 온 '광부와 간호사'의 이상
적인 커플로 축복을 받았다. 아내와 나처럼 지금도 독일과 유럽 곳
곳에는 광부와 간호사의 인연으로 만난 여러 커플들이 단란한 생활
을 꾸려 가고 있다.

독일 친구들은 우리의 약혼을 축하하기 위해 물심양면으로 도와
주었다. 소나무로 멋진 크리스마스트리를 마련해 주었고, 식탁 위
를 촛불과 여러 장식으로 꾸며 주었다. 역시 함께 준비한 독일 음식
과 한국 음식으로 손님들을 대접했다. 많은 독일 친구들과 지역 한
인들이 진심으로 축하해 주었다. 특히 약혼녀의 지도교수님과 나의

지도교수님 두 분이 모두 오셔서 우리를 축복해 주셨다. 간소했지만 우리의 약혼식은 어떤 왕실의 행사보다 기쁨으로 가득하고 평화로웠다. 그녀는 그동안 고달팠던 나의 유학 생활과 향수병을 달래주었고 따뜻한 품성으로 나의 외로움과 상처를 치유해 주었다.

무엇보다 **그리운**

"정신 씨! 나 왔어… 요."

간신히 한마디를 하고 풀썩 쓰러지자 놀란 그녀가 나를 일으켜 안고 어쩔 줄 몰라 큰소리를 쳤다.

"이종 씨, 이종 씨. 정신차려욧! 어머나, 이를 어째? 거기 아무도 없어요? 좀 도와주세요."

삼 학년이 되던 해, 나는 대학교에서 삼십 킬로미터 떨어진 교회 목사님 댁 다락방에 기거하고 있었고, 그녀는 여전히 대학의 기숙사에서 지냈다.

어느 주말, 보고 싶은 마음을 견디지 못한 나는 그녀를 만나고자 낡은 자전거에 올라 힘껏 페달을 밟았다. 기차를 타면 얼마 걸리지 않을 거리지만, 차비가 없었다.

높은 언덕과 야산을 넘어 쉬지 않고 달린 지 두 시간이 조금 지나 그녀의 기숙사에 간신히 도착했다. 식사도 제대로 하지 못해 허약한 체력으로 자전거를 타고 그 먼 거리를 달려온 탓에 일시적인 탈

수 증세가 나타난 것이다.

내가 정신을 잃고 쓰러지자 사람들은 앰뷸런스를 부르기 위해 한동안 소동을 피운 모양이었다. 얼마 지나지 않아 내가 깨어나자 그녀가 머리맡에서 나를 내려다보고 있었다. 내 이마 위에는 찬 물수건이 올려져 있었다.

"이제 정신이 들어요? 대체 어떻게 된 거예요?"

그녀는 걱정스런 표정으로 물었다.

"아아, 이젠 좀 괜찮아요. 너무 힘들었어요. 집에서 자전거 타고 오느라……."

순간 나는 미안한 마음에 제대로 말을 할 수가 없었다.

"세상에, 정말이에요? 그 먼 거리를?"

"보고 싶은 마음에……."

겸연쩍었던 나는 슬며시 일어나 앉았다.

"아무리 그래도 그렇지, 다음부터는 그러지 마세요. 큰일 날 뻔했잖아요. 아까는 얼마나 놀랐는지, 제가 숨이 멎는 줄 알았다니까요. 그러다가 무슨 일 생기면 어쩌려고 그래요?"

"미안, 미안해요. 하지만 어쩔 수 없었어요."

그녀와 나는 지금 들어도 쑥스러운 대화를 몇 분 더 나누었다. 지금도 가끔 그때 일을 떠올리며 웃음 짓곤 한다.

독일 일반 대학의 기숙사는 비교적 개방적이다. 앞방은 여학생, 옆방은 남학생 하는 식으로 같은 층에서 남녀가 같이 생활하기도 하고, 규정 위반이지만 더러는 한방에서 남녀 학생이 함께 지내는 경우도 있다.

하지만 그녀가 기거하는 곳은 천주교 계통의 여학생 기숙사였으므로 남자의 출입이 엄격하게 통제되었다. 하지만 독일인 사감에게 사정을 이야기하자 우리가 만날 수 있도록 허락해 주었다.

기숙사 규정을 어기고 조마조마한 마음으로 방에까지 들어가 본적도 있다. 예로부터 금남(禁男)의 지역인 여학생 기숙사란 신비로운 곳이 아닌가. 우리는 약간의 스릴도 맛보며 즐겁게 담소를 나누곤 했다.

이렇게 우리의 사랑은 무르익어 네덜란드, 벨기에 등 여러 나라에 여행도 함께 다니고 해수욕장과 푀겔러 교수님의 콘도 등에서도 즐거운 시간을 보냈다.

가장 아름다운 추억은 아헨에서 비엔나(Wien)로 가는 도중에 들른 독일의 여러 도시와 오스트리아 잘츠부르크(Salzburg) 등 호숫가와 알프스 등지를 하루 일천 킬로미터 이상 교대로 운전하면서 여행한 것이다. 사랑하는 연인과의 여행은 흥분과 기쁨으로 충만했다. 하늘이 주신 축복 가운데 가장 큰 것은 아내와의 만남이다. 나는 그녀를 만나고 심리적인 안정을 되찾았으며 인간다운 삶을 향유할 수 있었다.

우리는 주말마다 각종 전주식 요리를 같이 해먹었다. 특히 산에서 채취한 자연산 버섯으로 만든 버섯탕은 지금 생각해도 군침이 돈다. 그녀는 요리 솜씨가 뛰어나서 독일 친구들을 집으로 자주 초대했다. 한번은 크리스마스트리를 만들기 위하여 어두컴컴한 밤에 야산에 올라가 마음을 졸이며 작은 소나무를 베어 끙끙대며 들고 돌아온 적도 있다. 산에서 나무를 베는 것은 금지되어 있었지만 사랑 앞에서는 못할 것이 없었던 시절이었다.

결혼 축하합니다

"이종 씨! 어떻게 해요?"

그녀가 울먹이며 달려왔다. 독일에서는 남녀가 같은 종교가 아니면 결혼할 수 없다는 것이었다. 나는 기독교 신자였고 그녀는 천주교를 믿었다.

독일에서는 부부가 같은 종교를 가지도록 권장하는 이유는, 종교가 달라서 발생할 수 있는 부부의 갈등, 자녀 교육에 대한 이견(異見)을 예방하기 위함이라고 한다. 타당한 이유라고 받아들인 나는 그녀를 따라 천주교로 개종하기로 마음먹었다. 천주교로 개종하자 곧바로 결혼 준비에 들어갈 수 있었다.

독일에서는 성당이나 교회와 같은 성전(聖殿)에서만 결혼식을 했고, 주례는 반드시 성직자가 맡았다. 성전에서의 결혼식 전에, 거주지의 시청 공무원 앞에서 서류에 의한 일차적인 결혼식을 올려야 하고, 두 명의 증인을 대동해야 한다. 시청 게시판에 수주일간 해당 결혼을 공지하고, 시민들로 하여금 두 사람이 결혼해도 좋은지, 부

성당에서의 결혼식과 두 증인(상), 결혼식 피로연(하)

정행위가 있었는지를 시청에 신고하도록 했다. 이것은 과거에 결혼 또는 이혼한 일이나, 도덕적으로 용납하지 못할 행위가 있을 경우에는 누구나 신고해서 불건전한 결혼을 사전에 방지할 수 있게 한 사회적 안전장치이다.

또한 독일에서는 결혼식 하객을 가장 많이 초대할 경우에도 오십명 선을 넘지 않는다. 화환도 없고 축의금은 거의 받지 않으며 신혼 생활에 필요한 간단한 선물로 대신한다.

1971년 5월 22일, 장미꽃이 만발한 화창한 봄날—독일 오월의 날씨는 우리나라와 비슷하다—에 우리는 대학 은사와 동료, 한국 유학생 등 많은 하객을 모시고 아헨의 세바스티안 성당에서 결혼식을 올렸다. 주례는 한국의 박 신부님이 맡아 주셨고, 결혼 증인으로 황선효 박사와 그의 부인인 현 이화여대 문숙재 교수가 참석해 주었다. 수산나 수녀님이 결혼식 드레스를 사주시고 큰언니가 한국에서 한복을 보내주신 덕분에 결혼식과 피로연이 모두 빛났다. 하지만 항공료가 비싸서 한국에서는 부모님과 형제들은 아무도 올 수 없었다.

혼례 미사가 끝난 후 사범대학 학교식당에서 피로연을 가졌다. 약혼식 때와 마찬가지로 독일 음식과 한국 음식을 같이 준비하여 손님들을 맞았다. 하객 중 최고령이신 위스만(Wissmann) 독일 할머님이 오셨기에, 한국에 계신 부모님 대신에 큰절을 올렸다. 할머니는 아내를 친딸처럼 여겼고 아내가 졸업논문을 쓸 때 독일어 교정을 도와주셨는데, 지금은 고인이 되셨다. 분위기가 무르익자 친구들은 한국식으로 신랑을 거꾸로 매달고 발바닥을 몽둥이로 치기도 했다. 우리 부부는 결혼식에 와 준 모든 독일인과 한국인에게 항상 감사한 마음을 가지고 살아가고 있다.

당시 아헨에서는 한국과 한국인에 대하여 많이 알려지지 않았는데, 광부로 와서 유학생이 된 한국인이 고향 여성을 만나 결혼하게 된 일은 특별한 관심을 불러일으켰고, 독일의 여러 지역신문에 보도가 되었다.

약혼 보도 아헨 지역신문

민요와 소설과 같은 먼 나라에서 두 한국인이 아헨에서 만나다

두 사람은 같은 고향인 전주에서 자랐지만, 고향에서는 한 번도 만난 일이 없는데 아헨에서 만나 약혼식을 했다. 두 사람은 한국의 같은 도시 전주에서 성장하였다. 물론 같은 도시에서 성장하였기 때문에, 더러는 같은 거리를 따로따로 걸어갔던 일은 있었다고 생각된다. 그러나 두 사람은 아헨 도시에서 공부를 통하여 만나게 되었다. 약혼녀는 아헨사회사업대학에 사 학기째이고, 약혼자인 권이종은 아헨교원 양성대학에 육 학기째이다. 두 사람은 이곳에서 서로 사귀게 되었고, 그리고 사랑하여 크리스마스이브에 약혼식을 가졌다.

약혼식에는 칠십여 명의 손님들이 참여했는데, 독일 친구들과 한국 친구들이 많이 참여하였다. 물론 이 자리에는 한국에 계신 부모님은 참여하지 않았다. 특히 이 자리에 사범대학 학장인 지도교수 푀겔러와 사회사업대학 학장인 복(Bock) 교수가 참여하였다.

한국의 결혼 전통은 이러하다. 1969년 처음 만나서 사랑을 나누게 된 두 사람은 각자 수개월 동안 많은 고민을 하게 되었다. 왜냐하면 한국 결혼의 전통상 부모님의 허락을 받아야 하기 때문이었다. 특히 두 사람이 외국에서 만나서 약혼을 하기 때문에 부모님들이 허락한다는 것이 쉬운 일이 아니었기 때문이다. 편지를 통하여 부모님들을 설득하고 이해시켜 부모님의 동의를 얻어냈다. 다행스러운 일은 이곳 아헨에 독일로 와서 천주교 수녀로 있는 언니와 사촌언니가 참여해서 두 사람에게는 위로가 되었다.

수천 킬로미터 떨어져서 약혼을 한 두 사람은 아헨 생활에 대하여 다음과 같이 이야기하였다.

"독일 사람들이 매우 친절하고, 다른 사람을 많이 이해하며 도와준다. 우리들의 학문 과정이나 약혼식을 하기까지 양 대학에서의 친구들과 학장님의 도움이 많았다."

이 약혼식을 위하여 아헨에서 공부하고 있는 다른 한국인과 가족들의 도움도 많았다고 한다. 음식은 한국식으로 준비가 되어 있었다.

약혼을 한 두 사람에게 지금부터 가장 중요한 목적은 각자가 빠른 시일 내에 아헨에서 학문을 마치는 것이다. 약혼녀는 사회사업가로서, 약혼자는 교사로서 학문을 마치면 고향에 돌아가겠다고 하였다. 우리 지역에서는 두 사람이 좋은 부부가 되어 행복한 삶을 누리면서, 직업의 목적 달성과 경제적인 틀이 잡히기를 기대한다.

아헨 지역신문에 보도된 약혼 기사

독수공방 신혼 생활

결혼식을 올렸지만 우리는 둘 다 학업을 계속해야 했고, 경제적인 여유도 없었기 때문에 한동안은 따로 살아야 했다. 아내는 기숙사에, 나는 사범대학 선배의 집 지하 단칸방에.

'결혼을 하고도 독수공방이라니, 신세 참 처량하다.'

어느 날 학교에서 하루 종일 강의를 듣고 집에 돌아왔는데 내 방문이 안에서 잠겨 있었다.

'도둑이 들었나?' 하는 생각에 살금살금 정원으로 가서 쪽문으로 들여다보니 누군가 침대 위에 하얀 이불보를 뒤집어쓴 채 누워 있었다. 한참을 살펴보았지만 그 사람은 꼼짝도 하지 않았고, 곧 나는 두려움과 공포에 사로잡혔다.

'혹시 죽은 게 아닐까? 누군데 왜 내 방에서 죽은 걸까? 어떻게 들어온 거지?'

잘못하면 오해받기 십상인데, 독일까지 와서 살인자로 몰려 감옥에 가게 되면 어쩌나? 결혼한 지 일 년도 안 됐는데, 뉴스에 나면 영원히 고향에 돌아가지도 못하는 게 아닌가 하는 생각이 들어 단숨에 파출소로 뛰어가 신고했다.

경찰을 데리고 지하방에 도착해 문을 부수고 방으로 들어갔다. 그런데 방바닥에는 독한 술냄새가 진동하고 빈 술병 하나가 나뒹굴고 있었다. 밖이 소란스러우니 위층의 주인아주머니가 아무런 영문도 모른 채 뛰어내려왔다. 그런데 잠시 후 눈이 얼굴이 시뻘게져 소리를 질렀다.

"이놈의 인간이 대낮에 학생 방에까지 와서 술 마시고 쓰러져 이게 웬 행패야. 얼른 나와, 얼른! 동네 창피해서 어쩌나. 어이구, 학생, 미안해."

이 사건으로 알게 된 사실인데 주인아저씨는 알코올 중독자였다. 몇 시간 후 술에서 깨어난 아저씨가 머리를 긁적이며 계면쩍어 해서 모든 일이 해프닝으로 끝나고 말았지만, 나는 그때 느꼈던 무서움 때문에 다시는 그 방에 들어가지 못하고, 친구 집에서 일주일 동안 신세를 지다가 결국 이사를 하고 말았다.

주말이면 독일 친구들의 초대를 받아 아내와 정겨운 시간을 보내는 것이 꿀보다 달콤했다.

독일인들은 집에 사람들을 초대하기를 매우 좋아한다. 별 의미 없이 가벼운 만남도 초대라고 여긴다. 한번은 초대받아 독일 사람들이 좋아하는 꽃과 선물을 사서 방문했더니, 고작 차 한 잔 대접받고 나왔다. 그리고 저녁식사를 같이 하자고 하기에 잔뜩 기대하고 갔더니, 특별히 장만한 것도 없이 평소 먹는 빵 정도를 내놓고 같이 먹자고 한다.

맥줏집이나 음식점에 초대를 받아서 갈 때도 참 특이하다. 서로가 음식을 먹고 나서 계산을 할 때 초대자가 전부를 내는 경우도 있지만, 각자 지불하는 경우도 '초대했다'고 말한다.

술을 마실 때에도 상대방에게 절대 권하지 않는다. 가정에서 음료수나 술을 테이블 위에 놓아두면 각자 알아서 자기의 음주량에 따라 자율적으로 마신다. 책임 있게 마시고 행동하라는 의미이다. 여행을 같이 가자고 초대를 받았더라도 관광지의 입장료, 호수에서의 유람선 요금은 당연히 각자 부담이다. 우리로서는 이해하기 어려운 문화이다.

아내와 내게 절친하게 지내는 독일 남자친구가 있었다. 어느 날 그 친구가 약혼한다고 아내를 초청했다. 나는 자연스럽게 아내와 함께 약혼식 장소로 갔다. 그곳에는 약혼을 축하하기 위해 마련된 테이블이 있었는데, 그 위에는 초대받은 사람들의 명패가 놓여 있었다. 아내 이름은 있는데 남편인 내 이름은 아무리 눈을 씻고 찾아봐도 보이지가 않았다. 눈치를 챈 나는 아내만 남겨 놓고 얼른 자리를 떴다. 우리 상식으로는 초대한다고 하면 가족이 함께 오는 것으로 생각하는데, 어리둥절하기 짝이 없는 노릇이다.

그러나 그곳에 참석했던 사람들은 초대받지 않은 내가 다시 돌아가는 것이 당연하고 지극히 자연스러운 일이었는지 '가지 않아도 된다'고 만류하는 사람은 하나도 없었다.

아마 우리 같았으면 초대를 안 했어도 온 사람을 어찌 보내리. "이왕 오셨으니 함께 드세요" 하고 당장 권했을 텐데 말이다.

주말 부부였던 우리는, 결혼 후 일 년이 지난 1972년 작지만 신혼집을 얻었다. 악착같이 일을 해서 전세를 얻을 만큼의 돈을 모았던 것이다. 엘리베이터도 없는 오 층 건물의 맨 위층 다락방 두 개였지만 신혼의 단꿈을 꾸기에는 충분했다.

곧 아내와 나는 자동차 운전면허를 취득하고 저렴한 중고차를 구입했다. 그런데 사고 나서 보니 차 안 바닥에 구멍이 나 있었다.

"여보, 이걸 어쩌죠? 잘 살펴보고 살걸 그랬어요."

"이왕 산 걸 어쩌겠소. 그 사람들도 탈 만했으니 팔았겠지. 일단 타고 다녀 봅시다."

그렇게 위안하며 며칠을 잘 타고 다녔는데 비가 오니 큰일이었다. 차가 달리니 구멍을 통해서 물이 차 속으로 들어왔다.

"잠깐 차를 세워야겠소."

나는 차를 멈추고 내려서 바짓가랑이를 둘둘 걷어 올렸다. 물이 차오르는 바람에 옷이 젖어 도저히 운전을 할 수 없었다. 아내는 달리는 내내 걸레를 들고 빗물을 훔쳐내 창문 밖으로 짜냈다. 그러면서도 우리는 웃었다.

"그래도 네 바퀴 달린 차라 너무 좋아요."

대학을 졸업하다

둘만의 보금자리가 마련되자 우리의 사랑은 더욱 깊어지고 공부에 열중할 수 있게 되었다. 독일의 경우, 교사 양성과정의 이수학점은 백팔십 학점이고, 초등교사는 세 과목, 중등교사는 두 과목을 전공하여 학생들을 가르쳐야 한다. 나는 초등학교 교사가 되고자 했으므로 교육학, 수학, 물리 등 세 과목을 선택했다.

결혼 후 얼마 지나지 않아 아내와 나는 모두 대학을 졸업했다. 지나고 보니 불법 체류자 신분으로 강제 출국할 위기도 여러 번 겪기도 하고 중도 포기할 위기도 많았지만, 목표한 바를 무사히 이루고 보니 감개가 무량했다.

우리나라 같으면 졸업식에 가족과 가까운 친지들이 와서 축하해주고 떠들썩하게 보내겠지만, 독일에는 입학식과 졸업식 자체가 아예 없다. 졸업하는 본인이 대학교에 가서 학위증을 받아오는 게 전부이다. 축하 행사는 가족 중심으로 조촐하게 열린다. 아내는 아헨 사회사업대학 졸업 후 천주교 계통의 사회복지재단에서 사회사업가로 일하게 되었고, 나는 아헨교원대학을 졸업하고 독일 초등학교 교사자격증을 취득하였다. 그러나 내가 교사자격증을 취득하였지만 독일인이 아니었기 때문에 예상대로 교사로 임용되는 것은 불가능했다.

교사 지망자들이 대단히 많아서 독일인이라 하더라도 교사가 되기는 정말 어려웠다. 교사가 되기 위해서는 국가시험에 통과해야 하는데 1차 시험에 합격한 뒤 이 년 동안 보조교사로 근무해야 한다. 그리고 나면 2차 국가시험을 볼 수가 있다. 이처럼 독일에서는 교사가 되기 위해서는 5~8년간의 양성 기간이 필요하다. 또한 현직 교사 중에 박사학위 소지자들이 상당히 많았다.

한국에 있는 가족들은 내가 학교를 빨리 마치고 고향으로 돌아오기만을 기다렸다. 내가 독일에서 공부를 하게 된 것을 매우 기뻐했지만, 처음 독일로 갈 때 예상했던 것과는 달리 독일 체류 기간이 길어지고 결혼식까지 독일에서 올리게 되자, 보고 싶은 마음이 더 커졌던 것 같다.

그러나 학사졸업증 하나만 가지고서는 한국에서 제대로 교사 생활을 할 수 없으리라고 판단했기 때문에 더 많은 공부를 해야 한다고 마음을 먹고 있었다. 따라서 독일에서 공부를 언제 마치게 될지나 역시 정확히 알 수 없었던 터라 고향의 가족들에게는 정확한 답변을 하지 못하고 있었다. 어쨌든 한국에서 학생들을 가르치려면 아직은 부족하다는 게 내 생각이었다. 가족들을 떠올리자 자꾸 미뤄지는 귀국 일정이 마음에 걸렸으나, 한번 시작한 공부를 중단할 수는 없었다.

독일 최초의 한글학교

교사자격증 취득 후, 가장 먼저 한글학교를 열었다. 독일에 거주하는 한국 어린이들을 위해 독일에서 최초로 아헨 시에 아내와 함께 독일 학교를 빌려 주말에만 문을 여는 한글학교 두 개를 설립했다. 아무리 교사자격증을 소지하고 있다고는 하나 독일 학교가 개인에게 학교 시설을 빌려주는 것은 유례를 찾기 힘든 일이었다. 아내가 가톨릭 기관에서 사회사업가로 일했던 덕분에 가톨릭계 독일 학교로부터 신뢰와 지원을 받기가 무척 수월했다. 아내의 후원이 없었다면 독일 최초의 한글학교는 요원한 일이었을 것이다.

십 년 넘게 외국 생활을 하다 보니 우리 2세대들에게 우리말과 우리 역사를 가르쳐야겠다는 생각이 절실했다. 주로 아헨 시 주변에 살고 있는 열다섯 명의 어린이들로 시작되었고 뒤에 다른 도시에 사는 열 명의 어린이들이 합류했다. 주말이면 아내와 나는 이십여 명의 어린이들 집을 개별적으로 방문하여 차에 태우고 한글학교로 데리고 와서 수업을 한 뒤, 끝나면 집집마다 모두 데려다 주었다. 한글학교를 세움으로써 나는 비로소 초등학생 때 교사가 되고자 했던 꿈을 이룰 수 있었다. 이십여 년 전부터 내가 바라던 바를 이루고 나서 얼마나 감개무량했는지 한글학교 현판을 붙이면서 눈물을 주르륵 흘렸다.

나는 교장 겸 교사의 업무를 모두 수행하였다. 광부 출신인데다가 유일한 외국인으로서 독일의 교원대학을 졸업한 덕분에, 한국

독일 아헨 한글학교의 학생들

정부와 대사관은 행정적인 지원을 아끼지 않았다.

1970년대 초 우리나라 국민소득은 삼백 달러가 채 못 되었고 경제 상황이 열악했기에, 외국의 한인 2세들을 위해 한글학교를 설립한다는 것은 생각조차 하기 어려울 때였다. 그래서 정부로부터 한글 교재를 지원받기가 곤란하여 나는 주변 봉사자들의 도움을 받아 교재를 직접 만들었다. 자원봉사자들은 한글학교에 다니는 어린이들의 부모들이 대부분이었다. 열다섯 명 내외의 봉사자들은 국어, 역사, 예절 분야의 교사로 참여해 주었다. 비록 주말에만 운영되었지만 어린이들은 한글학교를 통해서 우리 문화를 배울 수 있었다. 교사들은 우리 민족의 얼을 바로 세우고 우리말을 가르치는 데에 최선을 다했다. 한글학교에 대한 호응이 좋아서 다른 도시에 한글학교가 세워지는 데 많은 영향을 미쳤다.

독일 직업학교

나는 아헨교원대학 재학 시절, 교회 목사님의 소개로 직업학교 일을 하게 되었다. (이것이 계기가 되어 결혼 후 기숙사 사택에서 이 년간 살았다.) 직업학교는 대학을 가지 않은 독일 학생들이 다니는 학교로, 삼 년 과정으로 이루어지며 이론과 실천을 병행한다. 이들은 일주일에 이틀은 직업학교에서 이론 교육을 받고, 사흘은 일선 산업체에서 실습을 했다. 독일에는 국가가 공인한 직업훈련장이 약

사백칠십 개에 달한다. 이처럼 산학협동체제에 따라 이론과 실습이 겸비된 '듀얼 시스템(Dual system)'이 독일 직업교육의 핵심을 이룬다.

학생 기숙사에서는 숙식을 제공하고 야간과 주말에는 주중에는 이루어지지 않는 다양한 프로그램을 진행한다. 상급 학교에 진학하지 못하는 대부분의 독일 청소년들은 반드시 직업학교를 나와야만 사회에서 직장을 구할 수 있고, 그에 상응하는 대우를 받을 수 있다. 직업훈련생을 '레링(Lehrling, 견습생, 수습생)'이라고 부르는데, 레링을 마치고 삼 년간 현장에서 일을 익히면 유명한 독일의 마이스터가 될 수 있는 시험을 볼 수 있다. 가장 인기 있는 실습 직종은 소매상, 은행원 같은 상업 관련 분야였는데, 사무실 근무가 대부분인 데다가 화이트칼라로 대우받을 수 있었기 때문이다.

독일의 전문대학과 중소기업의 관계는 긴밀하여, 전문대학 교육은 기업체에서 일할 수 있는 맞춤형 교육으로 이루어지고 있다.

직업학교 기숙사에서의 교사 생활은, 대학에서 이론적으로 청소년 분야를 공부했던 내용을 실천에 옮길 수 있는 좋은 기회였다. 특히 이 기숙사에는 많은 문제 학생들이 수용되어 있기 때문에 다양한 독일 청소년들의 성격과 발달, 성장 과정, 문화, 그리고 여가 활동을 이해하는 데 많은 도움을 받았다.

또한 매일 교무회의에서 독일 교사들과 함께 교육 과정과 생활지도, 문제 학생들에 대한 지도 등에 대해 논의를 하였다. 사감교사를 맡았던 덕에 밤낮으로 학생들과 생활하며 생활지도를 하였다. 당시 만난 학생들은 비교적 가정 형편이 어려웠고, 더러는 가출했거나 결손가정의 청소년들도 있었다. 삼 년 동안의 독일 직업학교 학생들과의 생활은 나에게 잊지 못할 생생한 경험을 주었다. 여기서 쌓은 경험이 훗날 나의 청소년 운동에 많은 도움을 주었다.

독일 직업학교에서의 태권도 수업(상)
직업학교 학생들과의 야유회(하)

독일의 교육 제도

독일에서 초등학교 교사자격증을 취득하고 한글학교와 직업학교 등에서 학생들을 가르치면서 독일의 교육 제도에 대해 많은 관심을 갖게 되었다. 독일의 교육 제도에 대해 소개해 보겠다.

독일은 교육자치제를 도입하고 있어서 주마다 교육 제도에 차이가 있다. 그러나 학제라든가 기본 과목 등은 공통적인 것이 많다.

독일은 만 6세부터 의무교육을 받는다. 다른 나라에서는 6년 또는 12년의 의무교육을 실시하지만, 독일은 세계에서 유일하게 13년을 의무적으로 교육시킨다. 기초학교는 3~4년, 중등과정은 주요 학교의 경우 5~9년, 실업학교는 5~10년, 대학을 들어갈 수 있는 김나지움(Gymnasium)은 5~13년으로 구분하여 운영한다.

유치원 교육부터 대학교 졸업 때까지 철저하게 유급제도를 적용하는 영재교육을 실시하는데, 능력이 부족하여 학업을 따라갈 수 없는 학생은 특수학교로 보낸다. 학업 능력이 낮아서 특수학교에 다니더라도 성적이 올라가면 일반 학교로의 전입과 편입학이 매우 자유롭다. 평생교육과 사회교육, 그리고 정규 학교와 비정규 학교의 수직적, 수평적 이동도 어렵지 않다.

독일 초등학교는 1학년부터 4학년까지 계속 한 명의 담임선생님이 맡게 되는 경우가 많다. 교장도 의무 수업시간이 있으며 대학총장도 수업을 해야 한다.

일반적으로 주요 학교 출신이 직업학교로, 실업학교 출신이 전문대학으로 많이 진학하는 편이며, 김나지움 출신이 대학에 들어가는 비율이 높다. 김나지움 출신은 국가시험인 아비투어(Abitur)에 합격하면 대학에 입학할 수 있다. 직업학교에 다니다가도 본인이 원하면 다시 인문고등학교로 가서 대학을 들어갈 수 있다.

우리나라는 고등학교 졸업 후 90퍼센트 이상이 대학에 진학하는 데 비해 독일은 불과 30퍼센트만 진학한다. 독일은 청소년들이 대학을 가장 적게 가는 나라로 알려져 있다. 고등학교 출신자와 대학 출신자 간의 임금차가 적기 때문에 굳이 대학에 갈 필요를 느끼지 못하기 때문이다.

대학에 들어간 후 이 년 뒤에는 수학 능력을 평가하는 시험을 치러야 한다. 수능시험도 모든 과목을 하루에 보는 것이 아니고, 모듬교과로 구분하여 시험을 볼 수 있으며, 불합격한 과목만 재시험을 치르면 된다.

독일의 대학은 입학하기는 쉬워도 졸업하기는 매우 어렵다. 입학한 후에도 이공 계열의 경우 중도 탈락하는 경우가 많고, 인문사회 계열 역시 상당수가 탈락한다. 또한 대개 일을 하면서 대학을 다니는 학생들이 많기 때문에 10~15년 이상 대학을 다니는 학생들도 많다.

독일의 교육 제도는 복선형이다. 복선은 공부하는 길이 다양하다는 뜻인데, 학생 개인의 능력과 적성, 개성에 따라 선택의 기회가 주어진다. 부모나 교사, 상담자, 심리학자, 의학자 등의 도움을 받아 학교가 분류되면, 학생 스스로 어디로 갈 것인지를 결정한다. 그리고 수학 능력이 가능한 학생들에게만 계속해서 상급 학교에 진학할 수 있는 기회가 주어진다. 반면 한국과 미국 등은 상급 학교에 진학하지 못하며 추락하는 단선형 구조를 가지고 있다.

독일은 초등학교에서 대학원까지 일체의 학비가 들지 않는다. 교육비 외에 가정 형편에 따라 차별적으로 장학금을 지원받는다. 따라서 능력이 있는 학생이 학비가 없어서 학교를 다니지 못하는 경우는 없다. 다만 최근에는 대학의 경우 등록금을 받는 주도 생겨났다.

독일은 우리나라처럼 진학이나 입시 때문에 야기되는 문제는 없다. 학원이나 사교육비도 필요 없으며, 모든 학생은 의무적으로 각종 보험에 가입하게 돼 있다. 초·중·고교 모두 등교는 여덟 시이지만 오후 세 시 전에는 끝나므로, 학생들이 학교에 머무는 시간이 짧고, 학교 밖에서 자발적이고 창의적인 체험 활동을 하는 경우가 많다.

더불어 면 단위까지 다양한 평생교육기관이 있어서 우리나라처럼 많은 학원비가 들지 않는다. 한마디로 독일은 입시 지옥이 없고 명문 학교와 비명문 학교가 없는 완전히 평준화된 평등교육 국가이다.

독일 청소년의 생활교육

독일의 교육 제도와 함께 독일 청소년들의 생활교육에 대해 소개하고자 한다.

잘 알려진 바와 같이 독일에서는 가정교육에서부터 철저하게 원칙을 준수하여 합리적으로 지도한다. 생활 중심의 도덕과 예절, 근검절약, 쓰레기 분리수거, 교통법규를 포함하여 사회규범에 대해 교육을 철저히 하며, 지식교육과 생활교육을 병행하여 실시한다.

교통법규의 경우, 부모 또는 유치원 교사들과 함께 경찰이 배치되어 있는 교통공원을 방문하여 교육을 받는다. 교통법과 신호등은 타인과 자신의 생명을 보호하는 공공의 약속으로 인정하고 정확히 지키도록 어려서부터 습득하고 있다.

자동차뿐 아니라 자전거를 타고 전용도로를 다닐 때에도 주의해야 할 사항이 있다. 방향을 바꿀 때, 자전거도 좌우측 표시를 하고 신호를 지켜야 한다. 손에 물건을 들고 자전거를 타는 것은 위법이다.

2002년부터는 자전거면허까지 발급할 정도로 어린이 대상 교통교육을 철저히 하고 있다. 그러므로 이들이 자라 성인이 되면 도로에 차 한 대가 없어도 절대로 신호 위반을 하지 않는다. 그래서인지 독일에는 거리에 교통순경이 거의 없다.

환경 교육도 철저하여 공원이나 길거리에 쓰레기를 절대 버리지 않는다. 쓰레기 분리수거는 물론 모든 국민이 근검절약 정신으로 무장되어 있다. 화장실이나 부엌에서 물을 틀어 놓고 양치질을 하거나 설거지하는 일은 찾아볼 수 없다. 물을 받아 놓고 사용하는 절약 정신도 가정교육을 통해 배운다.

독일인의 성정(性情)으로 대변되는 근면, 성실, 절약 정신은 의복 생활에서도 쉽게 찾아볼 수 있다. 청바지 하나로 사계절을 보내는 어린이와 청소년, 그리고 가정주부가 수두룩하다. 옷은 대물림하여 돌려가며 입는다. 생일이나 기념일에는 부담 없이 5~10마르크(한화 약 4~8천 원) 이내의 작은 선물을 주고받으며, 부조금 자체가 없다. 성인이 되어 경제적 여유가 생겨도 자동차는 굴러다니지 못할 때까지 탄다. 집안 가구도 마찬가지이다. 냉장고, 세탁기는 대부분 20~30년을 사용한다. 푀겔러 지도교수님은 1967년에 사용했던 다이얼식 전화기를 3년 전 돌아가시기 전까지 사용했고, 이를 본받아 내 아내도 1965년에 독일에서 산 다리미를 아직까지 쓰고 있다.

또한 독일에서는 어릴 때부터 사회봉사활동의 참여를 적극 권장한다. 독일 각 지역에는 청소년청이 따로 있어 청소년 육성과 보호정책을 펴 나간다. 청소년을 위한 중요 정책 중에, 13세 미만 청소년들은 혼자 음식점 출입을 금지한다는 내용이 있다. 18세 미만의 청소년들은 나이트클럽이나 카바레 등에 입장할 수 없다. 18세 미만의 청소년에게는 알코올 판매가, 16세 미만에는 담배 및 흡연이 절대 금지된다. 청소년들이 미모를 위해 성형수술을 한다는 것은 생각할 수조차 없다.

15세 미만의 청소년들을 대상으로 하는 노동 역시 허용되지 않는다. 14~18세일 경우 하루 여덟 시간만 일하도록 되어 있고, 청소년의 근무 시간은 오전 여섯 시에서 오후 여덟 시까지만 허용된다. 토요일과 일요일 근무는 청소년에게 원칙적으로 금지되어 있다. 14~18세의 모든 청소년들은 밤 열 시 전에 귀가해 반드시 잠을 자야 한다.

사교육 기관이 없어서 청소년들이 0교시 수업을 한다든가 밤늦게까지 과외를 받는 일은 절대 없다. 오직 학교에서만 정규 수업을 받는다.

가정에서 자녀와 부모가 함께 모인 식사 시간은 항상 조용한 분위기에서 진행된다. 매사에 고마운 일에는 '고맙다', 미안한 일에는 '미안하다'는 말을 정확히 표현하라고 가르친다. 노약자나 장애인에 대한 기본적인 예의도 갖추어야 할 중요한 교육의 한 영역이다.

한마디로 독일에는 모든 면에서 어린이, 청소년을 위한 행복한 교육 환경이 조성되어 있다.

꿈을 이루기 위해 전진하다

내가 학사학위를 받고 얼마 후 스승이신 푀겔러 학장님과 면담을
하게 되었다.

"헤르 권, 이왕 시작한 공부를 계속하면 어떻겠나? 석사과정도 해
보란 말일세. 그리고 초등학교 교사도 좋지만 중·고등학교 교사는
어떤가? 한번 생각해 보게나."

아내에게 의논을 하니 적극 찬성을 했다. 아내는 자신이 생활전
선에 나섰으니 몇 년만 더 참고 공부하여 박사학위까지 받으라고
종용했다. 집안 살림과 생활비까지 아내에게 의존하는 것이 미안했
지만 많은 생각 끝에 교수님의 권유에 따라 석사과정을 밟기로 했
다. 그리고 자연스럽게 푀겔러 교수님처럼 '평생교육학'과 '청소년
학'에 뜻을 두게 되었다.

석사과정 시절, 푀겔러 교수님을 모시고 유럽 여러 나라의 세계
적인 청소년 시설인 유스호스텔(Youth Hostel)을 자주 방문했다.
푀겔러 교수님은 당시 독일 유스호스텔 총재로 계셨다. 교수님과
함께 방문한 덴마크와 프랑스 등의 유럽 청소년 운동의 체험 현장
은 내게 강한 인상을 주었고, 이후 일생 동안 청소년 운동에 헌신하
게 하는 중요한 계기가 되었다.

일반적으로 유스호스텔은 주로 청소년을 위한 시설이지만 성인
을 대상으로 한 활동도 병행하여 운영한다. 유겐트헤어베르게
(Jugendherberge)라 불리는 유스호스텔은 1909년에 독일 알테나

(Altena)에서 교사였던 시르만(Richard Schirman)에 의해 최초로 세워졌는데, 독일에만 일천여 개, 유럽을 비롯한 전 세계에는 오천여 개의 유스호스텔이 광범위하게 설립되었다. 우리나라에는 1967년 사단법인 한국유스호스텔협회가 발족되었다. 숙박비도 저렴하고 깨끗해서 가족 단위의 여행이나 청소년들에게 인기가 높다.

특히 덴마크 유스호스텔을 방문했을 때는, 성인교육과 청소년 운동이 덴마크의 국가 발전에 크게 기여했던 점을 알 수 있었다. 이러한 국민계몽운동은 덴마크의 황폐한 땅을 기름지게 바꾸는 원동력이 되었다고 한다.

푀겔러 교수님은 스물두 살 때 독일 역사상 최연소 평생교육학 박사학위를 받았고, 스물일곱에 철학 박사학위 취득과 함께 정교수가 된 입지전적 인물이다. 또한 전공 지식이 깊은 것은 물론 외국어 실력 또한 탁월하다. 영어는 물론, 불어, 러시아어, 라틴어, 히브리어 등 다섯 개 국어를 자유롭게 구사하며, 세계 여러 나라에서 평생교육과 청소년 분야에 대해 강의를 했다.

원고 없이 간단한 메모만으로도 즉석에서 훌륭한 강의를 하는 푀겔러 교수님은 독실한 천주교 신자이며, 부인은 초등학교 교사 출신이다. 아들 다섯을 두었는데, 두 아들은 의사이고, 한 아들은 교수이고, 다른 아들은 예술인이며, 또 다른 아들은 버스 운전기사이다.

자신은 세계적으로 유명한 교수이지만, 자녀들의 진로는 스스로 결정하도록 하였다. 우리나라처럼 부모 욕심에 맞춰 절대 강요하지 않는 것이 독일의 교육관이다. 물론 다른 독일 부모들도 같은 교육관을 가지고, 자녀들에게 지나친 간섭을 하지 않으며, 교사 역시 학생 스스로 진로를 결정하도록 학습권과 자율권을 최대한 보장해 주고 있다.

독일인 모두가 그렇지만, 특히 푀겔러 교수님의 검소한 생활은 따라올 사람이 없다. 가구는 물론 생활 도구도 대부분 수십 년씩 된 것들이다. 십육 년 동안 가깝게 지내면서 그분이 승용차나 가구를 바꾸는 것을 본 적이 없다. 나 역시 그를 본받아 근검절약하려 노력하고 있다.

내가 이후 독일에서 박사학위를 받고 귀국한 후, 푀겔러 교수님은 나의 초청을 받고 네 차례 한국을 방문하셨다. 한국의 사회교육법(현 평생교육법 초안) 제정과 한국 청소년 운동에 대한 자문, 전북대학교 국립사회교육연구소 창설과 세미나 주제 발표, 한국청소년개발원과 독일문화원 세미나 발표와 자문 등 한국의 평생교육과 청소년 육성 정책에 큰 기여를 하셨다.

그분과 많은 시간을 함께 보내면서, 청소년 운동과 교육 사상, 이념, 철학의 대부분을 전수받았는데, 저서가 새로 출간될 때마다 빠짐없이 선물로 챙겨 주셨다.

푀겔러 교수님의 저서 가운데 세계 최초의 성인교육 관련 책은 『성인교육입문(Einführung in die Andragogik)』이다. 그 외에도 『성인교육의 방법』, 『성인교육의 내용』, 『성인교육총론』, 『청소년교육』, 『청소년과 여가문화』, 『부모교육』 등 오십여 권의 저작들이 있다. 그 중에서 『성인교육총론』은 여러 나라의 권위 있는 학자가 참여하여 세계 최초로 성인교육에 대해 총론적으로 집대성한 성과물이다.

하늘나라로 간 큰딸

아내를 만나 결혼하고 교사자격증을 따서 교사생활을 하며 또 석사과정에도 들어갔으니, 독일에서의 생활은 어느 정도 안정기에 접어들었다고 해도 좋을 법했다.

그런데 호사다마라고 했던가, 독일 생활 중에서 가장 슬펐던 일이 일어났다. 애지중지 키우던 첫아이가 태어난 지 오 개월 만에 세상을 떠난 것이다.

결혼 후 얼마 지나지 않아 아내는 임신을 했다. 아내와 나는 뛸 듯이 기뻐했다. 공부하느라 결혼이 늦었던 만큼 나는 자식이 태어나기를 애타게 기다렸었다. 그러나 한편 맞벌이 부부에다 나는 아직 학생 신분이었기 때문에 아기를 키우는 문제가 걱정이 되었다. 만삭인 아내는 출산 전까지도 생활비를 벌기 위해 일하러 나갔다. 그녀는 사회복지사로서의 임무를 성실히 해 냈고 딸아이가 태어나고 얼마 지나지 않아 다시 직장에 복귀했다.

귀여운 갓난아기는 우리 부부의 고된 생활에 커다란 기쁨을 주었다. 아내와 나는 베이비시터 비용을 아끼느라 번갈아 아기를 보면서 일을 했다. 나는 주로 집에서 아기를 재워 놓고 책을 보다가 아내가 돌아오면 얼른 외출을 했다. 아내의 퇴근 시간은 아직 멀었고 나는 강의를 들으러 가야 하는 날에는, 안아 달라고 애처롭게 우는 아기를 뒤로하고 강의실로 뛰어갈 때도 있었다. 강의실에서도 아기의 울음소리가 귓전에 뱅뱅 맴돌았다.

교사양성 교육 과정인 학사과정을 마쳤지만, 석사과정도 이수해야 할 과목이 적지 않았다. 강의는 듣는 둥 마는 둥, 수업이 끝나면 나는 뒤도 안 돌아보고 집으로 달음질쳤다. 돌아오면 아이는 배고픔에 울다 지쳐 잠이 들어 있기가 부지기수였다. 애처로움과 서러움에 못 이겨 자는 아기를 한참이나 들여다보곤 눈물을 지었다.

한번은 침대에서 아기가 밖으로 기어나오지 못하게 사방으로 난간을 높다랗게 세워 놓고 강의를 들으러 뛰쳐나간 적이 있었다. 그런 날은 다른 사람과 이야기를 한마디도 나눌 여유도 없이 강의실로 뛰어들어갔다가 수업이 끝나면 이내 돌아왔다. 정신없이 집에 돌아와 보면 그새 아기의 얼굴과 옷은 눈물과 콧물, 땀과 침으로 엉망이고, 기저귀를 열어 보니 예상대로 똥오줌에 엉덩이가 벌겋게 해져 있었다.

'내 아가야, 아빠가 정말 미안하다. 얼마나 쓰리고 따가웠니?'

나는 한시도 한눈을 팔지 못하고 항상 바쁘게 뛰어다녔지만, 내 자식을 키운다는 기쁨 때문에 힘들어도 견딜 수 있었다. 이제는 내 곁에 아내도 있고 아기도 있다. 더 이상 외롭지 않았다. 경황없이

돌아다니다가 집에 오면 아기의 귀여운 눈망울이 모든 시름을 씻어
주었다.

그래도 밤이 되면 직장에서 돌아온 아내와 나는 아기에 대한 죄
책감에 서로 부둥켜안고 한없이 울었다. 세상에 태어나 사랑만 받
기에도 부족한 어린것, 아무런 세상 고통도 모른 채 천진난만하게
자라야 할 귀여운 내 딸이 얼마나 엄마아빠를 원망했을까? 생계를
위하여 아내는 일을 그만둘 수 없었고 나는 아직 해야 할 공부가 남
아 있었다.

"아무래도 대책이 있어야겠어요."

이런 나날이 계속되는 것은 아기에게 못할 짓인 것 같았다. 경제
적인 부담이 뒤따르더라도 아내는 베이비시터를 찾자 보자고 했다.
다행히 직업학교에서 같이 일하는 선생님의 부인이 봐 주겠다고 해
서, 일요일 저녁에 아기를 맡기고 금요일 저녁에 데려오기로 했다.
나이 사십의 브라운 부인은 인상도 좋고 믿음직스러워 보였다.

처음에는 낯설었는지 아기는 자주 보챘지만 며칠 지나지 않아 독
일인 부인에게 잘 적응하였다. 분유도 제때 잘 먹고 어른들과 눈 맞
추기도 하며 아기는 무럭무럭 자랐다. 사 개월이 지나자 체중이 태
어날 때의 두 배로 늘었고 제법 잘 웃었다. 옹알이를 할 때면 '한국
말이냐 독일말이냐' 며 아내와 나는 서로 마주보고 깔깔댔다. 어느
새 목을 가누고 뒤집기에도 성공하여 아기가 선사하는 기쁨은 나날
이 커져 갔다.

브라운 부인에게 맡긴 지 삼 개월 되던 때에 나는 퇴겔러 지도교수와 함께 네덜란드와 폴란드 등지로 며칠간의 국제 세미나에 참석하게 되었다. 그런데 세미나를 마치고 돌아와 보니, 나의 귀여운 아기가 아헨대학병원 영안실에서 하얀 이불보에 덮여 있었다.

'아가, 아빠가 왔다. 어서 눈 좀 떠 봐라. 아가, 왜 이렇게 가만히 누워만 있니? 어서 일어나 집으로 가자. 아가, 아빠가 왔다, 아빠가 왔어…….'

이미 저세상으로 떠나 싸늘하게 식어버린 아기를 부여잡고 나는 통곡을 했다. 독일 땅에 와서 어렵게 너를 얻었는데, 너는 무정하게 아비 품을 이리도 일찍 떠나는구나. 나를 바라보며 생글생글 웃어주던 아이의 얼굴이 떠오르자 슬픔을 주체할 수 없어 바닥에 주저앉고 말았다.

이미 베이비시터의 집에서 하루 전에 아기의 죽음을 목격했던 아내도 이미 반쯤 정신이 나가 있었다. 내 핏줄 가운데 평생 처음으로 맞이하는 죽음이었다.

"여보, 정말 미안해요. 금요일 오후에 아이를 데리러 가려고 브라운 부인에게 전화를 했더니 차마 말을 잇지 못하더라고요. 다만 큰일 났다고 빨리 오라고만 해서 정신없이 달렸죠. 그날따라 정말 예감이 이상했어요. 신호등이 어떻게 작동하는지도 모르고 그저 아기를 빨리 만나야 한다는 생각만으로 자동차를 몰았어요. 지금 생각하면 사고가 안 난 게 천만다행이에요. 도착했더니 아기가 가만히 누워 있었어요. 불러도 대답이 없었죠. 아기는 꼼짝도 안 하고, 브라운 부인은 훌쩍거리기만 했어요. 가만히 안아 보니 아기 몸이 따뜻했어요. 곧 일어나 '엄마' 하고 소리 지를 것만 같았어요. '엄마 배고파, 엄마 안아줘, 엄마 오늘은 뭐했어?' 그리고 '엄마 보고 싶었어' 하고 안길 것 같았어요."

아내는 아이를 들쳐 업고 병원으로 달렸는데 종합병원에 도착하자 의사는, 아기가 사망한 지 이미 십여 분이 지났다고 했단다. 나마저 아혠에 없던 터라 아내는 친구들에게 도움을 청했지만 이미 때를 놓쳐 손을 쓸 수 없었다.

"여보! 어디에 있어요? 빨리 돌아오세요. 흑흑―! 우리, 우리 애가……."

내가 집에 돌아오기까지 아내는 직장에도 나가지 않고 물 한 모금 입에 대지 않은 채 실신하여 누워 있었다.

"여보, 내가 왔소. 정신 좀 차려요. 당신까지 이러면 어떻게 합니까?"

사망은 형사사건이기 때문에 정확한 원인 규명을 위해 반드시 부검을 해야 한다는 것이 경찰의 주장이었다.

"안 돼요! 아이를 두 번 죽일 수 없어요. 고이 묻게 해 주세요, 흑흑."

아내는 다시 정신을 잃으며 부검을 거부했으나 경찰도 끝까지 물러서지를 않았다. 결국 작디작은 아기의 몸을 검사한 결과 질식사로 판명되었다.

어이없는 아기의 죽음 앞에 우리는 숙연했다. 귀한 생명을 선물로 주시고 또 거둬 가시는 하늘의 뜻을 묵묵히 받아들였다. 아니, 묵묵히 받아들여야만 했다. 자식이 죽으면 가슴에 묻는다는데, 큰딸아이의 죽음은 이루 말할 수 없는 충격과 슬픔을 안겨주었다.

'아가, 너를 만나 참 행복했다. 너는 우리에게 최상의 기쁨을 주었단다. 부디 천국에서 우리 다시 만날 때까지 건강하게 잘 있으렴. 아가, 사랑한다.'

아헨에서 한국인의 죽음은 처음 있는 일이었다. 많은 교포와 독일 친구들이 장례식에 참여하여 위로해 주었다. 장례식은 성당에서 치러졌고, 아헨의 공동묘지에 묻혔다. 장례식을 치른 뒤 우리 부부는 모든 삶의 의욕을 잃고 죄책감과 슬픔에 잠겨 죽음보다 더한 고통의 시간을 보냈다. 브라운 부인 내외도 죄책감으로 오랜 동안 괴로워했다.

우리 부부는 한국에 잠시 다녀온 다음에야 겨우 몸을 추스를 수 있었다. 수십 년이 지난 지금도 아내와 나는 부모의 잘못 때문에 자식을 잃게 되었다는 죄책감에서 자유롭지 못하다.

독일 어린이들의 묘지는 25년이 지나면 다시 그 자리를 다른 사람이 사용해야 하기 때문에, 25년 후에 아기의 묘지는 흔적도 없이 사라졌다. 묘지가 없어지기 전까지는 독일을 방문할 때마다 딸의 묘지를 찾아 부모의 책임을 다하지 못한 데 대해 반성을 했다.

하크 부부와 독일 문화

독일인 정형외과 의사인 하크(Haack) 씨와 결혼하여 독일에 정착한 사촌처형(백성희)이 같은 도시인 아헨에 살고 있었다. 처형은 아내와 마찬가지로 1963년 독일에 간호학생으로 유학을 오게 되어 간호사 자격을 취득하고 병원에 근무하고 있었다. 아내를 만나게 되면서 처형과도 왕래를 했는데, 처형 부부와 우리 부부는 우연히 같은 해에 결혼을 하게 되었다.

처형 부부와 우리 부부는 비슷한 시기에 공부도 하고 결혼을 하여 처한 상황도 비슷했다. 각자 집을 마련하기에는 부담스러웠던 우리는 함께 돈을 모아 네덜란드와 벨기에의 국경 부근에 공동으로 농가를 구입하여 전원주택을 마련하기로 했다. 첫딸을 잃은 후 다시 용기를 내고 학업과 생활 전선에서 밤낮 없이 노력한 결과, 경제적인 여유가 생겼던 것이다. 하크 박사 부부는 주택의 아래층을, 우리 부부는 위층을 사용했다.

네덜란드 국경에서 이 킬로미터 남짓 떨어져 있는 그곳은 독일보다 과일과 생선값이 저렴해서 주로 네덜란드에 건너가서 시장을 보고 돌아왔다. 독일과 네덜란드, 벨기에 삼국의 국경 지역으로 산책을 많이 다녔다. 유럽은 주민등록증만 있으면 자유롭게 다른 나라를 오갈 수 있었다. 유럽 여러 나라를 여행할 때마다 우리나라 삼팔선의 철조망과 군사분계선이 항상 떠올랐다. 주택 인근에는 보리밭과 밀밭이 펼쳐져 있고 종달새 소리가 귀를 즐겁게 해 주었다.

광부로 일할 때와는 달리 생활이 안정되자 나는 학업에 전념할 수 있었다. 그 사이 나는 석사학위를 받고 박사과정에 들어갔다. 여전히 푀겔러 교수님이 나를 지도해 주셨고, 독일 친구들의 도움을 많이 받았다. 아내는 전과 같이 사회복지사로서 열심을 일을 했다.

우리는 한국에 돌아가기 전까지 그곳에서 평화로운 나날을 보냈다. 딸아이를 잃은 아픔도 조금씩 치유되었다. 처형 부부는 친형제 자매 이상으로 우리와 가깝게 지냈다. 함께 살게 되니 처형 부부가 얼마나 사랑이 많은 사람들인지 알게 되었다.

내가 독일에 온 지 십오 년이 되었지만, 그동안 독일 사람들에 대해서 안다고 생각했던 것은 극히 일부분에 지나지 않았다. 함께 살면서 매일매일 부딪치다 보니 독일 사람들의 진가(眞價)를 이해하게 되었다. 하크 박사의 성실성과 학구성, 실천성 등은 본받을 바가 많았다. 독일의 많은 교수와 대부분의 직업인들에게서 공통적으로 발견할 수 있는 점은, 가정마다 자기 직업과는 전혀 관계없는 종류의 작업실을 갖고 있다는 것이다. 하크 박사도 병원에서 진료가 끝나면 집에 와서 목공일을 했다. 그는 퇴근 후의 시간을 이용하여 집에 있는 많은 가구와 가재도구를 직접 만들었다. 삶 자체가 이론과 실제의 병행인 셈이다. 독일에서는 모든 교육 과정이 실천을 전제로 프로그램화된다. 듀얼 시스템의 삶이다.

어느덧 나는 길고 긴 학업 과정을 마무리하고 마지막 박사학위 논문을 준비하고 있었다. 한국어로 논문을 쓰는 것도 보통일이 아닌데, 하물며 외국어로 쓰려니 여간 어렵지 않았다. 십삼 년간의 다사다난했던 나의 학업 생활이 마무리되고 있었다.

하크 박사는 하루 종일 수술을 해서 피곤할 텐데 집에 돌아오면 박사학위 논문을 꼼꼼히 고쳐 주었다. 한집에 살게 되니, 하크 박사와 자주 학위논문 주제에 대한 의견을 나눌 수 있어서 좋았다. 하크 박사는 내가 논문을 집필하는 동안 아무런 대가 없이 늘 같이 토론하며 자신의 의견을 진지하게 들려주었다. 박사학위 논문을 집필하는 동안 하크 박사가 정확한 독일어로 교정을 봐 주었던 것이 독일어 박사논문을 쓰는 데 큰 힘이 되었다. 처형과 하크 박사의 은혜는 내 마음에 영원히 간직하고 있다.

학사논문과 석사논문을 쓸 때에는, 매주 금요일 오후에 아내와 나는 각자 일을 마치고 차에 김치와 쌀을 싣고 아헨에서 250킬로미터 떨어진 림부르크(Limburg)까지 하크 박사의 집으로 달려가곤 했다. 그때나 지금이나 그는 변함없이 웃는 얼굴로 기나긴 나의 학업 생활을 도와주었다. 아내는 사촌처형과 함께 맛있는 밥을 준비하거나 조카인 코리나를 유모차에 태워 이리저리 구경하러 다녔다. 현재 코리나는 아버지인 하크 박사를 따라 정형외과 의사가 되어 열심히 환자를 돌보고 있다.

독일 문화에 대하여

외국 문화는 직접 보고, 듣고, 체험했을 때 피부에 와 닿는 법이다. 내가 십육 년 동안 경험했던 독일이라는 나라는, 우리나라에서 가장 아쉽게 여기는 점들을 이미 국민성으로 실천하는 게 아닐까 싶을 만큼 이미 갖추고 있었다. 부러움의 대상이기도 한 독일 문화에 대해 몇 가지 소개하고자 한다.

'독일제'라는 말에는 '완벽'이란 뜻이 담겨 있다. 제품 생산과정이 철저한데, 눈에 띄지도 않을 아주 사소한 하자라도 발견되면 아예 출고를 하지 않는다. 그래서 마이스터(Meister)라는 독일 장인(匠人)의 지위는 독보적이다. '대강대강'이라든지, '빨리빨리'라는 것은 상상도 못할 일이다. 시간이 걸리더라도 마이스터의 손으로 최종 확인하지 않으면 '제품'이라고 할 수 없다.

결혼할 때 장만한 냉장고와 세탁기를 삼십 년 이상 사용하는 것은 당연한 일이다. 독일에서 배우고 익힌 그들의 정신 때문에, 나는 모든 제품을 선택하는 최우선의 기준으로 '견고성'을 꼽는다. 새 옷을 사면 제일 먼저 단추를 다시 튼튼히 달아 입는다.

중세 때 만든 하이델베르크 강의 다리가 지금까지도 끄떡없고 그 위로 자동차가 씽씽 달린다. 독일인은 보도블록을 수리하고 교체하는 데에도 정성을 쏟는다. 우리나라 같으면 반나절에 끝날 일을, 그들은 며칠씩이나 블록을 정리했다가 다시 놓는 작업을 진지하게 반복한다. 일을 지연시키는 게 아니라, 작업자의 마음에 들 때까지 완벽하게 마무리한다.

"일 년마다 다시 반복할 작업 비용보다는, 한 번의 작업으로 수십 년을 보장받는 게 훨씬 경제적이다."

이 같은 기본 정신을 가진 독일인은 직장의 일을 자신의 일처럼 열심히 한다.

독일인은 또한 질서지향적이다. 모든 것이 정해진 질서대로 움직인다. 횡단보도에 사람이 건너면 차가 멈추고, 신호등이 바뀌면 차가 출발한다. 길 전체가 어둠 속에 텅 비어 있어도, 새벽 사거리에는 빨간 신호등에 따라 차들은 멈춰 선다. 거리나 고속도로 등 어디에도 쓰레기를 버리지 않고 자기 차례를 기다리는 것은 지극히 당연한 일이다. 질서에 대한 예를 들 때마다 독일인을 거론하는 이유는, 실제 그들이 그것을 삶 자체로 여기며 살아가기 때문이다. 대강 눈감아주는 식의 관용은 용납되지 않는다.

절친하게 지내던 이웃 간에도 부부 싸움이나 자녀 폭력 같은 불법을 목격하면 단호하게 경찰에 신고한다. 개인적인 친분과 약속된 법률을 지키는 것을 철저하게 구분할 줄 아는 국민성을 지녔기 때문이다. 어떻게 보면 인정사정없이 살벌한 풍경처럼 느껴질지 모른다. 하지만 지킬 것을 지키고, 사생활과 공적인 생활을 혼돈하지 않는 민족성이 지금의 독일을 만들었다고 생각한다.

부유한 사람과 가난한 사람이 아무런 거리낌 없이 재활용시장에 모여 물건을 사고파는 모습은 우리로서는 이해하기 어려운 부분이다. 하지만 꼭 필요한 것만 가지고 살아가는 그들의 생활습관은 필요이상의 소비에 물들어 있는 우리들에게 시사하는 바가 크다. 가구를 하나 장만하면 평생을 쓴다. 헌 가구, 헌 옷을 서로 나누며 살아간다. 자동차는 굴러갈 때까지, 차 밑바닥에 빗물이 들어와도 계속 탄다. 거리에는 이삼십 년은 족히 됐음직한 자동차들이 자연스럽게 오간다. 새 차를 사고 삼 년만 지나면 다시 차를 바꾸는 우리나라 운전자들의 습성과는 다르다. 그들은 중형차도 싫어한다. 유지비가 적게 들고 조작이 편한 소형차를 선호한다.

독일인의 생활습관 중에 가장 인상적이었던 것은 남들의 시선에 구애받지 않는다는 점이다. 우리는 여름에 더우면 모두 반팔 옷을 입는다. 겨울에 추우면 온몸을 코트로 중무장하고, 직장에는 대개 정장으로 출근한다. 그렇지만 독일인은 계절과 상관없이 자신이 덥다고 생각하면 옷을 벗고, 춥다고 느끼면 옷을 입는다. 한여름에도 춥다고 느끼면 두꺼운 옷을 입는 것을 당연하게 여긴다. 남들이 뭐라고 할까 주저하는 모습 자체를 오히려 이상하게 여긴다. 한기를 느끼는데도 남들이 전부 반팔을 입었다는 이유로 똑같은 옷을 입는다는 것을 그들을 이해하지 못한다.

합리적인 기준으로 행동할 때 서로의 입장을 존중하고, 또 그것을 당연히 여기는 사고방식은 우리가 배울 점이 많다. 그런 가운데에도 작은 것이라도 도움을 받으면 '감사합니다!', 상대방에게 사소한 피해라도 가면 '미안합니다!'라는 인사를 분명히 한다.

소중하고 고마운 아이들

하크 부부와 함께 전원주택을 얻어 이사하고 박사논문을 준비하는 과정에서 아내는 아기를 임신하고 딸을 낳았다. 우리는 딸아이 이름을 '미라'라고 지었다. 첫아이를 잃었던 기억 때문에 아내와 나는 두려움에 떨었다. 힘들더라도 베이비시터에게 맡기지 않고 둘이 번갈아서 아기를 돌보았다. 그리고 항상 조심하고 또 조심했다.

집에서 아기를 돌보며 공부하는 것은 보통 어려운 일이 아니다. 육아와 학업, 아르바이트를 함께 해야 하는 어려움 때문에 짜증이 나기도 했다. 그런 중에도 아기가 혼자 잘 놀거나 또 놀다가 스르르 잠이 들면 고마웠다. 아기를 재워 놓고 그 틈에 얼른 학교로 내달린다. 하지만 집 밖을 나서는 순간부터 마음은 불안하고 초조하다. 미라가 언제 일어나서 또 울어 댈지 가슴이 조마조마하다. 그리고 또 행여나 하는 불길한 상상이 뇌리를 스친다.

'쓸데없는 생각은 버리자. 우리 딸 미라는 건강하게 잘 자라고 있잖아.'

그렇게 다짐하다가도 불현듯 떠오르는 상상 때문에 마음이 조급해지기 일쑤였다.

'미치겠군. 미라야, 제발 조금만 더 자고 있어. 아빠가 곧 갈게. 그때까지 조금만 기다려, 제발.'

초조하게 집으로 달리는 아버지의 괴로운 심정은 말로 다 표현 못한다. 달음박질하여 현관문을 열고 정신없이 돌아와서 보면 미라가 곤히 잠들어 있다. 그럴 때면 맥이 쭉 빠져 그대로 주저앉고 만다. 소중하고 고마운 아기, 아기가 방긋 웃어 주면 힘들어도 기운이 금세 솟는다. 어느덧 미라는 칠 개월이 지나 윗니 두 개, 아랫니 세 개나 나왔다.

아내는 사회사업대학 졸업 후 독일 시청에서 육 개월 간 근무하고, 독일 가톨릭 기관(Caritasverband)에서 칠 년 반 동안 한국인을 위한 상담을 했다.

한국에서 노무관이 파견되었다고는 하나, 수많은 광부들과 간호사, 간호조무사들이 당면한 문제를 해결해 줄 수 없었다. 주로 독일에 거주하면서 겪게 되는 문제는, 독일어 소통 및 체류허가와 고용, 그리고 결혼에 관한 것이었다. 독일 전역에 퍼져 있는 가톨릭 기관에서 아내와 같은 사회사업가들이 한국에서 온 이들을 적극적으로 도왔다.

그리고 일 년에 한 번씩은 공기가 좋은 곳을 택하여 한국 사람들을 위한 세미나를 1박 2일 일정으로 개최하기도 했다. 세미나는 주로 체류허가나 노동허가 등 어려움을 가진 한국인들을 대상으로 독일인 담당자를 초청하여 강의와 함께 문답식으로 진행이 되었다. 행사가 열리면 사오십 명의 한국인이 참석하였는데, 대개 가족 단위였다.

그날은 아내가 총책임자가 되어 주최한 행사라, 나는 손님맞이와 행사 진행 때문에 하루 종일 행사장을 지키고 있어야 했다. 그래서 할 수 없이 한 살이 된 미라를 데리고 세미나장에 나와서, 대기실의 간이침대에 미라를 눕혀 놓고 왔다 갔다 하며 세미나 진행을 도왔다. 마침 참가자 중에 어린 아기를 데리고 온 분이 있어서 미라의 여행용 아기침대를 양보했다. 미라를 눕힌 침대는 칸막이가 없어서 불안하기는 했지만, 얌전히 누워 있어 주어서 고마웠다. 그런데 세미나장에 세 번째 들어갔다 나오니 미라가 침대에서 그만 떨어져 있었다.

눈앞에 불이 일었다. 손에 들고 있던 자료를 내동댕이치고 미라에게 달려갔다. 차갑고 딱딱한 마룻바닥에 부딪쳐서 한참을 울었을텐데, 한동안 세미나장에 들어가 있어서 나는 아기가 그렇게 된지도 몰랐던 것이다.

"아이구, 미라야, 괜찮니?"

마룻바닥에서 안아 일으킨 미라의 얼굴은 엉망이 되어 있었다. 높은 곳에서 떨어질 때의 충격으로 앞니 대부분이 부러져 있었다. 얼굴이 퉁퉁 붓고 피가 흘렀다. 세미나 중간에 아내가 나와서 미라의 모습을 보더니 깜짝 놀랐다.

"여보, 미안하지만 나는 세미나장을 떠날 수 없어요. 우선 가까운 병원에 가서 응급조치를 좀 해 주세요."

나는 서둘러 미라를 데리고 인근 병원을 수소문하여 겨우 소독만하고 돌아왔다. 세미나가 끝날 때까지 다친 아기를 부여안고 가슴으로 처절히 울었다.

'무능한 아비로고.'

미라는 울지도 않고 잘 버텨 주었다. 세미나 진행을 마치고 파김치가 되어 대기실로 돌아온 아내는 미라를 안고 하염없이 울었다. 밤이 되니 미라는 아파서 한참을 칭얼댔다. 세미나는 그다음 날이 되어야 끝나니 나는 그저 미라를 보듬고 기도만 할 뿐이었다. 아내와 나는 행사가 끝나자 곧바로 아헨대학병원으로 달려갔다.

"아기를 좀 더 소중하게 돌보셔야 합니다."

의사는 우리를 크게 나무랐다. 아내와 나는 아무런 말도 못하고 미라를 안타깝게 쳐다볼 뿐이었다. 결국 미라를 돌봐줄 한국인 베이비시터를 집에 두기로 했다.

지금 생각해 보면 왜 그렇게 미련을 떨었는지 모르겠다. 다른 사람에게라도 일을 부탁하고 얼른 병원에라도 데리고 갔으면 좋았을 텐데 하는 후회가 막심하다. 미라에 대한 우리 부부의 미안함과 고통, 슬픔은 매우 크다. 십여 년이 지나도록 가슴앓이만 하며 "애야, 다음에 크면 교정하자"고 말하는 부모에게 미라는 이유도 모른 채 '알았다'고만 대답했다.

이제 성년이 된 미라에게 세세한 사연을 이 기록으로 고백한다. 이제는 대학원을 졸업하고 멋진 남편을 만나 행복하게 살고 있는 미라, 석사학위를 받은 둘째딸 린다, 병원일을 열심히 하고 있는 셋째딸 가비, 고려대학교 대학원 박사과정에 있는 막내아들 연택이, 이렇게 네 명의 자녀들과, 까다로운 남편을 수발하느라 젊음을 보낸, 손발이 다 닳은 나의 소중한 아내와 함께 우리 가족은 행복한 일가를 이루어 언제나 서로에게 고향과 같은 마음으로 지내고 있다.

나의 **독터파터**, **푀겔러** 교수님

하크 박사의 도움을 받고 푀겔러 교수님으로부터 상세한 지도를 받아 박사학위 논문이 완성되어 갔다. 박사학위 논문의 제목은 '일본 지배하의 한국 교육이념과 정신의 보존에 관한 연구'였다.

　독일에서 학사, 석사, 박사학위 취득을 위한 시험은 국가가 엄격히 관리하며, 시험관은 전공 교수, 부전공 교수와 국가에서 파견된 감독관 등으로 구성된다. 졸업시험은 필기시험과 구두시험으로 나뉘는데, 구두시험이 통과하기가 훨씬 어렵다. 박사학위를 따기 위한 구두시험은 두 시간 동안 치러지며, 전공은 한 시간, 부전공은 각각 삼십 분씩 할당된다. 수험생이 정확한 답변을 하지 못하면 탈락한다. 시험에서 탈락할 경우 한 학기를 기다렸다가 재시험을 봐야 한다. 박사학위 논문의 경우, 지도교수는 다른 심사위원 네 명의 평가 결과가 나오기 전까지는 평가 내용을 공개할 수 없다.

　박사학위 마지막 구두시험을 앞두고는 두려움 때문에 삼 개월 전부터 온 몸이 섭씨 삼십팔 도를 오르내릴 정도로 앓았다. 특히 구두시험을 보기 하루 전날은, 독일로 출발하기 전날 고향에서 식구들과 함께 시간을 보낼 때보다 더 긴장되었다.

드디어 구두시험 당일, 네 명의 교수와 한 명의 국가시험 감독관, 그리고 질의응답을 기록하는 속기사가 참관한 자리에서, 그동안 공부한 내용 전체와 박사학위 논문에 대한 질문이 시작되었다. 어떻게 답변을 했는지 얼떨떨한 가운데 간신히 두 시간의 시험을 치르고 나왔다.

'이번에 떨어지면 반년을 또 기다려야 하는구나, 휴우. 너무 머나먼 길이야.'

눈을 감고 초조한 마음으로 대기실에 앉아 있는데, 퇴겔러 지도교수님이 웃음 띤 얼굴로 다가왔다.

"축하, 축하하네! 자네 박사가 되었네."

"예에?"

나는 자리에서 벌떡 일어섰다. 퇴겔러 교수님이 내게 다가와 손을 내밀었다. 떨리는 손을 내밀자 교수님이 나를 덥석 안았다. 그제야 나는 가슴이 벅차올라 감격의 눈물을 흘리며 "감사합니다"라고 겨우 한마디 말을 건넸다. 마음속에서 저절로 '하느님, 감사합니다'라는 기도가 흘러나왔다.

독일에 온 지 십육 년째 되던 해인 1979년 2월 9일, 나는 드디어 '영광스러운' 박사학위를 취득한 것이다. 장수 촌놈이, 가난뱅이 광부가 꿈에 그리던 교육학 박사가 되다니 믿을 수가 없었다. 학위를 받기까지 힘들었던 수많았던 날들이 낡은 필름처럼 지나갔다. 박사학위는 십육 년 나의 독일 생활의 총결산이자 결실이었으며 내 피와 땀, 눈물로 거둔 달콤한 열매였다. 처음 삼 년은 탄광에서, 그리고 나머지 십삼 년은 갖은 아르바이트를 하면서 제대로 자지도 먹지도 못했던 세월을 한꺼번에 보상받는 기분이었다. 한국인으로서 독일 신학교육학 박사학위 1호는 이규호 박사였고, 독일 교육학 박사학위 1호는 바로 나였다.

아헨교육대학 박사학위증

독일에서는 박사과정을 지도하는 교수를 독터파터(Doktervater)라 부르는 전통이 있다. '박사 아버지'란 뜻이다. 교수가 제자를 지도하는 수고로움이 부모가 자녀를 양육하듯 한다는 의미에서 생긴 호칭인데, 푀겔러 교수님은 진정한 나의 독터파터였다.

거듭 말하지만 푀겔러 교수님을 만나지 못했더라면 지금의 나는 있을 수 없다. 학사, 석사, 박사학위를 받을 때까지 십삼 년간 나를 지도하신 스승이자 아버지 같은 존재였으니 어찌 그 은혜를 잊을 수 있을까.

교수님과 함께한 세월들이 파노라마처럼 눈앞에 펼쳐졌다.

돈을 벌면서 공부하는 세월이 길어지자 나는 지쳐 갔다. 부족한 독일어 실력으로 강의를 쫓아가는 것이 너무 힘들어서 실의에 빠졌던 나는 교수님을 찾아가서 하소연을 했다.

"학업을 중단해야 할까 봐요. 교수님, 저는 너무 힘들어서 죽고 싶은 생각밖에 없습니다. 사람들 앞에 나설 자신도 없습니다."

"지하 광산에서 일할 때보다 지금 여기 지상이 공기도 맑고 밝아 환경이 더 좋지 않은가? 그때를 떠올리며 참아 보게. 자네가 못할 일이 어디 있겠나? 사람이 물에 빠지면 어떻게 하나? 누구나 살기 위해 필사적으로 헤엄쳐서 밖으로 나오려 할 거야. 자네도 그런 심정으로 학교에 다녀야 할걸세. 죽기 살기로 물에서 육지로 나오려는 그런 심정 말일세."

삼 년 광부 생활을 마치고 귀국을 결심하면서 모든 짐을 한국에 보내고 난 뒤, 아무 것도 가진 게 없었던 빈털터리 나에게 푀겔러 교수님은 도서관에서 일할 수 있는 기회를 주신 것은 물론 교회에서 운영하는 야간 직업학교에서 교사로도 일할 수 있도록 해 주셨다. 또한 나의 약혼식과 결혼식에도 참석하셨고, 유학생 부부가 된 우리 가족을 댁에 초청해 주시기도 했다.

푀겔러 교수님께 박사학위를 취득한 한국인 제자는 모두 네 명이다. 한국교원대학교 교수가 된 나를 비롯하여, 목포대학교 박고훈 교수, 한국양성평등교육진흥원 안이환 교수, 한국정보교육연구소 김미환 소장 등이 그들이다.

물론 푀겔러 교수님 외에도 나의 스승은 여러 분이 있다. 정치학 전공 에르거(Erger) 교수님은 푀겔러 교수님의 후임으로 학장이 되셨다. 학업과 생활에 많은 도움을 주시고 집에도 여러 번 초대해 주셨는데 안타깝게도 2003년에 고인이 되셨다.

또한 러시아 탄광에서 일한 경험이 있었던 물리학 전공의 우어링스(Uerlings) 교수는 광부 출신인 나에게 남달리 따뜻한 사랑을 베풀어 주셨다. 청소년사회학과 직업교육 전공인 로젠스트래터(Rosensträter) 교수 또한 학문적인 도움을 많이 주셨을 뿐 아니라 정겨운 대화를 많이 나눴고 가족과도 친하게 지냈다. 이 밖에 포머레닝(Pommerening) 교장과, 교사였던 북(Buch), 베르거(Berger), 모니카(Monica), 우슬라(Ursula) 등이 나를 많이 도와주었다.

"정말 꿈같은 세월이었어요."

아내의 눈물 고인 눈으로 보자 나는 가슴이 먹먹하게 메어 왔다.

"여보, 나는 여기서 내가 하고자 하는 것을 다 이루었소. 당신을 만나지 못했더라면 이것은 불가능한 일이었소. 진심으로 이 모든 영광을 당신께 돌리오."

하크 처형 부부를 비롯해 아헨의 친구와 동료들도 모두 나를 축하해 주었다. 나의 학위 취득 소식은 독일 한인 사회에서도 한동안 화제에 올랐다.

"자네는 우리 한인의 자랑거리일세. 광부로 와서 갖은 고생 끝에 박사가 되었다는 것은 같은 민족으로서 자부심을 느끼게 하네."

나는 독일에 와서 손으로 꼽을 수 없을 정도로 많은 분들로부터 넘치는 사랑을 받았다. 나의 학문적 성과는 그분들의 격려와 사랑이 없었다면 이루기 어려웠다는 것을 누구보다도 더 잘 알고 있다.

'너무 오랫동안 고향을 떠나 있었다.'

이제 돌아갈 때가 되었다. 그동안 배우고 간직한 것들을 고국에 돌아가 후학들과 함께 나누고 싶다는 생각으로 내 머리는 가득했다. 며칠 뒤 아내와 나는 오랜 유학 생활을 마감하고 고향으로 돌아가기 위해 짐을 꾸렸다. 1964년에 독일 땅을 밟은 이후 1979년 한국에 돌아가기까지 나를 둘러싸고 일어났던 수많은 일들이 이제는 한없는 감사함으로 밀려왔다.

박사학위를 받고 내가 세운 목표를 이루고 나자, 나는 더 이상 독일에 머물 이유가 없었다. 하루라도 빨리 한국으로 돌아가 가족들을 만나고, 한국 땅에서 내가 그동안 갈고 닦은 학문의 세계를 펼치고 싶었다.

그동안 나를 도와준 로즈마리 부인과 샹크 씨 가족을 수소문했으나, 이사하여 안타깝게도 감사인사를 전할 수가 없었다. 만날 날을 다음 기회로 미루고, 셋째딸 가비를 임신 중인 아내와 큰딸 미라, 둘째딸 린다와 함께 우리 가족은 길고 긴 독일 생활을 마무리하고 한국에 들어갈 준비를 했다. 푀겔러 교수님을 비롯해 독일의 오랜 친구들과 직업학교 선생님들에게 이별을 고했다. 모두들 한국에서의 건투를 빌어 주었다.

제 4 장

•

아름다운 만남

'인간이 추구해야 할 것은 돈이 아니다. 항상 인간이 추구해야
할 것은 인간이다.' —푸시킨

잊을 수 없는 고(故) 이규호 장관

박사학위를 받기 위해 공부 중일 때, 한국에서 대학총장들이 독일
교육 기관을 자주 방문했다. 그때 독일대사관 교육관이었던 김정길
박사의 배려로, 나는 여러 대학의 총장들을 모시고 독일 교육 기관
을 안내하고 또 통역을 맡기도 했다. 한국에 학문적으로 아무런 연
고가 없는 나를 위해 일부러 총장들을 만날 기회를 만들어 준 것이
라 짐작한다.

"우리 때문에 수고가 많군요. 고맙습니다. 그런데 권 선생 전공이
무엇입니까?"

"예, 저는 평생교육학과 청소년학을 공부하고 있습니다."

"허, 그런 걸 공부해서 밥벌이나 할까요? 한국에 돌아와서 일할
곳이 있을까 모르겠군요."

그분들의 충고인지 덕담인지 알 수 없는 말에 나는 빙긋이 웃고

말았다.

　그런데 행운이 따라주었는지, 1979년 내가 귀국한 이후, 정부 차원에서 평생교육과 청소년 분야의 정책을 활발하게 추진했다. 그때나 지금이나 내가 선택한 전공 분야에 대해서 나는 항상 만족하고 감사하고 있으며, 나의 선택에 대해 후회하지 않는다.

　독일에서 성공적으로 공부할 수 있도록 환경을 조성하고 심신을 위로해 주신 분이 퇴겔러 지도교수님이었다면, 귀국 후 나의 학문세계를 활발하게 펼쳐나갈 수 있도록 가장 큰 도움을 주신 분은 고(故) 이규호 장관이다.

　1979년 2월, 독일에서 교육학 박사학위를 취득하고 일자리를 구하기 위해 임시 귀국한 적이 있었다. 한국에서 대학을 나오지 않았던 터라 아무런 학연이 없었던 나는, 무작정 여러 대학의 총장과 교수들을 찾아다니면서 채용해 줄 것을 부탁했다.

　당시 우리나라에는 독일 교육학 박사학위 취득자가 거의 없었기 때문에 가능성은 높은 편이었다. 몇몇 대학에 기회가 닿았는데, 십육 년 동안 애타게 그리워했던 고향의 전북대학교 교육학과로 마음이 기울었다.

　그러나 막상 전북대학교로 들어가기가 쉽지 않았다. 한국에서 대학을 나오지도 않은데다가 광부 출신인 나를 환영할 리 만무했던 것이다. 우여곡절 끝에 학과장이었던 H 교수의 적극적인 도움으로 다행히 조교수로 임용이 되었다. 지금도 H 교수의 은혜에 깊이 감사하고 있다.

육백 명 이상의 교수가 있는 전북대학교에, 독일 박사학위 취득 자로서 교수가 된 사람은 내가 처음이었다. 나는 교육학 강의를 맡았다. 십여 년 전, 광부의 신분으로 한국을 떠났다가 교수가 되어 고향으로 돌아와 강단에 선 첫날, 깊은 감회에 젖어 한동안 눈을 뜰 수 없었다.

'이 순간을 얼마나 기다렸던가!'

독일 대학교수들처럼 청바지와 캐주얼 재킷 같은 편안한 차림으로 강단에 선 삼십대 중반의 교수를 학생들은 호기심 어린 눈으로 바라보았다. 하지만 캐주얼 복장으로 강의를 할 수 있었던 것도 잠시 뿐, 원로 교수들의 따가운 충고를 듣고 정장 차림으로 바꿔 입었다. 강의 시간은 물론이요 일상생활에서도 나는 학생들과 스스럼없이 토론을 하며 많은 시간을 보냈다. 야외 활동이나 MT를 갈 때에도 스승이자 부모처럼, 더러는 형제처럼 제자들과 잘 어울렸다.

십육 년 만에 고국에 돌아왔기 때문에 우리말을 구사하기 어려운 적도 있었다. 언어란 끊임없이 변화하는 사회를 반영하는 생명체가 아닌가. 글쓰기도 역시 마찬가지였다. 강의를 한다는 것이 이렇게 힘들 줄은 꿈에도 몰랐다.

'내가 아는 것을 말하기가 이다지도 어렵다니.'

열심히 강의 원고를 쓰고 몇 번씩 혼자서 거울 앞에 서서 연습을 하기도 했다. 한국말로도 독일말로도 완벽하게 표현하지 못할 때에는 만족할 때까지 머리를 쥐어짜서 연구를 계속했다. 삼십여 년이 지난 지금 생각해 보면, 당시 나의 강의를 들은 많은 제자들에게 미안한 마음을 금할 길이 없다.

그 중에는 대학교수가 된 제자들도 적지 않은데, 지금도 나를 깍듯이 스승으로서 존경하고 예우하니, 한편으로는 감회가 깊고, 다른 한편으로는 부끄러운 마음을 감추기 어렵다.

전북대학교에서 일 년을 보내고 나니, 좀 더 새로운 세계에서 일하고 싶은 욕심이 생겼다. 그러다가 이규호 장관이 독일 튀빙겐(Tübingen) 대학에서 신학교육을 전공했다는 사실을 알고 용기를 내어 편지를 썼다.

"파독광부 출신으로 평생교육, 사회교육과 청소년사회학을 전공했고, 전북대학교에서 강의를 하고 있습니다. 우리나라에서 평생교육과 청소년 운동의 개혁에 대해 제가 이바지할 수 있는 기회를 만들어 주십시오."

혹자는 내가 이 장관과 독일에서부터 알고 지낸 사이로 알지만 사실과 전혀 다르다. 내가 편지를 쓰기 전까지 어떤 친분 관계도 없었다.

이규호 장관은 내가 모국에서 학문적으로 도약할 수 있도록 발판을 마련해 주신 평생 잊지 못할 분이다. 편지 한 장으로 이루어진 이 운명적 만남이, 청소년 운동을 위한 길을 환히 밝혀 주었다.

1981년 겨울, 학교에 출근하자마자 당시 '문교부'라 불리던 교육부 김판영 차관실에서 전화가 왔다. 바로 교육부로 올라오라는 내용이었다.

교육부 차관실로 찾아갔더니, '교육부 상임자문위원으로 파견근무를 하라'는 장관의 지시사항을 전달받게 되었다. 자문 분야는 평생교육, 사회교육, 개방대학 신설과 청소년 운동에 관한 것이었다.

'아, 이 얼마나 숙원하던 일인가! 감사합니다!'

독일에서 온몸을 바쳐 공부하고 갈고 닦았던 학문 분야를 드디어 고국에서 펼칠 수 있게 된 것이니, 가슴이 벅차올랐다. 청소년 교육과 육성을 위해 내 꿈을 펼칠 수 있는 절호의 기회가 온 것이다.

이렇게 처음으로 이규호 장관을 만나게 되었고, 그 후로 삼 년간 교육부에 파견되어 근무했다. 여기저기 사무실을 옮겨 다녔는데, 최종적으로 현 정부종합청사 1717호에서 나의 임무를 마쳤다.

교육부에서 일하는 동안 이규호 장관은 내가 하고자 하는 많은 사업을 행정적, 재정적인 면에서 적극적으로 지원해 주셨다. 나의 하루하루는 보람차고 행복했다.

종합청사 출근은 오전 일곱 시, 퇴근은 항상 밤늦은 시간이었다. 개방대학 설립과 한국 청소년 운동의 초석을 다지는 일이 주요 사업이었고, 고등고시에 합격한 사무관이 새로 부임하여 든든한 원군이 생겨서 사회교육법 제정에 박차를 가할 수 있었다. 특히 개방대학과 청소년연맹 창설은 구성에서부터 설계, 그리고 완성까지 산파 역할을 했다.

교육부 상임위원으로 삼 년간 일하고 나자 교육계는 물론 각계각

층에 많은 사람들과 친교를 맺게 되었다. 한국에 학연이 없던 내게 든든한 원군이 생긴 셈이다. 이때의 인간적인 만남은 오늘날의 내가 있게 한 밑거름이자 무엇과도 바꿀 수 없는 가장 큰 자산이다.

이규호 장관은 1998년 발간된 나의 저서 『내일에 사는 아이 어제에 사는 어른』을 출간할 때, 소중한 추천사를 써 주시기도 했다. 이 추천사는 서예가에 의해 크게 쓰여 우리 집 벽에 걸려 있는데, 자녀와 우리 가정을 방문하는 모든 이들에게 읽혀져 귀감이 되고 있다. 추천사 내용 중 일부를 옮겨 본다.

(전략) 나는 권이종 박사의 글들을 대할 때마다 이분은 교육학자이면서도 참으로 교육을 아는 분이라는 느낌을 갖곤 했다. 특히 청소년들을 머리로써뿐만 아니라 마음으로 이해하는 분이라는 생각을 가질 수가 있었다.

어린이들의 인성 교육은 오늘날의 암흑한 사회와 인류의 위기 극복을 위해서 대단히 중요한 과제이다. 지금 어려움에 처해 있는 우리나라의 운명도 사실은 우리 어린이들의 인성 교육에 달려 있다고 말할 수가 있다. 우리 어린이들의 인성 교육을 위해서 나는 부모님들과 교사들, 그리고 다음 세대의 주역인 어린이 교육에 관심을 갖는 사람들에게 이 책을 권하고 싶다.

우리는 흔히 어린이들에게 공부에만 열중하라고 권한다. 부모에게는 무조건 복종하기만 하면 속이 시원해진다. 그리고 말을 안 들으면 꾸지람을 하고 때로는 매를 드는 일도 있다. 그러나 우리 어른들은 어린이들의 세계를 이해하려고 하지는 않는다.

부모는 자녀들을 첫째로 사랑하고, 이해하고, 또한 그들과 대화를 해야 한다. 아무리 시간이 없어도 자녀들과 다정하게 이야기를 주고받는 것은 우리나라의 장래를 위한 가장 믿음직한 투자라는 것을 우리는 인식할 필요가 있다. 이러한 가장 확실한 투자를 위해서 나는 이 책을 권하고 싶다.

첫 만남에 의기투합, 계몽사 김춘식 대표

교육부 상임자문위원으로 일하던 1984년 무더운 여름 오전, 전화벨이 울렸다.

"계몽사 대표 김춘식입니다. 권이종 교수와 만나고 싶은데요."

당시 한국 출판계에서 가장 성공한 출판사 중 하나가 바로 계몽사였다. 김춘식 대표와 만나기 위해 계몽사를 찾아갔다. 편집국에는 직원들을 위한 냉방 시설이 잘 되어 있었는데, 사장실에는 겨우 선풍기 한 대가 돌아가고 있었다. 나는 첫눈에 근검절약을 실천하면서도 직원들에게는 아낌없이 베푸는 인물임을 알 수 있었다.

"과거 저희 부친께서 기업 이윤의 일부를 사회에 환원하기 위하여 온양민속박물관—당시 가치로 사백억 원 이상의 유물을 사회에 기증했다—을 지으셨습니다. 선친께서는 사회를 통하여 경제적인 성공을 이룩하셨기 때문에, 문화 사업을 통해 그동안 얻은 이익을 사회에 환원하신 것입니다.

아버님 뜻을 이어 저 역시 제 자산의 일부를 사회에 환원하고 싶습니다. 제2의 한국교육개발원과 같은 민간 교육 기관을 설립하여 국민 계몽을 위한 교육 사업을 펼쳤으면 하는데 도와주시겠습니까?"

김 대표의 말을 듣고 보니 궁금증이 커졌다.

"그런 큰일에 왜 저 같은 사람을……?"

"권 교수께서는 어려운 환경에서 성장하여 자수성가하신 분이라 알고 있습니다. 그래서 제가 뜻하는 이 사업을 충분히 수행하실 수 있는 분이라고 판단되었습니다. 부디 제 일생의 숙원 사업인 이 일을 맡아서 추진해 주십시오."

나는 뜻밖의 제안에 일순간 멈칫했다. 초면에 자신의 소신을 분명히 밝힌다는 것은 상대방을 신뢰하지 않고는 불가능한 일이다. 무엇을 보고 처음 만나는 나에게 이렇게 파격적인 제안을 한단 말인가? 노블레스 오블리주의 정신에 감화된 나는 김춘식 대표와 기꺼이 동지가 되었다. 뜻과 철학이 통한 우리는 첫 대면에서부터 화기애애한 분위기에서 사업을 추진하기로 합의했다.

먼저 나는 이 사업을 준비하기 위한 공간과 연구원 한 명, 행정보조원 한 명을 요청했다. 며칠 후 강남의 계몽사 건물 일 층에 직원 한 명이 딸린 십여 평 크기의 사무실이 마련되었다. 단 한 시간의 만

남으로 내 인생에 역사적인 순간이 펼쳐진 것이다.

일주일 동안 이런저런 준비를 하고 조촐한 개소식을 가졌다.

"권 교수님, 사무실과 댁이 너무 멀군요. 활동에 불편하시겠습니다. 사무실을 댁과 가까운 거리로 옮기시면 어떻겠습니까?"

개소 후 몇 개월이 지나 김 대표의 권유로 사무실을 도곡동 아파트와 오 분 거리의 가까운 곳으로 옮길 수 있었다. 팔십 평 크기의 널따란 사무실에, 자문연구위원 네 명과 사서 세 명을 추가로 임용하여 총 아홉 명의 인원으로 구성된 '계몽아동연구소'가 출범한 것이다.

당시 계몽사는 번창일로에 있었기 때문에 경제적, 행정적인 지원을 아끼지 않았다. 계몽사가 역삼동에 사옥을 지으면서 계몽아동연구소도 새로운 전기(轉機)를 맞았다. 김 대표는 기초공사 때부터 어린이와 청소년을 위한 문화 공간에 대한 계획을 함께 의논했으며, 어린이 종합문화공간을 만들기 위해 세계 각국을 방문하여 어린이 시설을 시찰하기도 했다.

그리하여 탄생한 계몽아트센터는 우리나라 최고 수준의 어린이 문화 공간이었으며, 어린이 공간에 대한 인식에 일대 전환을 가져왔다. 전국 유치원에서는 단체로 견학을 오는 등 어린이들이 즐겨 찾는 공간이 되었다.

계몽사 사옥이 완공된 뒤에 김 대표의 특별 배려로, 아담하고 예쁜 정원이 있는 사 층 백팔십 평을 재량껏 사용할 수 있게 되었다. 당시 나는 한국교원대학교 교수로 재직 중이었기 때문에 주중에는 대학 강의를 하고, 주말에는 연구소 일에 매진했다.

연구소에서는 아동교육에 대한 국내외적인 연구와 학술 행사를 자주 개최하고, 다양한 교육 자료를 개발하여 학부모와 교사들이 널리 활용하도록 했다.

직접 기획 제작한 소책자 '부모교육 시리즈' 열 권은 매호마다 수십만 권씩 제작되어 전국의 학부모와 학교에 무료로 배포되었다. 그 외에도 시기마다 이슈가 되는 주제를 보고서로 작성해 어린이와 부모 교육에 최선을 다했다.

김 대표를 제외한 다른 구성원들이 사회 환원을 위한 사업의 취지에 대한 이해가 부족하여 어려움도 있었으나, 연구소는 육 년간 많은 성장을 했고, 약 오만 권의 국내외 자료도 수집했다.

그런데 계몽아동연구소가 출범한 지 육 년째 되던 해 사업을 중단하게 되었다. 어느 누구보다도 가정과 사업 면에서 행복했던 김 대표에게 불행한 일이 생기고 만 것이다. 사랑했던 부인이 세상을 떠나고 마음에 깊은 상처를 받은 김 대표는 의욕을 상실하여 예전처럼 박진감 있게 사업을 추진하지 못했다. 다른 형제에게 계몽사의 경영권을 넘겨주었고 연구소도 폐쇄했다.

육 년 동안 밤낮을 가리지 않고 심혈을 기울여 쌓아올린 연구소 사업이 중단되자 나는 팔다리가 잘려나간 듯 큰 충격을 받았다. 1996년 10월 초 연구소 일을 완전히 정리하면서 사랑하는 사람과 생이별을 하듯 하릴없는 슬픔에 며칠간을 흐느껴 울기도 했다. 비록 계몽아동연구소의 중장기 설계는 결실을 보지 못한 채 중단되었지만, 아동 교육과 청소년 교육을 위한 나의 의지는 새롭게 뿌리를 내릴 준비를 하고 있었다.

한국교원대학교

교수는 강단에서 제자 양성을 위해 존재해야 한다는 생각 때문에, 교육부에서 삼 년간 상임자문위원 임기가 끝난 후 나는 다시 전북대학교에 복귀했다. 그러나 삼 년간의 공백이 있던 터라 전북대학교에 재적응하는 것이 여간 어려운 일이 아니었다. 그 뒤 새로운 인연으로 청주 주변 청원군의 한국교원대학교로 자리를 옮겼다.

당시 한국교원대학교의 시설은 학생 기숙사와 교양관 건물 두 동뿐이었고, 도로가 포장되어 있지 않은 상태였다. 이곳에서 나는 전공 때문에 자연스럽게 학생기숙사 생활관장직을 맡게 되었다.

창설 멤버들과 몇몇 교수들은 1984년 말부터 근무를 시작했는데, 건물과 건물 사이에 도로가 포장되지 않아 장화를 신고 진흙탕 위를 겨우 걸어 다녔다. 허허벌판에 본관 겸 강의동, 기숙사 두 동, 그리고 식당 등 건물 네 채만 지어진 상태에서 학생 오백 명을 모집하여 강의를 시작했다

평소 청소년에 대한 이해와 학생생활 지도에 관심이 많았던 나는 다양한 생활관 프로그램을 개발하여 학생활동 지도에 나섰다. 멋진 남자를 보고 싶다는 청에 공군사관학교 생도들을 초대하여 파티를

열어 주기도 했는데, 그 인연으로 부부가 되어 행복하게 사는 커플
도 생겼다. 고등학교를 졸업하고 부모형제 곁을 처음 떠나 기숙사
에서 생활하는 오백 명의 제자들, 선후배가 없어 외로운 신입생들
과 거의 24시간을 동고동락을 했다.

아픈 학생을 응급실에 데려가기도 했고, 술에 취해 논바닥에 쓰
러진 학생을 부축해서 기숙사로 데려온 일도 있었다. 때로는 밤늦
게까지 모여 앉아 학업이나 진로, 인생 상담 등으로 많은 시간을 보
냈다. 황량하고 어려운 여건에서도 꿋꿋이 견뎌 준 한국교원대학교
졸업생들의 얼굴이 보고 싶다.

내 제자 가운데는 풋풋한 학생이 아닌 나이 든 이들도 상당히 많
았다. 그것은 내가 교장자격연수원의 책임자로서 몇 해 동안 전국
일만여 학교장 중 팔십 퍼센트에 달하는 팔천여 명의 자격자를 배
출한 때문이다. 유치원장, 원감 자격 연수 이천여 명, 원어민 교사
등 총 일만여 명 이상을 대상으로 연수를 실시했다.

한국교원대학교는 대학원생을 일반대학원생과 교육대학원생으
로 나누어 선발한다. 일반대학원생은 전국 유치원 및 초·중·고등
학교 교사와 일반 대학 출신을 대상으로 모집하는데, 교사는 이 년
동안 파견되어 대학원 코스만 밟게 된다. 교육대학원생은 전국 유
치원과 초·중·고등학교 교사들을 대상으로 선발한다. 일반대학원
생이나 교육대학원생 모두 각 교육기관에서 최고 수준의 엘리트와
전문성을 갖춘 교사들이 지원한다. 한국교원대학교 대학원생 출신

대학원 제자들과 함께

들은 현재 전국 각 교육기관에서 관리자와 지도자의 역할을 수행하며 한국 교육 개혁과 발전에 크게 기여하고 있다.

한국교원대학교 교수로 재직하면서 행복을 느끼는 이유 중 하나는, 대학원생들과의 만남이다. 내가 지도한 박사 출신의 제자, 수백 명의 석사 출신의 제자, 그리고 내 강의를 들었던 타 전공의 제자들까지 합하면 수만 명에 이른다. 전공과 교육학 계열 그리고 타 전공 계열 출신 모두, 내 강의 중 평생교육과 청소년 지도 분야를 비교적 많이 수강한 편이다. 학교 설립 이후 최근에 이르기까지, 많은 대학 원생 출신들이 교육부를 포함하여 지방교육청, 그리고 각 교육기관 에서 전문적인 활동을 하면서 한국 교육 발전에 이바지하고 있다.

한국의 교육기관 어디를 가도 제자들을 만날 수 있어서, 스승으로서 큰 보람을 느낀다. 가끔 과거 추억을 회상하며 무의식중에 반가워서 껴안고 같이 울기도 한다.

하지만 제자들과의 만남이 항상 행복하고 좋은 것만은 아니다. 가끔 피를 말리는 듯한 고통일 때도 있다. 제자들과의 관계에서 가장 괴로운 일은 제자가 스승을 멀리할 때이다. 직접 가르친 제자인데도 나를 타인처럼 대할 때는 비애를 느낀다.

재직 기간 중 여러 가지 일이 있었지만 연수원 건물 앞 '큰 스승의 길'과 가족을 상징하는 조형물 건립은 내 생애 최고의 역작이라 할 수 있으며, 한국교원대학교가 존립하는 한 영원할 것이다. 기획부터 완공까지 엄청난 경비가 든 것은 물론이거니와 내가 가진 정력과 열정을 모두 쏟았다고 할 수 있다. 특히 조각에 새겨진 시는 내 이념과 사상의 전부라 해도 과언이 아니다.

'인격과 창의력으로, 꿈과 사랑을 심는, 그대는 위대한 스승.'

한국교원대학교는 교과교육 전공 교수로서는 모든 능력과 기량

한국교원대학교 종합교원연수원 앞의 '큰 스승의 길'

을 맘껏 펼칠 수 있는 세계적인 명문 대학이다. 세계 어느 나라에도 없는 특수한 제도로, 교사에 뜻을 둔 전국의 우수 학생들이 대거 지원하며, 사 년 동안 질적으로 우수한 인재들만을 양성해 내는 곳이다. 창립 이념처럼 21세기를 짊어지고 나갈 훌륭한 교육 개척 리더로서 성장할 수 있는 교원양성대학으로서 특화된 프로그램이 다양하게 마련되어 있다.

이러한 인연으로 전국 어디를 가나 학부생, 대학원생, 교장 연수생, 유치원장, 원감 등 수많은 제자들을 만날 수 있다. 그들의 인사를 받을 때마다 껴안고 같이 울기도 하는데, 보람과 흐뭇함, 자부심과 행복함을 느낀다. 이것이 한국교원대학교에서 내가 얻은 소중한 결실이다.

한국교원대학교 시절에 인연을 맺게 된 여러 총장들께 이 자리를 통해 다시 한 번 감사 드린다. 부족한 내게 보직을 맡기고 교육자 양성과 연구, 연수에 이바지할 수 있는 기회를 많이 주셨다.

먼저 이규호 총장께서는 학생 지도를 위하여 내게 학생생활관 관장직을 맡도록 하셨다. 바로 내가 대학에서 받은 첫 번째 보직이다. 권이혁 총장께서는 한국교원대학교 부설 학생생활연구소를 창설하는 임무를 주셔서, 학생생활연구소장으로서 학생생활을 지도하는 한편 도서관장직도 수행했다. 신극범 총장께서는 한국교원대학교에 오시기 전, 교육부에 계실 때부터 지속적으로 많은 배려를 해 주셨다. 그분 재직 시에는 도서관장과 교육연구원장을 맡았다. 우종욱 박사께서 총장이 되신 후 나는 종합교원연수원장이 되었다. 당시 주택조합과 관련하여 법정소송에 휘말리는 등 많은 곡절이 있었지만, 총장께서는 다시 나를 연수원장으로 임명해 주셔서 사태가 진정되고 내 명예도 회복되었다. 또한 정완호 총장께서는 내가 한국청소년개발원장으로 취임하여 일할 수 있도록 휴직을 허락해 주셨다. 그러한 배려와 선처가 아니었다면 정부 출연기관장으로 일할 수 없었을 것이다.

이렇듯 많은 분들의 은혜를 입었으니 나는 참으로 행운아라고 여겨지면서 한편으로는 많은 빚을 졌다는 생각이 든다. 그 많은 빚을 갚는 것은 열심히 내 길을 가는 것이리라.

한국**청소년**개발원

2001년 6월 25일 한국청소년개발원장으로 취임하게 되었다. 교육학을 전공했기에 국내외에서 최고 교육양성기관인 한국교원대학교 교수가 되는 것이 소원이었고, 청소년 분야를 전공했기에 청소년을 대상으로 한 대표적인 국책연구기관에서 일해 보는 것이 꿈이었다. 특히 한국청소년개발원의 창설 때 직접 참여한 적이 있어서 한 번쯤 몸담고 일해 보고 싶었는데 마침내 그 꿈을 이룬 것이다.

한국청소년개발원은 한국청소년연맹 부설 청소년연구소의 영향을 받았는데, 문화관광부 산하 한국청소년연구원이 출범하면서 청소년연구소가 폐지된 후 청소년연구원이 한국청소년개발원으로 발전, 개편되었다. 나는 이 변화의 과정에 지속적으로 참여했다.

과거 청소년개발원장은 정부와 장관의 추천에 의해 주무장관이 임명했다. 아무리 전문성을 갖추었다 하더라도 지연, 학연 등 아무런 배경이 없는 나에게 이러한 임명제를 통해 청소년개발원장이 되는 것은 현실적으로 불가능한 것처럼 보였다. 그러나 김대중 정부가 들어선 뒤 42개에 이르는 국책연구기관의 낙하산 인사를 폐지하고, 전문성과 자격이 있는 사람이라면 누구든지 공모할 수 있게끔 제도가 바뀌었다. 나는 청소년개발원장에 지원을 결심하고, 서류를 준비했다.

그런데, 서류를 제출하기 전에 친한 교수 몇몇과 상의를 하니 모두가 반대하고 나섰다.

"아무리 민주적인 절차를 밟는다 하더라도 전통과 관행이 하루아침에 변할 수는 없는 법, 십중팔구 들러리가 될 테니 아예 응모하지 않는 게 나을 겁니다."

동료 교수들은 내가 상처받을까 봐 많은 걱정을 해 주었다. 나는 내가 전공한 분야를 소신껏 펼칠 수 있는 곳이라 생각했기 때문에

한국청소년개발원장 때 청소년들과 함께(상)
2003년 북한 평양에서 북한 어린이들과 함께(하)

설사 원장이 되지 않는다 하더라도 후회하지 않을 자신이 있었다. 많은 사람들의 만류에도 불구하고 나는 마감 전에 서류를 접수하고 말았다. 운명이었던가. 그토록 바라던 한국청소년개발원장으로 선출되었다.

"축하합니다!"

동료 교수들은 자신의 일처럼 기뻐해 주었다. 주어진 기회에 최선을 다하고자, 원장으로 취임한 후 청소년의 삶의 질 향상과 국제경쟁력을 갖춘 청소년을 육성하기 위하여, 국가청소년정책 전문연

한국청소년개발원장 때 러시아 청소년들과 함께(상)
청소년육성유공자 포상 전수식에서(저자는 국민 훈장을 수여받음)(하)

구기관으로서의 정체성을 확립하고 새로운 청소년정책 비전을 경영 목표로 제시하고 저돌적으로 사업을 추진했다.

이를 계기로 대통령 산하 새교육공동체위원, 청소년보호위원, 민주평화통일체육청소년분과위원장, 간행물윤리위원, KBS 객원해설위원, 유네스코 위원, 국립중앙박물관 운영위원 등으로 초빙되기도 했다.

제법 오랜 시간이 지났지만, 나를 보좌해 준 한국청소년개발원 가족들에게 진심으로 감사를 표하며, 업무 추진과정에서 섭섭했던 일은 모두 잊어 주기를 바란다.

한국청소년학회

1990년 봄, 전(前) 한국청소년개발원장이었던 경기대학교 최충옥 교수와 중앙대학교 최윤진 교수가 서울에서 백이십 킬로미터나 떨어진 한국교원대학교까지 직접 찾아왔다. 청소년 분야를 전공한 교수를 중심으로 몇몇이 모여 '한국청소년학회'를 창설하자는 제안을 하기 위해서였다. 나 역시 늘 품고 있던 생각이기에 흔쾌히 동의했고, 모두 힘을 모아 적극적으로 추진할 것을 약속했다.

먼저 정관을 마련하고 이사진을 구성하는 한편 사무실을 장만하기 위하여 당시 문화관광부 조영승 청소년정책실장(현 경기대학교 교수)을 만났다. 장시간 상의한 결과, 한국청소년학회의 창설에 대한 적극 참여와 지원을 약속 받았다. 그리고 1991년, 방배동에 사무실을 마련하여 한국청소년학회가 출범했다.

우리나라 청소년 정책과 청소년 분야의 획기적인 발전은 조영승 실장의 도움 없이는 불가능했다. 그가 수억 원의 운영기금을 확보해 준 덕분에 한국청소년학회 사무실을 임대할 수 있었다. 초창기 조영승 실장, 차경수 전(前) 서울대학교 교수, 최충옥 교수, 오치선 교수, 최운실 교수 등이 학회 창설에 산파 역할을 했다.

학회가 토대가 되어 우리나라에서는 전 세계에서 앞서가는 청소년 연구와 정책이 추진되고 있다. 우리나라의 수많은 학회 가운데 우리 학회는 짧은 역사 속에서 한국청소년학 연구와 청소년 관련 학과의 발전에 크게 공헌했다고 자부한다.

한국청소년개발원 창설과 매 오 년마다 청소년 육성정책 기획·수립, 청소년육성 및 기본법 제정도 1989~1991년을 전후로 활발하게 추진되었다.

2003년 12월 30일에는 한국청소년단체협의회 박현성 회장, 한국청소년상담원 이혜성 원장, 한국청소년수련시설협회 선진규 회장, 청소년 관련 학과 교수들, 그리고 나를 포함하여 각계각층의 힘을 모아 새롭게 청소년기본법, 청소년활동진흥법, 청소년복지지원법 등 청소년 관련 세 개 법이 국회에서 통과되었다.

이 법을 마련하는 데 많은 분들과 기관, 단체 등의 노고가 있었지만 이 역시 조영승 교수의 업적이 가장 컸으며, 이를 계기로 앞으로 우리나라에는 청소년 육성정책이 잘 추진될 수 있는 기틀이 마련되었다.

초창기에 회장 직무대리를 수행하는 동안 집무실을 확보할 수 있어서, 서울 활동에 거점을 두며 일을 할 수 있었다. 김우중 이사장과 이철위 교수, 사무총장 및 역대 회장들께 이 자리를 빌려 진심으로 감사드리며, 한국청소년학회가 우리나라 청소년사에 길이 빛날 것을 믿어 의심치 않는다.

사람들은 일생 동안 나름대로 최초의 업적을 남기기도 한다. 필자는 칠십 평생 살아오면서 한국과 독일에서 최초로 이룬 일들이 몇 가지 있다. 크게 교육, 청소년, 파독광부·간호사·간호조무사연합회(이하 파독협회) 세 분야로 나눌 수 있다.

먼저 교육 분야에서, 필자는 독일에서 외국인으로는 최초로 국립사범대학을 졸업했다. 또, 한국인 최초로 독일 순수교육학 박사학위를 취득했으며 독일 직업교육학교 교사를 역임했다. 이어 독일에 최초로 한글학교를 창설, 운영했으며 후에 귀국하여 개방대학(지금은 산업대학 등으로 개칭됐다)을 최초로 구상하여 전국에서 문을 열었다. 한국에서 평생교육법 초안을 작성하고 국립부설평생교육연구소를 창설했다.

이어 청소년 분야에서는 한국청소년연맹과 한국청소년연맹 부설 청소년연구소, 청소년학회 등을 창설, 창립했다. 『청소년백서』를 최초로 발간했으며, 청소년기본법 초안을 작성했다. 이 밖에 청소년총서 열 권, 청소년용어사전 발간 및 청소년학 개론 최초 집필, 청소년 관련 분야에서 가장 많은 저서를 출간했다.

또한 파독협회 관련 업무로는, 광부 파독의 역사적 사실이 우리나라 교과서에 등재되고 대한민국역사박물관에 전시될 수 있도록 힘을 썼다. 이만 여 파독협회원 중 유일하게 국립대학 교수를 역임했고, 차관급 한국청소년연구원장을 역임했다. 공직자로서의 정년 퇴임식을 갖지 않았으며 교수 재임 중에도 안식년을 따로 보내지 않았다.

사십 일 간의 공포 드라마, 고(故) 정주영 회장

내 생애 가장 오랫동안 불안과 심리적 공포, 두려움을 느꼈던 것은 동유럽에서 보낸 '눈물의 사십 일'이다.

한국교원대학교 재직 시절, 호기심과 모험심이 많았던 나는 우리나라와 외교 수립이 안 된 동유럽 국가들의 교육 제도를 연구하고 싶었다. 그러나 1970년대 이후 공산주의가 무너지기 전에 이곳에 들어가 자료를 수집한다는 것은 상상도 할 수 없는 일이었다. 신변 보장이 안 되는 곳에 누가 감히 가려고 하겠는가? 어쨌든 나는 그렇게 살벌한 시기에 동독과 폴란드, 체코, 헝가리 등에 연구차 입국할 기회를 가질 수 있었다.

독일에서 귀국하여 지역사회 학교 운동에 참여하던 중에 고(故)

정주영 회장을 만날 수 있었고, 이를 계기로 가정과 영빈관 등에도 초대를 받았는데, 이는 내게 일생일대의 기회를 주었다.

교육 제도를 연구하고자 하는 나의 학문적 포부를 있는 그대로 말씀드렸더니 정 회장은 쾌히 승낙하고 아산재단과 연결하여 주서서 당시 많은 연구비를 지원 받았다. 연구 주제는 '동유럽국의 교육 제도 연구'였다.

방문에 앞서 기초 자료를 수집, 검토한 후 정부에 허가를 요청했다. 그런데 결과는 '불가', 수교가 되지 않은 나라에 가면 신변을 보장할 수 없다는 것이 이유였다. 해당국에서 체포당해도 도울 수 없으며, 최근 몇 년 사이에 북유럽 민주주의 국가에서도 한국인이 많이 납치당하고 있어 위험하다는 것이었다.

가족과 친지들이 모두 걱정하며 말리는데도 불구하고, 오직 연구에 대한 욕심 때문에 개척자, 선구자, 모험가가 되고 싶어 무모하게 모든 위험을 감수하며 공산주의 국가로 출발했다. 서독을 거쳐 동독과 폴란드, 체코, 헝가리순으로 방문 일정을 잡고, 서독에서 동서독 베를린 국경선을 넘어가기로 했는데 관계자들이 주의를 주었다.

"한국인으로서 최초로 국경을 넘어가는 것이고 매우 위험할 겁니다."

동독 국경선을 넘어갈 때는 육중한 철문을 세 번이나 통과해야 했다. 첫 관문에서 전진도 후퇴도 못하게 갇혀 있었다. 사람 얼굴은 나타나지 않고 어디 먼 곳에서 마이크를 통해 동독인의 질문이 이어졌다. 사실 내게는 별다른 혐의가 없었기 때문에 합리적으로 판단한다면 국경을 통과하지 못할 이유가 없었다.

　처음에는 한국과의 국교가 성립되어 있지 않기 때문에 통과가 안된다고 해서 걱정이 앞섰다. 그런데, 이런저런 추가 질문을 하더니 우여곡절 끝에 철문을 통과하게 되었다. 서류를 작성한 후 상관에게 보고하고 허가가 날 때까지 기다리느라, 눈앞에 빤히 보이는 철문 하나를 통과하는 데 한 시간 이상이 걸렸다.

　철문 세 곳을 지나 꼬박 하루가 걸려서야 비로소 말로만 듣던 동독 땅에 들어갈 수 있었다. 국경을 지나는 데 까다로운 과정을 거치고 많은 시간이 소요되자, 지치기도 했고 한편 두려움과 공포, 불안감이 나를 엄습했다.

　동독 땅에 발을 내딛자 보안원이 계속 따라다니면 감시를 했다. 호텔과 방문기관 등 모든 곳을 밀착 취재하듯 쫓아다녔다. 급하게 택시를 타려 하자, 택시 운전사들도 서로 다른 차를 타라고 일을 미

동서독 국경선의 모습

뒀다.

일을 해도 그만, 안 해도 먹고산다는 공산주의 사회의 이념 때문에 많은 낭패를 보았다. 음식점에 가도 한 시간 이상 기다려야 했다. 배고픈 것은 내 사정이니 내가 기다릴 밖에 다른 방법이 없었다. 백화점도 마찬가지였다. 음료수 한 병을 사는 데 줄이 길게 늘어져 있어서 밥 먹는 것과 마찬가지로 한 시간 이상을 기다렸다.

가장 어려웠던 것은 역시 교육 관계 관공서에 가서 자료를 수집하는 일이었다. 필요한 자료를 찾아 수집해야만 귀국하여 보고서를 쓸 수 있기 때문에 나름대로 최선의 노력과 설득을 해 봤지만, 관공서와의 접촉 역시 국경선 넘어가는 것 이상으로 어려웠다.

모든 일의 추진이 갈수록 어려워지자 두려움은 더해 갔다. 하지만 그 와중에 이 난제를 푸는 방법을 찾을 수 있었다. 그것은 소위 '급행료'를 주는 것이었다. 권할 만한 방법은 아니었지만, 모두가 달러 앞에는 맥을 추지 못했다. 택시 대절, 공무원 섭외, 자료 수집, 음식 주문 등 큰일에서 작은일까지 달러는 무소불위의 힘을 발휘했다. 돈이면 귀신도 부린다던가.

그런데 동독과 폴란드 국경에 도착했을 때 나는 그만 가방을 빼앗기고 말았다. 지난 며칠간 고생하면서 모은 자료와 성과가 모두 그곳에 있는데, 난감한 상황이었다.

'이틀 후 호텔로 보내겠다'는 답변만 듣고 돌아서야 했다. 하지만 호텔 예약이 되어 있을 턱이 없었다. 언제 어디로 이동 허가가 떨어질지 몰랐기 때문에 나는 호텔을 예약한 적이 없었다.

'내가 괜한 객기를 부린 건가? 아무런 소득도 없이 귀국하면 대체 뭘로 보고서를 꾸민단 말인가? 한심한 노릇이네.'

나는 덜컥 겁이 나서 시내를 돌아다니는 것도 모두 포기하고 어느 호텔에 틀어박혔다. 칠월 한더위에 나는 입고 있던 옷 한 벌로 이삼 일을 지냈다. 내가 있는 곳을 어떻게 알았는지, 며칠 후 내게 가방이 도착하기는 했다. 가방을 열어 보니 자기들에게 필요 없는 책들은 고스란히 남겨 두고 나머지 내 물건들은 다 사라지고 없었다. 너무 속이 상했다. 다행히 내가 힘겹게 모은 책과 서류는 그대로 남아 있어서 큰 위안이 되었다.

'한국에 연락할 수 있는 방법이라도 있으면 얼마나 좋을까?'

안전을 보장할 수 없다던 정부 관계자의 말이 떠오르자 나는 심하게 위축되었다. 한국에 돌아갈 수 있다는 보장이 있기까지는 죽은 목숨이나 마찬가지라는 생각이 들었다.

일거수일투족을 감시당하고 빼앗기고 자유롭게 돌아다닐 수도 없는 이곳, 그래도 보고서를 작성할 생각을 하니 가만히 앉아 있을 수만은 없었다. 마음을 단단히 먹고 자료를 수집하기 위해 동독을 떠나 다른 나라로 또 떠났다. 오라는 곳도 없는데 나는 최선을 다해 이곳저곳의 문을 두드렸다. 다행히 독일어를 자유롭게 구사할 수 있는 게 큰 도움이 되었다. 그러다 교회나 성당이 보이면 무작정 들어가 용기를 달라고 기도하며 매달렸다. 감정이 북받칠 때는 길거리에 주저앉아 운 적도 있었다.

하루 종일 돌아다녀도 동양인 한 사람도 만나지 못한 나라도 있었다. 미친 사람처럼 열심히 일하고 지칠 대로 지친 몸으로 호텔에 돌아오면 그대로 뻗었다. 하지만 납치 등에 대한 신변 불안과 가족 생각 때문에 쉽게 잠을 이룰 수 없었다.

남의 속도 모르고 호텔보이들은 계속 문을 노크하며 유혹했다.

"쓸쓸하지 않으세요? 예쁜 아가씨 있어요."

나를 감시하는 수사관마저 하룻밤의 여인들을 소개하려고 했다. 하지만 돈과 여권을 빼앗기고 살해당할 수도 있다는 두려움 때문에 어느 누구의 접근에도 몸을 떨어야 했다. 이러한 생활이 사십 일 동안 계속되자 몸무게가 육 킬로그램이나 빠졌다.

계획했던 모든 업무를 무사히 마치자, 나는 지친 몸을 이끌고 독일의 하크 처형집을 찾아갔다. 긴장이 풀어지자 온몸이 쑤시고 피곤이 한꺼번에 쏟아져 일주일 내내 잠만 잤다.

사십 일 만에 무사하다는 소식을 접한 한국의 가족들은 안도의 한숨을 내쉬었다. 내 일생에 가장 무서웠던 때가 바로 이 사십 일간의 '동유럽 국가들의 자료 수집 여행'이었다. 수천 미터 지하 광산에서 일할 때도 이렇게 두렵지는 않았다.

귀국하여 연구는 잘 마무리되어 『동유럽국의 교육 제도』란 책으로 출간되었다. 이 과제를 마치고 나서, 과연 진정한 의미의 개척자, 선구자가 되는 것이 얼마나 어려운 일인가를 다시 한 번 깨달았다.

어떻게 그런 무모한 행동을 했을까 하고 자문해 보기도 하는데, 아마 어릴 때부터 자기 의지를 굽힐 줄 모르던 근성 때문이려니 하며 이십여 년이 지난 지금에 와서야 뒤늦게 희미한 미소를 지어 본다.

사십 년을 뛰어넘어 **외국인 노동자와의 만남**

요즘 우리나라 국민들이 외국인 노동자들을 대하는 모습을 보면, 내가 독일에서 광부로 지낼 때의 상황이 떠오른다.

　나와 우리 동료들은 국가 간의 합법적인 교류를 통해 입출국을 했지만, 어떤 광부들은 체류 기간이 끝나고도 불법으로 노동했던 경우가 있었기에 이 글을 쓴다. 한국이 나를 낳아 준 곳이라면, 독일은 나를 성공하게 해 주고 삶의 정신을 심어 준 곳이다. 광산일을 시작하고 또 공부를 마치고 귀국할 때까지, 독일인들은 나에게 모든 면에서 인격적으로 대해 주었다.

　지하에서 일할 때의 감독관들, 광산촌에서 독일 광부 가족들과의 공동생활, 광산 밖에서 독일 국민들과의 인간적인 만남, 공부를 시작한 이후부터의 모든 사람들과의 만남과 대학에서 동료들과의 만남을 돌아보면, 비교적 순탄한 생활을 해 왔다.

　내가 아르바이트를 할 때에도 우리 사회에서 말하는 것처럼 임금 착취, 인격적인 모독, 피부색으로 인한 인종차별 등의 불합리한 대우는 받아본 적이 거의 없었다.

　우리나라에도 외국인 노동자들이 본격적으로 유입된 것이 벌써 십여 년이 되었다. 우리 국민들이 하기 싫어하는 소위 ‘3D 업종’, 즉 노동 시장의 최하층 작업을 대체시키기 위해 동남아시아 노동자들을 데려와 충당했다. 그들의 인원은 이미 중소기업 노동자의 2퍼센트를 차지하고 있다.

내가 광부로 나갔던 시기인 1960년대의 우리나라 국민소득은 현재 한국에 와 있는 외국인 노동자들의 국민소득보다 더 낮았다. 한국에도 이삼십 년 전에는 이백여 만 명의 노동자들이 독일, 일본, 중동 지역 등에 나가 외화를 벌어 왔다.

한국에는 현재 산업연수생을 포함하여 약 백오십만 명의 외국인 노동자들이 체류하고 있다. IMF 위기 이후 노동력 부족으로 외국인 노동자를 무분별하게 불러들여 오더니, 최근에는 이들을 불법체류자라고 하여 체포, 강제 출국시키고 있다.

내가 독일에서 광부 생활을 할 때나 노동자로 일할 때는 강제로 연장근무나 휴일근무를 한 적이 없다. 더구나 '임금 착취'란 말은 들어보지도 못했다. 여권 압류, 공장 밖 출입 통제 및 폭행 등 기본적인 인권 침해도 당한 일이 없었다. 극도의 저임금에 시달린다든지, 사고를 당해도 산재보험 적용이 되지 않은 적은 없었다.

"때리지 마세요."

"월급 주세요."

"우리는 노예가 아니라 같은 인간입니다."

이러한 울부짖음과 호소도 나의 광부 생활에는 없었다. 독일에서 광부 생활 삼 년, 다양한 아르바이트로 십여 년 이상을 외국인 노동자로 생활했던 사람으로서, 우리나라에 온 외국인 노동자들의 비참한 실상 앞에 마음이 착잡해진다.

어떠한 형태로든 이들에게 정당한 대우를 해 줘야 하고, 차별 없는 근로 조건과 인권을 보장해 줘야 한다. 중간착취의 요인을 제거하고 각종 사회보장제도를 적용하고, 또 이들도 한국 경제 발전에 중요한 역할을 했음을 인정해야 한다. 파독광부와 간호사가 독일과 우리나라 발전에 기여한 바를 인정하듯이 말이다.

인간을 수단으로 보는 기업가의 사고는 인과응보의 법칙에 따라 응분의 대가를 치르게 된다는 사실을 명심해야 한다. 왜냐하면 고국의 가족 품으로 돌아가서도 그들은, 한국의 한 기업의 착취가 아닌, '대한민국'의 착취와 인권 유린으로 한 맺힌 가슴에 영원히 기억할 것이기 때문이다.

최근 우리나라의 외국인 노동자 및 코시안(Kosian, 한국인과 아시아인 사이에서 태어난 2세 또는 아시아 이주노동자의 자녀를 일컫는 말) 등을 약 오십만 명으로 추정하고 있다. 또한 외국인과 결혼하여 출생한 2세들의 교육 문제도 그 어느 때보다 심각하게 여겨지고 있다. 특히 북한에서 한국으로 온 새터민 청소년 수가 지속적으로 증가하고 있는데, 현재 이들 청소년은 삼천여 명으로 추정한다.

한국 사회에 별 문제없이 적응하는 새터민 청소년들은 20퍼센트 정도뿐이며, 전체의 38퍼센트만이 겨우 학교에 다니고 있다. 그 가운데 초등학생이 44퍼센트, 중학생이 12퍼센트, 고등학생이 15퍼센트, 대학생이 22퍼센트, 직업학교 학생이 7퍼센트 정도를 차지한다.

탈북 청소년들은 제3국에의 체류기간이 3~5년 정도로 장기화되고 있어 학력 결손이 심각하고 학령 간 격차도 줄이기 쉽지 않다. 더구나 교육 내용과 교육 체제, 학습 방식이 남북 간에 큰 차이가 있어서 우리 사회에 정착한다는 것은 힘겨운 일임에 틀림없다.

앞으로 몇 년 후면 우리나라 학교 교실에서도 외국인 노동자 또는 국제결혼한 사람의 자녀들, 그리고 새터민 청소년들의 숫자가 늘어날 것이다. 이는 첨예한 교육 문제로 대두될 것이며 사회 문제로 이어질 것이다.

이러한 문제를 해결하기 위해서는 정부 차원에서 중장기적인 계획을 세워야 함은 물론, 범국민적 차원에서 이들을 도와주기 위한 운동이 전개되어야 할 것이다.

'사랑은 인생에 있어서 가장 소중한 것이다. 할 수 있는 한 크게
사랑하라. 사랑에 인색해서는 안 된다.' —바바하리다스

인생 사희

신라의 문장가 고운(孤雲) 최치원(崔致遠)이 지은 '사희(四喜)'라는
시가 있다. 본래 오언 당시(唐詩)였으나 가필하여 칠언으로 만든 것
이 더욱 유명해졌다고 한다.

사희란 인생의 네 가지 기쁨으로, 오랜 가뭄 끝에 내리는 단비, 머
나먼 타향에서 동향 사람을 만나는 것, 신혼 첫날밤을 보내는 것, 소
년이 과거에 급제하는 것 등인데 원문은 다음과 같다.

칠년대한봉감우(七年大旱逢甘雨)
천리타향봉고인(千里他鄕逢古人)
무월동방화촉야(無月洞房華燭夜)
소년등과게명시(少年登科揭名時)

뜬금없이 한시를 소개한 것은 나야말로 생의 네 가지 기쁨을 고루 느껴본 행운아라는 생각이 든 때문이다. 또한 그 기쁨은 누구보다도 힘든 시간을 보내고 얻은 것이었기에 더더욱 가슴에 다가오는 듯싶다.

나는 오지 중의 오지 전라북도 장수(長水)에서 태어난 '촌놈'이다. 그리고 보릿고개를 제대로 겪은 빈농의 자손이다. 날마다 십 리 길을 걸어 학교에 다녀야 했고, 하루 두 끼 밥 먹기가 힘들었다. 그래서 하굣길에는 산으로 들로 다니며 나물을 캤고, 개천에서는 우렁이며 가재 등을 잡았다. 자연 관찰이 아니라 배고픔을 달래기 위해서이다.

지긋지긋한 가난의 굴레는 상급 학교에 진학한 후에도 벗어날 수 없었다. 새벽부터 밤늦도록 신문을 돌려도 학비가 모자랐고, 주린 배를 움켜쥔 채 책상에 앉아 꾸벅꾸벅 졸기 일쑤였으니 학업이 제대로 이뤄질 리 없었다.

간신히 고등학교를 졸업하고 군 복무를 마친 뒤 막노동을 하던 중, 내 눈에 띈 '파독광부 모집' 공고는 하늘이 내려 주신 기회나 다름없었다. 다름 아닌 '칠년대한봉감우'였다, 내 인생의 단비라 할 수 있는.

1964년 10월, 청운의 꿈을 안고 독일에 도착했지만 광산일은 정말이지 너무도 힘들었다. 지하 팔백 미터의 깊은 갱도에서 헤드 랜턴의 희미한 불빛에만 의지해서 단단한 석탄을 캐내는 작업은, 육체적으로는 물론 정신적으로도 극한의 인내를 요구하는 힘든 일이 었다.

게다가 언제 어느 때 발생할지 모르는 사고! 함께 일하던 동료들이 다치거나 사망하는 광경을 직접 보았고 나 역시 부상을 입었기에 지금도 좁은 공간에 있노라면 가슴이 울렁거린다. 일종의 트라우마(trauma)라고나 할까.

삼 년의 기간을 마치고 귀국을 앞둔 내게 또 한 번의 기회가 주어졌다. 따뜻한 가슴을 지닌 독일 친구들의 도움으로 아헨공대 교원대학에 입학할 수 있었으니, 칠 년은 아니지만 삼 년 만에 다시 단비가 내린 것이다. 삼년막장재감우(三年莫場再甘雨)라고나 할까.

그러나 독일어도 제대로 하지 못하면서 대학 강의를 듣기란 결코 쉬운 일이 아니었다. 오전에는 아헨교원대학의 유일한 외국인 학생으로서 강의를 듣고, 오후에는 독일어 사전과 씨름하는 지루하고 힘든 생활을 계속했다.

그러던 중, 우연히 한국 유학생을 만나게 되었다. 그녀는 전주 출신으로 나와 동향이었기에 금방 친해질 수 있었다. 그렇지 않아도 혈연, 지연을 따지는 게 우리의 특성인데, 아는 이 하나 없는 이역만리 외국에서 동향인을 만난다면 그 기쁨이 얼마나 클쏜가. 바로 '천리타향봉고인' 아닌가.

그녀는 그동안의 고달팠던 타국 생활의 향수를 달래 주었고 따뜻한 가슴으로 나의 외로움을 다독여 주었다. 그리고 평생의 반려가 되어 지금도 내 곁에 있다. 물론 요즘엔 가끔씩 투닥거리기도 하지만 말이다.

서로 만나 사귄 지 일 년이 지난 1970년 겨울, 우리는 동료와 친지들이 모인 가운데 조촐한 약혼식을 올렸다. 그리고 주말이면 함께 전주식 요리를 해먹었다.

'무월동방화촉야'를 지냈지만 마냥 행복한 것만은 아니었다. 둘 다 학생 신분인지라 집을 얻을 돈이 없어서 처음 일 년 정도는 따로 살아야 했으며, 간신히 합친 후에도 서로 학업과 생활에 바빠 첫 아기를 잃는 가슴 아픈 사고를 당하기도 했다. 생후 오 개월 만에 하늘로 간 첫 딸아이는 지금 주님의 품에 안겨 우리를 내려다보고 있을 것이다.

이처럼 슬픔과 기쁨이 함께한 나날을 보내고 귀국한 내게 또 한 번 도약의 기회가 주어졌다. 당시에는 독일에서 학위를 취득한 이가 많지 않았기에 어렵지 않게 교수가 될 수 있었고, 많은 분들의 도움으로 특히 청소년 교육 분야에서 활동을 할 수 있었으니 장수 촌놈으로서는 제대로 '소년등과계명시'를 이룬 셈이다.

파란만장하다고도 할 수 있는 나의 삶이지만 어느덧 고희(古稀)가 지나니 지난 세월의 소중한 추억들이 인생의 기쁨이 되어 함박눈처럼 새록새록 쌓인다.

부록

•

파독광부 이야기

1. 파독광부의 경제적 의의와 한국을 빛낸 광부들

광부 파독의 경제적 의의

1960년대에 수립된 경제개발 5개년계획 기간에, 과잉 인구의 해외 진출을 모색하다 1962년 3월 해외이주법을 제정하고, 12월 내각수반 지지각서에 따른 보사부의 인력 진출 종합계획이 작성되어, 정부의 주관으로 서독 광부 송출 교섭이 돌파구를 찾게 되었습니다. 이처럼 대한민국 정부 수립 이후 한국과 독일의 본격적인 교류는 주로 경제적인 측면에서 이루어졌습니다. 독일은 6·25전쟁 이후 우리나라의 경제개발사업에 처음부터 참여한 국가 중 하나이며 1962년 경제 지원을 시작하여 십삼억 마르크를 제공했습니다. 광부와 간호사의 독일 송출은 이와 긴밀한 연관을 가지고 있습니다. 해방 이후 해외 취업은 이때 본격적으로 이루어진 셈인데, 1963년 12월 21일 제1진 제1기 123명의 광부가 제일 먼저 파견되었습니다.

1961년 4월 14일 대한석탄공사와 독일 지멘스(Siemens)사가 한국 광부의 고용에 관한 각서를 교환한 바 있으며, 같은 해 12월 13일 독일 본(Bonn)에서 영문으로 작성된 두 통의 '한국 정부와 독일연방공화국 간의 경제 및 기술 협조에 관한 의정서'가 계기가 되어 광부 파견이 이루어졌고, 이어 간호사도 뒤를 따르게 되었습니다.

1963년과 1965년 사이에 독일에 파견된 광부와 간호사 수는 1,198

명이었습니다. 1965년에 이천 명을 추가 파견하기로 합의하여 광부를 선발할 계획이었으나, 독일 에너지 정책이 바뀌어 일시적으로 송출이 중단되었습니다. 1965년 6월 30일까지 독일 광산의 취업 인원은 총 2,072명이었는데 이들 중 사망 7명, 강제 귀국 18명으로 집계되었습니다.

1965년 11월 6일 독일 함보른 클래크너 광산에서 한국인 근로자 5명이 무단결근하여 해고됨으로써 귀국 조치되었습니다. 1967년 7월 서독 간첩사건으로 양국 관계가 나빠지면서 광부 파견이 중단되었으나, 1970년 2월 18일 재개되어 약 이천 명의 광부가 파견되었습니다.

1974년 5월 24일 파독광부 17명이 보상금을 더 받기 위하여 본국의 아내가 죽었다느니, 독신으로 간 광부가 가족수당을 받을 목적으로 본국에 처자식이 있는 것처럼 서류를 위조한 사건이 밝혀져 양국 신문에 크게 보도된 바 있습니다.

필자가 파독된 1963년부터 유학 생활 중이던 1977년까지 독일에 한국 광부 총 7,968명이 파견되었습니다. 1964년에서 1979년 사이에 광부 65명이 사망했는데, 사망 원인은 광산사고 27명, 교통사고 18명, 병사 12명, 자살 4명, 익사 2명, 기타 2명으로 되어 있습니다. 1966~1977년의 기간에 파견된 간호요원은 총 1만2천 명(공식 10,564명, 비공식 1,436명)이며 사망자는 44명입니다.

광부와 간호사는 외화 획득에 많은 기여를 했는데, 예를 들어 1965년 이들을 포함하여 해외취업자들이 국내로 송금한 외화는 상품수출

액의 10.5퍼센트, 무역외수입의 14.6퍼센트를 차지했습니다.

한국을 빛낸 파독광부

아우토반을 타고 캄프–린트포트(Camp-Rintport) 시내로 향하거나 혹은 도보로 시내를 둘러보다가 동쪽을 바라보면, 하늘을 향해 웅장하게 뻗은 기둥을 볼 수 있습니다. 바로 광산의 상징인, '프리드리히 하인리히(Friedrich-Heinrich)' 광산의 '샤흐트'입니다.

하인리히 광산의 역사는 1872년으로 거슬러 올라갑니다. 이 광산은 디어가르트(Diergardt) 남작이 당시 프로이센 정부로부터 대여 받은 석탄 지대에 자신의 이름을 붙이고 석탄을 캐면서 시작됐다고 합니다. 이곳은 네 개의 샤흐트에서 한때 연간 최대 259만 톤의 석탄을 생산하기도 했습니다. 그런데 이렇게 어마어마한 생산량을 자랑했던 하인리히 광산도 머지않아 문을 닫을 것이라고 합니다.

산업혁명과 함께 눈부신 발전을 이룬 인류 문명의 원동력인 석탄, 그리고 이를 채취하기 위한 광산 사업은 디지털 시대의 개막과 함께 역사의 저편으로 사라지게 된 것입니다. 전자회사인 '지멘스'는 하인리히 광산이 폐쇄되면 휴대폰 부품회사를 옮겨 올 예정이라고 합니다. 광산 폐업으로 인해 발생하는 '유휴 노동력'을 흡수하기 위한 조치 가운데 하나라는 이야기입니다.

하지만 나이가 많은 광산 노동자가 최첨단 전자산업 노동자로 변신하기가 쉽지만은 않을 것입니다. 일정 수준의 지식과 기술, 그리고 변화에 대한 적응력이 상대적으로 떨어질 것이기 때문입니다. 그래서 노령자들은 대부분 광산에서 '광산 노동자'로서의 생활을 끝내게됩니다.

미래보다 '과거형'에 가까운 프리드리히 하인리히 광산. 하지만이곳은 우리 한국인들에게는 결코 잊지 못할 '역사의 현장'입니다. 이른바 '한강의 기적'이라 불리는 대한민국 경제 발전의 발판이 된'광부 파독'의 마지막 흔적이 남아 있는 곳이기 때문입니다. 바로 이곳은 '마지막 한국인 파독광부'가 땀을 쏟았던 광산입니다.

지난 2004년 9월 말, 독일 노드라인−베스트팔렌 주 캄프−린트포트의 프리드리히 하인리히 광산에서 '마르켄눔머(광부임을 나타내는번호)' 하나가 역사 속으로 사라졌습니다. 그 마르켄눔머의 주인공은'마지막 한국인 파독광부' 정용기(57세) 씨였습니다. 독일 광산 전문월간지 「스타인콜레(Steinkohle)」 2004년 5월호에서 한스 페터 한(Hans-Peter Han) 기자는 당시 한국 언론이 정 씨의 퇴임을 조명한바에 대해 다음과 같이 전망했습니다.

"실제로 한국 역사서에 기록될지는 알 수 없지만, 당시 한국 제2국영방송국(MBC를 가리킴)에서 세 차례 연속으로 '독일의 한국인' −2004년 6월 MBC가 삼부작으로 방영한 '독일로 간 광부, 간호사' −이 방송된다면, 이제까지 독일로 파견된 수천 명의 한국인 광부 중에서 마지막까지 지하에서 근무한 정용기 씨는 틀림없이 유명해질 것이다."

　시대의 변이에 따른 당연한 귀결이지만, 사십여 년 전 '파독광부'라는 이름으로 불렸던 이들의 감회는 남다르지 않을 수 없습니다. 자신과 동료들이 함께 피와 땀으로 일구었던 현장이 이제 역사 속에만 남게 되었으니 말입니다.

　1963년 12월 21일 제1진 247명을 시작으로 1977년까지 총 7,968명이 독일 광산으로 파견되었으며, 1998년까지만 해도 캄프-린트포트 지역 광산에는 삼십여 명의 현직 광산 노동자들이 있었습니다.
　김일선 씨 등 현지 교민들에 따르면, 광업이 성업을 이뤘던 1970년대에는 캄프-린트포트에만 한국인 파독광부가 오백 명이 넘게 있었다고 합니다. 그러나 광업의 쇠락과 함께 한국인 파독광부의 숫자도 크게 줄어, 1980년에는 삼백여 가구 정도였고, 현재 캄프-린트포트에 살고 있는 한인 가구는 사십여 가구에 불과하다고 합니다.

　파독광부, 극심한 불황기이던 1960년대 초, 머나먼 이국으로 건너가 각자의 꿈을 이룬 것은 물론 국가경제 발전에 기여한 산업의 역군으로서 지대한 역할을 한 7,968명 모두가 애국자이고 한국을 빛낸 인물이라고 할 수 있습니다. 비록 개개인의 차이는 있고 또 지금은 뿔뿔이 흩어져 있기에 상황을 정확히 알 수는 없지만, 확인된 사항만을 소개하고자 합니다. 이들의 보다 자세한 면면은 1997년 발행된 『독일땅의 한국 얼굴』(열화당)에 소개되어 있습니다.

파독광부로서 근무 기간을 마치고 다방면으로 진출한 이들은 대략 여섯 그룹으로 분류할 수 있습니다. 첫째는 국내외의 대학에서 교수로 활동한 이들입니다. 약 서른 명 정도가 강단에 선 것으로 파악되었는데, 그 가운데는 공직자로 차관급에 해당하는 기관장을 지낸 이도 있고, 대학 부총장, 대학원장, 학장 출신도 있습니다. 이들은 전공 분야의 선구자 역할을 하며 학문적인 정리를 했다고 할 수 있습니다.

둘째는 독일 광산의 간부가 된 이들입니다. 광부로서 삼 년의 약정 근무를 마치고, 광산전문대학과 백림(베를린)공과대학을 졸업한 후 광산으로 복귀하여 상당한 지위의 간부가 된 이가 많고, 독일 광산회사 한국지사의 임원을 지낸 이도 있습니다. 염수용 본 협회 이사, 이정의, 김치수, 이국립, 이천웅, 김영홍, 임근, 임덕례, 강용희, 최규식, 백상우, 이유진, 김우영 등이 그들입니다. 이 밖에 홍성원, 이승직, 박승규, 홍기주, 김두환, 이응국, 천명윤, 김영규 등은 독일 최대 철강기업 티센(Thyssen)에 근무했습니다.

셋째는 국내외 언론 분야로 진출한 이들로, 한국을 대표하는 방송사의 이사장과 신문사 대표를 역임한 사람도 있고, 외국 언론에서 맹활약한 이도 있습니다.

넷째는 사업 분야에서 두각을 나타낸 이들로 은정표, 이완수, 김영

권 등입니다. 독일에서 커다란 동양식품업체를 경영하거나 채소를 가꾸어 판매하기도 했고, 화훼산업을 시작하여 캐나다와 미국 등지로 진출하기도 했습니다. 또한 영화사를 상대로 카메라를 비롯한 장비 대여업을 하여 커다란 성공을 거둔 경우도 있습니다.

다섯째는 종교, 특히 기독교에 몸을 담고 목회 활동을 활발히 하는 이들입니다. 그 가운데는 아프리카 오지로 가서 선교와 봉사 활동을 한 김근철 목사의 경우도 있습니다.

여섯째는 김광웅 사범 등 독일과 유럽 등지에서 우리 고유 무술인 태권도를 보급한 이들입니다. 이들은 후일 미국이나 캐나다로 진출하기도 했습니다.

당시 파독광부 가운데 독일에 남은 이들은 한국의 간호사 또는 현지 독일 여성과 결혼하여 정착한 경우가 대부분이었습니다. 그들의 2세 또한 부모의 개척 정신을 이어받아 현재 독일의 법조계, 의료계, 금융계, 예술계 등 사회 각 분야에서 맹활약을 하고 있습니다.

2. 7,968명의 동료 광부들에게 바치는 글

이 글을 집필하면서 사십 년 전 필자의 기억을 회상하고, 신문, 방송, 동료들의 수기 등 다양한 자료를 수집하면서 자료 속에 숨겨져 있는 많은 내용을 찾아내게 되었습니다. 총광부 인원은 7,968명이었고 이 중 27명의 동료들이 이런저런 사고로 사망했다고 합니다.

7,909명의 동료들이 세계 도처에 뿔뿔이 헤어져 어떠한 삶을 살아가고 있는지 궁금합니다. 정확한 통계는 알 수 없으나 국내외 도처에서 세상을 떠난 사람도 있고 광산에서 얻은 직업병으로 사경을 헤매기도 하고, 또 가난에서 벗어나지 못한 동료들도 많이 있을 것이라 추측해 봅니다. 이 글을 쓰고 있는 동안에도 동료 광부 중 한 명이 사망했다는 소식을 듣고 가슴이 매우 아팠습니다.

당시 독일로 갔던 광부 동료 대부분이 경제적으로나 사회적으로 성공을 거둔 경우가 그리 많지 않다는 이야기를 들었습니다. 필자 역시 밑바닥 삶에서 출발했지만, 독일 광부 생활에서 지금에 이르기까지 비교적 순탄한 길을 걸어왔습니다.

한국에서 고등학교를 나온 후 첫 직업이 광부였지만, 삼 년간의 광부 생활을 마치고 독일에서 대학을 다닐 수 있었으며 또 박사학위를 취득한 후 귀국하여 국립대학의 교수가 되었습니다. 그리고 고위 공직자로서 국가의 혜택 속에 안녕을 누렸기에 다른 모든 동료들에게

죄송한 마음 한량없습니다.

늦었지만 1963년 광부 제1진을 시작으로 사십 년 전 팔천여 명 동료들의 피와 땀이 헛되지 않았음을 세상에 알림으로써, 먼저 세상을 떠난 동료들의 영전에 이 글을 바칩니다. 또 이 글을 통하여 전 세계 곳곳에서 생활하고 있을 광부 동료들에게 작지만 위로를 드리고 싶습니다. 광부 생활을 포함하여 필자의 삶의 발자취 일부를 용기를 내어 기록으로 남깁니다.

이 글을 쓰면서 문득 깨달은 것은, 독일에서 일했던 우리 광부들에게 간접적으로 약속했던 몇 가지 사항을 정부가 지키지 않았다는 사실입니다.

1964년 박정희 대통령께서 독일 광산촌을 방문하셨을 때, 연설 가운데 독일에서 열심히 일하고 한국에 돌아오면 한국에서 잘살 수 있도록 도와주겠다는 내용이 있었는데, 사십 년이 지난 지금 이 글을 쓰면서 그때 약속한 것을 떠올려보니, 우리 광부들에게 해 준 것이라고는 아무 것도 없었습니다. 귀국 후 필자를 포함하여 학자나 다른 직종에 종사한 모든 동료 광부들이 정부의 혜택을 받은 경우는 전혀 없었습니다.

이 글을 쓰기 전에는 이러한 생각을 가져 본 일이 전혀 없습니다. 그런데 필자가 수집한 자료 중 KBS가 제작한 2부작 다큐멘터리 '광부의 노래'를 보면서, 광부들에 대한 복지 정책이 독일과 한국이 하늘과 땅만큼 차이가 있음을 알게 되었고, 그 큰 차이를 뼈저리게 느꼈습니다.

독일에 가기 위해 실습하며 머물렀던 강원도 태백의 광산촌, 그리고 현재는 폐광이 되어 매우 어려운 생활을 하고 있는 우리나라의 광부 가족들과, 1960년대 독일에 가서 겪었던 독일 광부들의 생활상을 비교해 보았습니다. 차마 이렇게 표현하고 싶지는 않지만, 우리나라에서는 카지노 하나 외에는 우리 광산 마을에 아무것도 해 준 것이 없습니다.

물론 독일의 정치, 경제, 사회적 환경, 그리고 자연적인 조건이나 사회복지정책이 우리나라와는 큰 차이가 있으므로 이해하려 애쓰긴 합니다만, 문제는 우리나라의 국민소득이 구십 달러가 되지 않았을 때인 1960년대 초와 국민소득 이만 달러가 넘는 2011년 현재의 광산촌의 생활상이 크게 바뀌지 않았다는 점입니다.

예를 들면 우리가 일했던 독일의 광산촌에는 150년 전부터 쌓아올린 탄광촌에서 나온 쓰레기동산에 인공 실내 스키장(연간 오십만 명의 이용객)을 설치하여 운영하고 있습니다. 또한 150년 전의 모든 탄광 기계시설을 그대로 보존하여 박물관을 만들거나 지하 수천 미터로 내려가는 시설 안에 현대식 음식점을 만들고, 석탄의 갱차와 기타 탄광 시설 및 막장들에 어린이들의 놀이기구를 설치하는 등 대부분의 탄광 시설을 공원화하였습니다. 그리고 과거 탄광 시설물 안에는 디스코테크를 만들어 연간 삼십만 명의 젊은이들이 방문하여 즐기기도 합니다.

석탄 에너지가 석유와 가스 에너지로 바뀌면서 석탄 소비량이 줄어들어 채탄량이 점점 줄어들 때부터 중장기적인 고용정책을 국가정책으로 추진하여 오면서, 과거와 현재, 그리고 미래를 이어주는 광부들의 복지 정책을 마련한 것입니다. 광산촌을 인간 친화적으로 재건설하고, 광부 한 사람 한 사람을 소중하게 여기며, 광산촌에서 사람들이 빠져나가는 것을 방치하지 않고 오히려 외부인까지 광산촌으로 유입할 수 있는 유인 정책을 펴 왔습니다.

물론 독일과 비교할 때 우리나라의 광산촌 시설은 매우 원시적이어서 독일과 같은 엔터테인먼트 시설을 만들기에는 역부족입니다. 하지만 본질적으로 우리나라에서 부족한 것은 광산촌에 인간 중심적인 중장기 복지 정책이 펼쳐지지 못함으로써 공존하는 사회를 이룩하지 못한 것입니다.

광부 출신들을 위하여 독일에서 전개해 나간 정책들은 너무나도 다양하여 일일이 다 소개할 수는 없습니다. 여러 광산촌에서 힘을 합하여, 칙칙한 광산촌을 활기 넘치는 자연공원으로 탈바꿈시켰습니다. 광산 중앙의 웅장한 가스 저장탱크는 스킨스쿠버 연습장으로 바뀌었습니다. 광산 시대의 옛 시설물을 그대로 보존하면서 디자인센터로 활용하고 인근에 대규모 쇼핑센터를 건설하여 항상 사람으로 북적댔습니다.

과거와 현재, 그리고 미래가 공존하는 공동체 도시를 목격할 수 있었습니다. 모든 산업 시설을 재활용하고, 탄광 시설물을 산업의 유산으로 보존하는 등, 이 모든 것들이 비록 폐광은 되었지만 광산촌 가족들이 자부심을 갖고 지역을 지킬 수 있는 원동력이 되었습니다.

특히 독일 광부 출신들이 그 지역에 남아서 각종 시설과 석탄박물관 등에서 자원 봉사하는 모습은 우리와 너무 대조적입니다. 초현대적인 프로젝트로 재개발된 광산촌은, 20~30년 전 독일 부흥의 기관차 역할을 했던 광부들이 자녀, 이웃과 함께 진정한 삶을 향유할 수 있는 터전이 되었습니다. 지역문화, 휴식 공간, 놀이 공간이 복합된 지역사회에서 여생을 보낼 수 있는 모습이 너무 부러웠습니다.

광산촌 주변 6,800여 개의 광산 시설을 보존하면서 연간 수천만 명의 국내외 관광객이 폐광촌을 방문하게 만든 정책이나, 1985년 갱도로 내려가는 승강기 건물을 유엔이 지정한 세계문화유산으로 만든 것 등은 우리가 본받아야 할 점입니다.

전직 광부 출신으로 합창단을 조직하여 광산촌의 석탄더미 위에서서 '광부의 노래'를 힘차게 부르는 모습을 보고 눈물을 흘리지 않을 이가 어디 있겠습니까? 우리는 석탄을 캐지 않지만 사람들의 마음에서 보석을 캐내는 광부들의 부활을 목격하고 있습니다.

폐광과 함께 수천 명씩 쏟아지는 실직 광부들을 위하여 재교육을 하면서도 바로 새로운 기업체에서 일할 수 있도록 연계합니다. 한동안 수만 명의 실직 광부들이 있었던 폐광촌에 일천여 기업체가 유치되어, 실직 광부들은 어두운 지하 막장 대신 밝은 지상에서 쾌적하게 일할 수 있게 되었습니다. 지역 주민 최우선 정책과 광산 시설을 그대로 보존하면서 미래에 대한 투자를 아끼지 않으며, 광부들의 직업교육과 재교육을 통한 재적응 정책 등 새로운 고용 창출의 창의적인 프로그램들은 아낌없이 배워야 합니다.

또 하나의 폐광촌에서는 세계적인 루르 쇼핑센터가 건립되어, 매일 칠만여 명의 고객이 찾아옵니다. 이러한 쇼핑센터를 통하여 사람들을 모으고 자연을 가꾸는 정책을 추진했습니다. 탄광촌에 흐르는 더러운 물을 복원하기 위해 하천생태연구소가 설치되었습니다. 광산촌을 제4차 산업으로 개발하여 광부들을 후원한 결과, 광산촌은 각종 동물의 보금자리와 녹색 도시로 탈바꿈되었습니다.

또 하나의 광산촌에서는 해양발전소를 건립하여 과거의 지하 에너지에서 현재의 하늘 에너지로, 광산 에너지에서 태양 에너지로 대체하고 과학공원, 레저공원을 건설했습니다.

극히 일부이기는 하지만 현재도 폐광촌 주변에는 채탄 작업이 이루어지고 있습니다. 우리나라는 강원도 태백시에 일부 광업소가 연명하고 있다고 합니다. 광산촌에서 일하다가 실직자가 된 우리나라의 광부 수천 명은 대부분 광산촌을 떠나야 했고, 광산촌을 떠나서도 일자리를 찾지 못하고 있습니다.

우리 사회에서는 과거의 '광부들의 삶'을 인정하고 있지 않습니다. 그들이 어떻게 경제 부흥을 일궈냈고 산업 전사로서 훌륭하게 일해 왔는가를 인정하기는커녕 푸대접하는 실정입니다. 남은 광부들

역시 꿈과 미래를 찾지 못하고 떠날 준비만 하고 있다고 합니다.

산업화의 역군으로서 독일에 갔던 광부 산업전사들, 국가 발전을 위하여 피와 땀을 흘린 우리들, 지하 전쟁터에서 목숨을 담보로 일해 왔던 우리 동료들에게 아무런 보답이 없음에 매우 아쉬울 뿐입니다.

다행히 지난 2011년 12월 30일에 국내외에 거주하는 오만여 파독 광부, 간호사, 간호조무사와 그 2세들의 숙원 사업인 '기념관' 건립을 위한 예산이 국회에서 극적으로 통과되었습니다. 이는 당시 광부와 간호 인력이 왜 독일로 가야 했는가를 공식적으로 인정한 것이라 할 수 있습니다. 이 사업을 적극적으로 추진해 온 한 사람으로서 국가와 국민에게 감사한 마음을 전합니다.

전 세계 도처에서 살고 있는 광부 출신 동료 여러분!

사십 년이 지난 지금에 와서 내가 존재하고 살아갈 수 있는 조국이 있었기에 독일 광산에서 일할 수 있었고, 현재 우리들이 살아 있는 것만으로도 국가와 민족에 고마운 마음을 간직하고 있습니다. 어디서 필자의 글을 접하든 혹시 이 글이 여러분들의 마음에 조금이라도 상처를 주었다면 필자의 본의가 아니었음을 널리 이해해 주시기 바랍니다. 여생을 늘 건강한 가운데서 보내시기를 빕니다.

"글뤽 아우프!"

독일 막장에서의 꿈과 희망을 안고 광부의 일을 마치고 전 세계에

뿔뿔이 헤어져 살고 있는 7,968명의 광부와 일만 명 이상의 파독 간호사, 이미 고인이 된 일백여 명의 광부 출신과 장애인이 되었거나 진폐증 등으로 사경을 헤매는 동료들 모두에게 위로를 전합니다.

3. 이 땅의 청소년에게 드리는 글

　아래의 글은, 필자가 1964년 독일에서 광부의 신분으로 독일의 광산 강당에서 한국 대통령을 맞이하였을 때와, 2010년 2월 대학 교수의 신분으로 한국 대통령과 독일 대통령 내외분이 계시는 청와대 영빈관에 초대되었던 때의 느낌을 비교하여 쓴 것입니다. 필자는 독일과 한국, 두 국가의 오랜 유대 관계를 보여주는 산증인인 파독광부의 대표로서 초대된 것입니다.

　2010년 2월 8일, 퀼러(Köchler) 독일 대통령 내외분을 위한 청와대 만찬에 이명박 대통령 내외분으로부터 초대를 받아 참석한 적이 있습니다. 만찬에 앞서 식순에 따라 양국 국가가 흘러 나왔습니다. 필자는 47년 전 광부 신분으로 독일 광산의 강당에서 불렀던 애국가와 교수 신분으로 청와대 영빈관에서 부르는 애국가를 들으며 희비가 교차하였습니다. 마음속으로 한없는 눈물을 흘렸습니다. 그 자리는 파독광부와 간호사, 간호조무사 들의 맺힌 응어리를 확 풀어주는 장소였습니다.

　1964년 12월 8일 박정희 대통령이 우리 광부와 간호사들에게 "고국의 배고픈 국민을 생각하면 피눈물이 난다"고 하시며 "삼 년간 한국 국민의 자존심을 걸고 열심히 일하고 한국으로 돌아오면, 국가 발전에 기여한 바를 인정할 것이다"라는 그때의 대통령의 말씀이 실감이 났습니다. 독일 막장에서 석탄가루와 눈물을 삼키며 고생했던 보람을 느끼는 순간이었습니다. 우리 광부와 간호사들은, 어떠한 대통령이든 우리가 국가 발전에 기여한 공을 물질적인 면보다는 정신적인 면에서 위로하고 인정해 주기를 간절히 바랐습니다.

그런데 이제야 우리의 애환을 2010년 2월 8일 현 대통령이 인정해 준 것입니다. 청와대 만찬에서 독일 대통령은, 한국 광부와 간호사들이 독일 국가 발전과 라인 강의 기적에 도움을 주었으며 활력소가 되었다고 했습니다. 또한 한국 대통령도 광부와 간호사 이만 명이 외화를 벌어들여 한강의 기적과 한국 근대화에 점화 역할을 하였다고 직접 언급하였습니다.

그렇습니다. 우리 파독광부는 국가에서 공식적으로 최초 외화벌이를 위하여 외국에 나갔던 그룹이며, 외화벌이 첫 삽을 뜬 사람들입니다. 한국은 당시 국민소득 87달러에 불과했으며 전 세계 120개 국가 중에서 가장 가난한 나라 중 하나였습니다.

처음 독일에 도착했을 때, 독일 광부들이 우리에게 한 질문은 이런 것들이었습니다.

"대체 한국이란 나라가 어디에 있느냐?"

"너희는 한국에서 초등학교 나왔니?"

"너희 나라에는 목욕탕이 있느냐?"

"너희 나라에는 자동차가 한 대라도 있느냐?"

다른 나라에, 그것도 막장 광부로 일하러 온 우리에게 그들은 놀려

대는 질문을 많이 하였습니다.

그런데 한번 돌아봅시다. 한국 대통령이 독일 정부에 돈 빌려 달라고 요청했던 47년 전을 떠올려보면, 다른 나라의 도움을 받던 나라가 이제는 다른 나라를 도와주는 나라로 위치가 바뀌었습니다. 독일 대통령에 의하면, 우리나라 대통령은 G20 정상회의 개최국의 국제지도자로서, 공동체를 이끌어갈 역량을 입증하였다고 합니다.

청소년 여러분!

학교에서는 책을 통하여 공부하지 않는 내용일 것이지만, 지금부터 오십 년 전에 우리나라가 얼마나 가난했었는지를 알게 되는 좋은 계기가 되기를 바랍니다. 현재는 과거 없이 존재할 수 없다는 당위성을 말하려는 것이 아닙니다. 우리가 살고 있는 이 땅이 얼마나 많은 사람들의 노력과 피땀으로 일구어진 것인지 알게 된다면, 우리가 살고 있는 이 시간과 이 땅이 더욱 소중하게 여겨지게 되리라는 것을 믿기 때문입니다.

4. (사)한국파독광부·간호사·간호조무사연합회 설립과 역사박물관

1963년 12월 21일, 겨울바람이 유난히 세차게 몰아치던 김포공항에는 123명 대한의 젊은이들이 모여 한국 역사상 최초로 외화벌이 첫 삽을 뜨기 위해 독일 광산으로 날아갔습니다. 세월은 흘러 그로부터 반세기가 지난 지금 그들은 광산일을 마치고 세계 도처에서 각자의 삶을 살고 있습니다.

기적을 이룬 라인 강의 나라 독일로 향했던 그 시절, 우리 동료들의 땀은 조국의 근대화와 산업화를 이루는 초석이 되었고 대한민국을 세계 10대 경제 대국이자 교역 강국으로 우뚝 서게 한 점화의 불씨가 되었습니다.

수십 년이 지난 지금, 파독광부들의 권익을 보호하고 교류 확대를 위한다는 기치를 내걸고, 2006년부터 소모임을 시작한 지 이 년 만에 2008년 10월 13일 정부의 지원으로 '한국파독광부연합회'를 발족하였습니다. 1963년 12월 21일 광부 1진 247명을 시작으로 1977년까지 총 7,968명이 독일 광산으로 파견된 지 45년이 되는 2008년 9월 9일, 노동부로부터 제 405호 법인설립 허가를 받았습니다. 얼마 전 파독간호사들의 모임까지 흡수하여 (사)한국파독광부·간호사·간호조무사연합회로 거듭났습니다.

(사)한국파독광부·간호사·간호조무사연합회는, 1960년 이후의

파독광부, 간호사 사업이 우리나라 경제적 발전에 어떤 의의를 갖고 있었는지 지속적으로 홍보할 예정이며, 독일과 캐나다, 미국, 호주 등에 정착한 파독광부, 간호사 출신들의 제2, 3세들이 조국을 방문할 때 맞이할 수 있는 복지 시설을 만들 예정입니다. 또한 독일과 우리나라의 광산업에 대한 비교, 연구를 통하여 우리나라 광산촌에 대한 정책 수립에 대해 의견을 개진하고, 광산업과 파독광부, 간호사들의 활동상과 역사를 보고 느낄 수 있는 기념관을 건립하고자 합니다. 또한 곧 개최될 광부, 간호사, 간호조무사 파독 오십 주년 행사도 준비하고 있습니다.

그동안 (사)한국파독광부·간호사·간호조무사연합회는 서초동에 사무실을 마련하고 두 번의 총회를 개최하였습니다. 파독광부 세대가 죽기 전에 46년 전 파독광부 활동의 역사적 의의를 조명, 기록으로 남기기 위해 2009년 560쪽의 『광부백서』와 삼십 분짜리 다큐멘터리 '고난의 벽을 넘어 기적의 라인 강으로'를 제작하여 전국 주요 대학 및 국공립도서관에 널리 배포하였습니다. 더불어 다큐멘터리 기념상영회와 사진전에는 많은 분들이 관심과 격려를 보여주셨습니다. 현재 국내에 거주하고 있는 파독광부들의 소재를 파악한 결과 오백여 명의 회원과 소식이 닿았습니다.

반가운 것은, 2008년 8월 15일 이명박 대통령의 광복절 경축사에서 공표된 내용에 의하면, 대한민국역사박물관(현대사 박물관)에 파독광부, 간호사 전시실을 따로 마련할 수 있게 되었습니다. 고난과 역경 속에 발전한 자랑스러운 대한민국의 역사를 기록하여 후세에 전승하고자 한 이 박물관에 (사)한국파독광부·간호사·간호조무사 연합회의 전시실을 확보할 수 있게 된 것을 영광스럽게 생각합니다. 우리 협회는 각종 물품과 사진, 기록물, 저서 등을 수집하고 있습니다. 우리의 업적을 초·중·고등학교 교과서에 등재하기 위해 교육과학기술부에 서류를 작성하여 제출한 상태입니다.

나아가 우리 협회는 우리나라에 거주하고 있는 외국인 노동자들의 복지 증진을 위해서도 공동으로 계속 사업을 펼칠 예정이며 이들에 대한 다큐멘터리 제작도 추진하고자 합니다. 돌이켜보면, 파독광부들의 활동을 알리고 인정받을 수 있는 것도, 우리의 조국 대한민국이 있었고 외국인 노동자였던 파독광부들에 대해 인격적인 대우를 해 주었던 독일이라는 나라가 있었기 때문입니다. 우리 역시 우리나라에 거주하는 외국인 노동자들의 권익을 보호해 주고, 다문화가정과 새터민 자녀들을 위한 교육에 대해서도 배려해야 한다고 생각합니다.

마지막으로, 아직 소재가 파악되지 않은 많은 파독광부, 간호사, 간호조무사 여러분은 물론, 정부와 기업의 뜻있는 분들 및 많은 국민 여러분들의 참여와 성원을 부탁드립니다.

5. 칠레 매몰광부 33인에게 희망과 용기를

인류 사회가 시작한 이래 가장 비천하고 험한 일 중 하나가 탄(炭)을 캐는 '광부'의 일입니다. 매몰로 인한 사고, 섭씨 36도의 지열과 탈진, 가스 폭발과 폐에 덕지덕지 붙은 탄가루 등 매 순간이 삶과 죽음의 갈림길에 놓여 있습니다. 그래서 '막장 인생'이란 말이 나온 것입니다.

최근 칠레 북부 산호세의 지하 칠백 미터 광산 붕괴 사고를 접하고 무척 마음이 아팠습니다. 필자 또한 과거 파독광부로 일하면서 큰 사고를 당했었습니다. 무너진 천장 암반에 왼손이 휴지 조각처럼 짓눌리고 일그러졌습니다. 장시간에 걸쳐 큰 수술을 받아야만 했고 '영영 손을 못 쓰게 될 수 있다'는 이야기를 듣고 절망하기도 했습니다. 하지만 그 당시에는 목숨을 잃지 않은 것만으로도 큰 위안을 삼았었습니다.

지하 막장에서는 이처럼 예기치 못한 사고가 자주 일어납니다. 젊은 시절, 지하 갱도에서 고락을 같이한 필자의 동료 역시 목숨을 잃거나 불구자가 됐습니다. 매일 생사를 기약할 수 없는 막장으로 쓸쓸이 향해야 했던 우리 광부들 사이에 '수호 언어'로 주고받던 한 마디가 있었으니, 바로 "글뤽 아우프"입니다. 이 말은 '죽지 말고 살아서 올라오라'는 뜻입니다.

춘궁기 보릿고개로 허기졌던 시절, 파독광부로 검은 눈물과 땀을 흘려야 했던 우리들의 작은 기도였습니다. "글뤽 아우프"라고 말할 때는 '짧은 미소'도 덤으로 건넸었습니다. 지난 1964년 12월 10일 박정희 대통령과 육영수 여사가 독일 탄광촌을 방문하셨을 때의 기억이 아직도 생생합니다. 박 대통령의 연설 도중, 광부와 간호사들이 복받친 울음을 터뜨려 눈물바다를 이뤘던 것도 바로 "살아 돌아오라"는 말씀 때문이었습니다.

그때 흘렸던 뜨거운 눈물을 생각하면 46년이 흐른 지금도 눈물이 솟구칩니다. 17년의 독일 체류 기간 동안 필자는 나라와 민족과 가족을 단 한 번도 잊어본 적이 없습니다.

2010년 8월 5일, 칠레의 한 광산이 무너져 지하 칠백 미터 어둠과 지열 속에 갇힌 33인의 광부에게, 15센티미터 직경의 생명구멍으로 참치 두 스푼과 한 모금의 우유, 그리고 비스킷 한 조각을 이틀에 한 번씩 보내고 있다는 기사를 읽었습니다. 그들의 고초를 실제 겪어 본 사람이 아니고는 이해하지 못할 것입니다.

독일의 심리학자 에리히 프롬(Erich Fromm)은 "인간은 희망을 가진 동물"이라고 했습니다. 칠레 광부들의 기사를 보면서, 필자는 그들이 굳건히 버텨 주기만을 기도했습니다. 어려운 환경일지라도 나는 꼭 살 수 있다는 희망과 반드시 살아서 가족의 품으로 돌아가겠다는 굳은 마음만 있다면, 신은 버리지 않고 도움을 줄 것이라 확신했습니다.

한 번도 얼굴을 본 적이 없지만, 매일같이 매몰된 칠레 광부 33인을 생각하며 멀리서나마 응원의 메시지를 보냈습니다. 지하에서 다치거나 사망하지 말고 지상으로 올라오라는 독일 광산촌에서의 인사말을 칠레 광부들과 가족들에게 진심으로 전하고 싶었습니다.

"글뤽 아우프!"

하루하루 아무런 소식이 없이 지나갈수록 필자 스스로가 갱도에 갇혀 있는 듯 깊은 아픔을 느꼈습니다.

그런데 매몰된 지 두 달여 만에 기적적으로 칠레의 광부 33인은 한 명의 낙오자도 없이 모두 구조되었습니다. 필자는 구조 과정을 생중계로 보면서 뛸 듯이 기뻤습니다. 마치 저 깊은 막장에서 필자가 구조되는 것 같은 환희를 느꼈습니다. 더욱 반가웠던 것은, 33인의 광부를 구조하는 데 사용된 기계와 기술이 모두 독일에서 제작, 고안되었다는 사실이었습니다.

이 같은 기적이 일어날 수 있었던 것은 빛 한 줄기 없는 어두운 막장에서 오직 살 수 있다는 희망을 버리지 않은 그들의 의지 때문이었다고 믿습니다. 죽음보다 더한 공포와 배고픔을 이겨낸 칠레 광부 33인에게 전직 광부로서 뜨거운 갈채를 보냅니다.

(하지만 기적적으로 생환한 33인이 일터로 돌아간 뒤, 사고 전과 같이

적응을 잘하고 있는 것 같지는 않습니다. 사고를 당한 많은 광부들은 사고 후유증을 이겨내지 못하고 불면증과 약물 남용 등 정신과적 치료를 필요로 하고 있다고 합니다. 매우 가슴 아픈 일입니다. 이웃에서 조금만 더 이해하고 관심을 보내 준다면 칠레 광부들이 용기를 갖고 이겨내지 않을까 하는 바람을 가져 봅니다.)

Glück Auf!